暗夜飛行者

喬治·馬汀——著
章晉唯——譯

NIGHTFLYERS

GEORGE R. R. MARTIN

獻給加德納．多佐伊斯[1]

感謝他在無數書稿中選了我的作品

讓我人生不再暈頭轉向

1 Gardner Dozois（1947-2018），科幻雜誌編輯巨擘，拿下十五次雨果獎最佳編輯，也是喬治．馬汀多年至交好友。

暗夜飛行者

拿撒勒人耶穌釘在十字架上，慢慢痛苦死去時，沃克林掠過了距離地球一光年處，朝外飛去。

地球掀起烈火之戰時，沃克林接近了古海神星，那裡的海洋尚未命名，也不曾有人在那兒捕魚。星際引擎發明之後，地球國家聯邦成為了聯邦帝國，那時沃克林已移動到藍岡人宇宙的邊疆，藍岡人卻從未察覺。他們和我們一樣，生活在明亮渺小的行星世界裡，繞著分散在宇宙中的恆星運行，對宇宙浩瀚深淵中的萬物並無太大興趣，了解也不多。

戰火延燒千年，沃克林穿梭而過，卻毫不知情，也未受波及，安全地待在火焰永遠無法燃起之處。後來，聯邦帝國瓦解，藍岡人也消失在大崩壞的黑暗中，但對沃克林而言，黑暗一如過往，毫無差別。

科雷羅諾馬斯從亞法隆乘坐探勘艦出發時，沃克林距離他只有十光年。科雷羅諾馬斯在旅程中發現了許多事物，但他並未發現沃克林。不論是出發時，或是過完餘生，返回亞法隆的時候，他都渾然不覺。

我三歲時，科雷羅諾馬斯已化成灰，就跟拿撒勒人耶穌一樣古老而遙遠，當時沃克林飛過了塔拉星附近。那段時間，克雷人所有感應者反應都變得很奇怪，他們坐在地上，以明亮閃爍的雙眼凝視群星。

我長大時，沃克林已飛行過了塔拉星，甚至連克雷人都感應不到了，並持續朝外飛行。

如今，我年事已高，一日老過一日，不久之後，沃克林將穿越如黑霧懸浮在星星間的撒旦面紗。於是我們會一直向前追逐，穿過空無，穿過無盡的寂靜，穿過無人前往的黑暗深淵，我的夜行者號和我繼續追逐。

*

他們在無重力狀態中，身體一次次被拉向前，緩緩穿過連結星球軌道碼頭的透明管道，前往前方的星艦。

梅蓮薩．潔兒是唯一在自由墜落中自在且不顯笨拙的人，她停頓一下，望向下方的亞法隆，球形地表上呈現翡翠和琥珀色的波紋，壯麗而廣闊。她面露微笑，迅速飄過管道，優雅寫意地掠過同伴身邊。他們所有人都曾登上過星艦，但這次不同。多數船艦停泊時會直接和太空站相連，但克洛黎．德布蘭寧這次任務租來的船艦太大了，設計也莫名奇特。船艦矗立在他們面前，前端有三個並立的橢圓形小型船艙，下方有兩座較大的圓形船艙，圓筒狀的動力艙夾於中間，所有區域都由狹長的通道連結。船艦灰白樸實。

梅蓮薩．潔兒第一個進入氣閘艙。其他人陸續登艦，共五女四男，每個人皆為學院學者，身分背景和研究領域都截然不同。賽歐．拉薩默是這群人中的心靈感應者，他年紀較輕，身體虛弱，最後一個進艙。其他人一面交談，一面等待登艦程序完成，他卻緊張地掃視四周。「有人監視著我們。」他說。

外閘門關閉，管道脫離。接著內閘門滑開。「歡迎光臨我的夜行者號。」艙內傳來一個溫柔的聲音。

但那裡沒有人。

梅蓮薩．潔兒踏進艙道。「你好。」她疑惑地探頭四望。克洛黎．德布蘭寧跟在她身後。

「你好。」溫柔的聲音回答。聲音來自通訊器的喇叭網，喇叭上方的螢幕一片漆黑。「我是羅伊德．埃利斯，夜行者號的艦長。很高興再見到你，克洛黎，也歡迎大家登艦。」

「你在哪裡？」有人問道。

「在我的房間，也就是球形生命維持系統艙其中一半。」羅伊德．埃利斯親切地回答。「另一半則包含休息室、圖書室和廚房，還有兩個衛生間、一間雙人房和一間非常小的單人房。其他人恐怕必須用睡網睡在貨艙。夜行者號本身設計為貨運艦，不提供載客。不過，該開啟的通道和艙門都已打開，貨艙中空氣、空調和飲水也都沒問題。我想這樣你們能住得舒服一點。你們的裝備和電腦系統都放在貨艙，但我向你們保證，空間仍十分充足。你們可以先去整理行李，安頓住宿，接著到休息室吃頓飯。」

「你會跟我們一起用餐嗎？」艾葛莎．美里布萊克問。她是個超精神醫師，五官削瘦，生性愛抱怨。

「算是會吧。」羅伊德．埃利斯說。「算是會。」

✳ ✳ ✳

宴席上出現了鬼影。

他們在睡眠區設好睡網，整理好個人用品後，沒費多少工夫便找到了休息室。那是船艦這一側最大的空間。休息室一端設有廚房，廚具完備，糧食充足。另一端放了好幾張舒服的椅子、兩本書、一台全息投影機和一整面牆的書、錄影帶和晶片。中央有張長桌，能坐十個人。

桌上放了熱騰騰的輕食。學者各自坐到桌前，彼此說說笑笑，比剛登艦時顯得放鬆不少。船艦的重力網啟動了，他們感到更為舒適，剛才無重力狀態所造成的反胃和不適盡皆拋到腦後。

所有人一一坐定，只剩主位是空的。

鬼影出現在上頭。

眾人對話停止。

「大家好。」那鬼影說，光線投射出一個年輕人，他身材細瘦，一頭白髮，雙眼蒼白。他穿著打扮彷若二十年前的人，身穿一件袖口蓬蓬的粉藍色寬鬆襯衫，一件白色緊身褲，褲子直接和靴子連在一起。他們視線能穿透他身體，而他的雙眼也絲毫沒聚焦在他們身上。

「全息投影。」阿麗絲．諾斯溫說，身材矮胖結實的她是個外星科技技師。

「羅伊德，羅伊德，我不懂。」克洛黎．德布蘭寧盯著鬼影說。「這算什麼？為什麼你只用投影？你不親自來跟我們吃飯嗎？」

鬼影淡淡一笑，抬起一隻手。「我的房間就在牆的另一邊。」他說。「球形系統艙兩半之間恐怕沒有門或艙口。我大多時間都自己一人，也很重視個人隱私。我希望你們都能諒解，並尊重我的意願。除此之外，我會盡全力款待各位。休息室內，我的投影能陪伴你們。其他地方，如果你有什麼需求，或想和我說話，直接使用通訊器即可。好了，請繼續用餐聊天。我會在一旁開心地聽。我已經好久沒有接待乘客了。」

他們試著聊天。但坐在主位的鬼影投射出一道長黑影，這頓飯大家吃得又急又勉強。

＊　＊　＊

夜行者號進入星際飛躍那一刻起，羅伊德．埃利斯便時時看著乘客。

幾天之後，大多數學者都已習慣對通訊器和休息室的全息投影說話，但真正自在的只有梅蓮薩．潔兒和克洛黎．德布蘭寧。若其他人知道羅伊德隨時監視著他們，恐怕會更不自在。他無所不在，即使在衛生間也逃不過他的耳目。

他看著他們工作、吃飯、睡覺、性交，毫不厭倦地聆聽他們的對話。一週之間，他徹底認識這九個人，一個都沒放過，他一點一滴找出他們低俗的小祕密。

模控學家若咪．梭恩會和電腦說話，比起人，她似乎更喜歡有電腦為伴。她頭腦聰敏，表情靈動生趣，身材嬌小結實，宛如少年；其他人都覺得她很美，但她不喜歡被人觸碰。她只做過一次愛，對象是梅蓮薩．潔兒。若咪．梭恩穿著細織的金屬襯衫，左腕植入一個接孔，讓她能直接和電腦連結。

外星生物學家拉簡．奎斯多弗斯乖戾又好辯。他憤世嫉俗，毫不掩飾自己對每一個同事的鄙視。他常獨自一人喝酒。拉簡個頭高大卻駝背，長相醜陋。

兩名語言學家丹諾和琳德蘭是一對公開的情侶，時時牽著手，相攜相持。但私底下，他們吵得不可開交。琳德蘭伶牙俐齒，吵起架來句句正中要害，她經常嘲笑丹諾的專業能力。兩人都時常做愛，但不是跟彼此。

艾葛莎．美里布萊克是超精神醫師，她有慮病症，常因此鬱鬱寡歡，夜行者號的密閉空間讓她的情況更加惡化。

外星科技技師阿麗絲．諾斯溫生性好吃，從不洗澡。她粗胖的手指甲永遠都卡著一層黑汙，航行前兩週，她都穿著同一件連身工作服，只有做愛才脫下，而且時間也不長。

心靈感應者賽歐．拉薩默個性緊張，喜怒無常，他怕身旁每一個人，但態度又總是高人一等。他常讀同伴腦中的想法，並藉此來嘲笑他們。

羅伊德・埃利斯看著所有人，研究他們，間接參與著他們的生活。他沒放過任何一人，就連他最討厭的人也一樣。但等夜行者號進入動蕩不穩定的星際飛躍兩週後，兩名乘客漸漸吸引了他大半的注意力。

* * *

「最重要的是，我想知道關於他們的各種『為什麼』。」離開亞法隆兩週後一個人造夜晚，克洛黎・德布蘭寧告訴他。

昏暗的休息室中，羅伊德發亮的魅影緊臨克洛黎而坐，看他喝著苦中帶甜的巧克力。其他人都在熟睡。星艦上白天和黑夜並無意義，但夜行者號仍維持著人造晝夜循環，乘客也大多依此作息。克洛黎是這一趟的總指揮，精通各種領域，也是任務領導者。關於作息，他是個例外；他有自己的時間表，而且是個工作狂，最喜歡談論他一心追尋的沃克林。

「其實，他們『存在』與否也是個關鍵，克洛黎。」羅伊德回答。「你真的確定你說的這些外星人存在嗎？」

「**我**敢肯定。」克洛黎・德布蘭寧說著眨了個眼。他是個結實的人，身高不高，體態偏瘦，斑白的頭髮梳理整齊，束腰上衣清潔乾淨，一絲不苟。即使外表體面穩重，但他說起話來就像個大老粗，老是激動地比手畫腳。「那就夠了。要是所有人都像我一樣肯定，我們也不會雇用你這艘小小的夜行者號，而是派出一支搜索艦隊了。」他喝了口巧克力，心滿意足嘆口氣。「你知道諾塔拉什人嗎，羅伊德？」

這名字很怪，但羅伊德很快就從圖書電腦查到了。「人類宇宙另一端的外星種族，距離比芬迪人世界和達木許人還遠。可能只是傳說。」

克洛黎咯咯笑了。「不對，不對，不對！你的圖書資料過期了，朋友，你下次到亞法隆一定要更新。不是傳說，不是，他們再真實不過了，不過距離非常遙遠。我們對諾塔拉什人所知不多，但我們確定他們存在，不過話雖這麼說，你跟我這輩子恐怕遇不到了。他們是萬物的開端。」

「多說點。」羅伊德說。「我對你的工作很有興趣，克洛黎。」

「我之前編寫一份資料存入學院電腦，那是花了二十個標準年才從丹土里昂星傳上來的新數據包。其中一部分是諾塔拉什人的民間傳說。我不知道之前花了多久才傳到丹土里昂星，也不知道是由什麼途徑獲得的，總之那都不重要——反正民俗傳說不受時間影響。這是一份不可思議的資料。你知道我第一個學位是外星神話學嗎？」

「我不知道。請繼續說吧。」

「諾塔拉什人的神話中曾提到沃克林的故事。我讀了驚為天人。他們說，沃克林是一個擁有意識的種族，他們從銀河中心某個神祕之處出發，朝外航向銀河邊緣，據傳，目標是飛往銀河之間的宇宙，他們潛行在星際深處，從不著陸，很少飛入恆星一光年之內。」克洛黎灰色眼珠閃爍，一邊說，手一邊激動地揮舞，彷彿他的雙手包裹著宇宙。「而且完全**不靠星際飛躍**，羅伊德，這件事太難以理解了！船艦速度慢到幾乎低於光速！這點特別令我著迷！我的沃克林人一定非常與眾不同——智慧超群，從容自在，活得久，看得多，不疾不徐，不會像低等種族，給熱情衝昏了頭。你想想看那些沃克林船艦多**古老！**」

「是古老沒錯。」羅伊德附和。「克洛黎，你剛才說**那些**船艦。所以不只一艘？」

「喔，是的。」克洛黎說。「根據諾塔拉什人傳說，起初只有一、兩艘出現在他們交易的疆域，但後來其他船艦隨之出現。成千上百艘，每一艘都是獨立的，自主向前航行，方向永遠朝外。方向永遠一致。一萬五千個標準年間，他們穿梭過諾塔拉什人的恆星之間，然後慢慢脫離他們。傳說還指出，最後一艘沃克林船艦消失，已經是三千年前的事。」

「一萬八千年前。」羅伊德加了加說。「諾塔拉什人有那麼古老嗎？」

「和這群星際旅行者比的話，不算老。」克洛黎微笑說。「根據諾塔拉什人歷史記載，從他們種族存在開始，有一半的時間並未發展出文明。我曾為此煩惱了一陣子。因為那樣的話，沃克林人的故事便只是個傳說故事。傳說的確引人入勝，但僅此而已。

「後來，我實在放不下沃克林。於是，我利用閒暇時間調查，交叉比對其他外星種族的宇宙學，研究除了諾塔拉什人之外，是否還有其他種族有相同的神話。我總覺得事情並不單純，也許能從中爬梳出某種理論。

「沒想到，我查到最後自己都大吃一驚。藍岡人或藍岡奴族神話中都毫無線索，但你想想看，這也合理。因為藍岡人位於人類宇宙**之外**，沃克林要先經過我們的領空，才會接近他們。不過，我一往**裡面**深入調查，竟發現沃克林的故事無所不在。」克洛黎傾身，無比熱情。「噢，羅伊德，故事啊，無數的**故事！**」

「快說、快說。」羅伊德說。

「芬迪人叫他們『伊威弗』，翻譯過來意思類似虛無部族，或是黑暗部族。每個芬迪部族都有相同的故事，只有心啞者一族不相信這套傳說。船艦據說非常壯觀，比他們和我們歷史所知都還龐大。而且據他們流傳，那些是戰艦。在芬迪失落部族的故事中，『洛拉芬』部族三百艘船的艦隊碰上『伊威弗』慘遭殲滅。當然，這是好幾千年前的事了，所以細節並不明朗。

「達木許人的故事則不大一樣，但他們認為那全是事實——如你所知，達木許人是我們接觸過最古老的種族。他們稱我的沃克林為『深淵子民』。這故事太美了，羅伊德，那真的太美了！船艦如巨大黑暗的城市，平靜闃寂，移動得比周圍的宇宙都還緩慢。在達木許人的傳說中，沃克林是難民，他們在時間的開端，歷經銀河中心深處某場無以名狀的戰爭。於是他們放棄了世界和群星，希望在銀河之間、空無之境尋找真正的平靜。

「亞斯星的葛斯索伊人有類似的故事，但在他們的故事中，戰爭摧毀了宇宙中所有生命，沃克林則類似神祇，經過時重新在世界散播生命的種子。其他種族視他們為神的信使，或是地獄來的幽影，預示銀河中心不久將有災禍，警告我們快逃。」

「你的故事彼此有矛盾，克洛黎。」

「對，對，當然是，但本質上卻都是一模一樣——沃克林乘著古老永恆、低於光速的船艦向外航行，飛過無數短命的帝國和曇花一現的榮耀。**那**才是重點！其他不過是枝微末節；我們不久便會知道真相了。雖然關於沃克林的資料不多，但我深入研究仍有不少斬獲，不只諾塔拉什人——包括更多傳說中的種族，例如丹賴人、魯里緒人和羅杭納人——我只要一深入，就會再發掘出沃克林的故事。」

「傳說中的傳說。」羅伊德說。鬼影嘴一咧，露出笑容。

「沒錯，沒錯。」克洛黎同意。「這時我找來了非人高等智慧生物研究所的學者。我們研究了兩年。資料全攤在眼前，都在學院的圖書館、回憶錄和電路中。從來不曾有人仔細查看，也懶得拼湊這一切。

「自人類有史以來，自航太科技還未起步之際，沃克林便一直在人類星域中航行。我們扭曲宇宙結構，突破相對論時，他們已乘著低於光速的巨大船艦，駛過我們自詡文明的核心地帶，經過人口最密集的世界，浩浩蕩蕩飛向銀河邊疆，邁向銀河間的深淵。真的太驚人了，羅伊德，太驚人了！」

「太驚人了！」羅伊德附和。

克洛黎．德布蘭寧大口喝完杯中巧克力，伸手去抓羅伊德的手臂，但他手穿過無形的光線。他困惑了一會，後來不禁大笑自己的傻。「啊，我的沃克林喔。我太激動了，羅伊德。我現在離他們好近。他們縈繞在我心頭已有十多年之久，再過幾個月，我便會找到他們，用我疲憊的雙眼見證他們的璀璨。那時候，到了那時候，要是我能和他們溝通，要是人類能和如此偉大、古怪、與我們如此不同的生命接觸——我對此深深懷抱著希望，羅伊德，希望我的『**為什麼**』最終能獲得解答！」

羅伊德．埃利斯的鬼影朝他微笑，冷靜透明的雙眼空洞地看向前方。

✳　✳　✳

星艦進入星際飛躍不久，乘客便感到緊張不安，尤其夜行者號空間狹小又擁擠。第二週快結束時，猜疑儼然成形。

「這羅伊德．埃利斯到底是何方神聖啊？」有天晚上四人在打牌時，外星生物學家拉簡．奎斯多弗斯問道。「他為何不出來？他跟我們隔開到底有什麼目的？」

「問他啊。」男語言學家丹諾建議。

「要是他是罪犯怎麼辦？」拉簡說。「我們對這人有半點認識嗎？沒有，當然沒有。克洛黎負責跟他聯絡，而克洛黎是個老傻瓜，這我們全都心裡有數。」

「換你了。」若咪．梭恩說。

拉簡用力甩下一張卡。「倒轉。」他說。「妳要再抽一次牌。」他咧嘴笑道。「至於這個羅伊德，誰曉得他是不是打算殺光我們。」

「當然是囉，畢竟我們人人身懷重金。」女語言學家琳德蘭酸溜溜地說。她放了張卡到拉簡剛才放的卡上。「反彈。」她輕聲說，露出笑容。

羅伊德．埃利斯也笑了，目不轉睛看著。

* * *

梅蓮薩．潔兒光看就教人賞心悅目。

梅蓮薩．潔兒年輕健美，充滿活力，身上有股其他人難以媲美的生命力。她的身材整整大了一號；她比其他人高出一個頭，骨架也大，腿很長，而且體格結實，一條條肌肉在她炭黑閃亮的肌膚下蠕動。她也是個大胃王。她吃的量是同伴的兩倍，喝再多也絲毫不見醉意，她自己帶來健身裝備，安裝在一間貨艙中，每天運動四小時。第三週時，她不只和船艦上四個男人都睡過一輪，還包括其他兩個女人。即使在床上，她也一向精力充沛，大多數人都會被她搞得筋疲力盡。羅伊德對她有非常強烈的興趣。

「我是改良過的人類。」她有次這麼告訴他。當時她正在雙槓上運動，皮膚滲出的汗水閃閃發亮，一頭長黑髮綁在髮網中。

「改良過？」羅伊德說。他無法投影到貨艙中，但梅蓮薩運動時會透過通訊器和他聊天。她不知道的是，就算她沒叫他，羅伊德也絕不會錯過她任何生活點滴。

她做到一半停下，利用手臂和背肌撐直並抬高身體。「是變種人，艦長。」她說。她習慣稱他艦長。「我出生於普羅米修斯，在精英中成長，又是兩名基因專家的孩子。改良過的，艦長。我攝取比你多兩倍的能量，還會把能量全耗完。新陳代謝更有效率，身體更強壯，能活得更久，預期生命為一般人類的一倍半。家鄉的人試圖徹底重新設計人類時，曾犯下可怕的錯誤，但基因上的小修正都做得很好。」

她繼續運動，動作迅速輕鬆，做完前不吭一聲。她結束時雙手一撐，彈下雙槓，站著大口喘氣一會，然後雙臂交叉，頭一歪，露出笑容。「現在你知道我的生平了，艦長。」她說。她將髮網脫下，甩了甩頭髮。

「妳生平一定不只如此。」通訊器傳來聲音說。

梅蓮薩·潔兒大笑。「當然。」她說。「你想知道我背叛亞法隆的前因後果？還有我因此為普羅米修斯的家人帶來什麼麻煩？還是你對我在外星文化學的卓越研究比較感興趣？你想聽聽看嗎？」

「也許下次吧。」羅伊德有禮地說。「妳戴的那水晶是什麼？」

水晶墜子自然地垂在她胸部之間；她剛才脫衣服運動時把項鍊也脫下了，現在才再次拿起，從頭上戴好。銀鍊上垂掛著一枚綠色小寶石，四圍以黑色花飾為邊框。項鍊接觸到梅蓮薩時，她短短閉上雙眼，然後再次睜開，露出笑容。「這項鍊活著喔。」她說。「你見過嗎？悄語寶石，艦長。共振水晶，以心靈感應蝕刻保存一段回憶，或一股情感。碰觸時能再次短暫感受那段過去。」

「我懂得背後的原理。」羅伊德說。「但沒見過這樣的用法。這麼說，妳的項鍊儲存著寶貴的記憶？也許是關於家人？」

梅蓮薩．潔兒一把抓起毛巾，開始擦乾身上的汗水。「我的項鍊記錄的是一次特別爽的做愛感受，艦長。那感受總會讓我性欲高漲，不過那是以前的事了。悄語寶石會隨時間變弱，寶石傳來的感受不若之前那麼強了。但有時候——通常是我剛做完愛，或激烈運動後——寶石會在我身上再次活過來，就像剛才一樣。」

「喔。」羅伊德說。「所以寶石讓妳性欲高漲了？妳現在要去做愛了嗎？」

梅蓮薩露出笑容。「我知道**你**想聽我哪部分的生活了，艦長——我混亂熱情的戀愛生活。唉，我才不會告訴你。總之，至少在聽到你的人生故事之前，我是不會說的。不過，我內心還是有止不住的好奇。你到底是誰，艦長？說真的？」

「像妳這樣改良過的人，」羅伊德回答，「絕對猜得出來。」

梅蓮薩大笑，將毛巾扔到通訊器的喇叭網上。

＊ ＊ ＊

他們將其中一個貨艙當作電腦室，模控學家若咪・梭恩大部分時間都待在裡頭，設定他們用來分析沃克林的系統。外星科技技師阿麗絲・諾斯溫經常來找她，提供協助。模控學家工作時會吹口哨；阿麗絲則會悶悶不樂，不發一語照她指示作業。她們偶爾才會聊天。

「羅伊德不是人類。」若咪・梭恩一天盯著顯示安裝數據的螢幕說。

阿麗絲・諾斯溫哼了一聲。「什麼？」她扁平的大臉出現皺痕。拉簡說的話已經讓她對羅伊德深感不安。她裝好另一個組件，轉過身。

「他可以對我們說話，但不能被看到。」模控學家說，「這艘船沒有船員，除了他之外，一切似乎都是自動。那為何不乾脆全自動呢？我敢打賭這羅伊德・埃利斯其實是個成熟的電腦系統，也許是貨真價實的人工智慧。現在普通的程式就能如真人般與人聊天，根本無從分辨。我敢說這電腦全力跑起來，恐怕能玩死你。」

外星科技技師哼了聲，轉回去工作。「那為什麼要假裝自己是人類？」

「因為，」若咪・梭恩說，「大多數法律系統都不賦予人工智慧任何權利。即便是亞法隆。船艦無法自己擁有自己。夜行者號可能怕自己被抓，遭人強制斷線。」她吹口哨。「那便是它的死期，阿麗絲，也是自我覺察和思考意識的終點。」

「我每天都跟機器為伍。」阿麗絲・諾斯溫固執說道。「關機，開機，根本沒差。它們不會在乎。這機器在意？」

若咪・梭恩微笑。「電腦不一樣，阿麗絲。」她說。「心靈、思想和生命，這台巨大的系統全部都有。」她右手握住左腕，大拇指隨意摩擦著植入接口的凸疤。「還有感覺。我知道。沒有人希望失去感覺。坦白說，電腦其實和你我沒什麼差別。」

外星科技技師回望她，搖搖頭。「真的啊。」她重述，語氣扁平，一副不相信的樣子。

羅伊德一邊聽，一邊看，面無表情。

＊

賽歐・拉薩默是個脆弱的年輕孩子。他緊張敏感，亞麻色柔軟髮絲垂落肩頭，還有雙水汪汪的藍眼睛。他平常穿著花俏，喜歡穿花邊V領襯衫搭配兜襠布——這種服飾在他家鄉底層人民之間仍十分流行。但賽歐去克洛黎・德布蘭寧狹窄的個人寢室找他時，只穿一件樸素的灰色連身工作服，可謂格外陰沉。

「我感應到了。」他緊緊抓著克洛黎的手臂說，修長的指甲深深陷入肌膚。「事情不對勁，克洛黎，有事情非常不對勁。我開始害怕了。」

心靈感應者的指甲掐得很痛，克洛黎使勁抽起手。「很痛耶。」他罵他。「朋友，怎麼了？害怕？怕什麼？怕誰？我不懂。這裡有什麼好怕的？」

賽歐伸起蒼白的雙手掩面。「我不知道，我**不知道**。」他頓了頓。「可是就在**那裡**，我感覺得到。克洛黎，我感應到了什麼。你知道我很厲害，你選上我就是因為我天賦異稟。剛剛我指甲掐到你的時候便有感覺。我現在能讀你的心了，像閃光一樣。你認為我太激動了，被密閉空間影響，要我務必冷靜下來。」年輕人歇斯底里地尖笑起來，聲音大又短促。「不，你看吧，我很厲害。我是經過認證的一級感應者，我說我很害怕。我感應到了，感覺到了，夢也夢到了。我們一登上船艦我就有所感覺，而且愈來愈糟了。非常危險，非常不穩定。而且來自外星，克洛黎，**來自外星！**」

「沃克林？」克洛黎說。

「不，不可能。我們還在星際飛躍，而且他們離我們還有好幾光年遠。」緊張的笑聲再次響起。「我沒那麼厲害，克洛黎。我聽你說過關於克雷人的故事，但我只是人類。不是，這感覺很接近。就在船上。」

「我們其中一人？」

「也許是。」賽歐說。他心不在焉揉著臉頰。「我分辨不出來。」

克洛黎如父親般將手放上他肩膀。「賽歐，你的感覺——有沒有可能是因為太累了？我們所有人都曾極度緊張過。枯燥的確令人受不了。」

「手放開。」賽歐冷冷啐道。

克洛黎手馬上收回。

「這是**真的**。」心靈感應者堅持。「而且我不需要聽你的垃圾心聲，什麼覺得也許不該帶我來。我跟所有人一樣穩定，都在這……這……你**居然**覺得我不穩定，你該去了解一下其他人在想什麼，拉簡有酗酒問題，腦中都是噁心的幻想，丹諾快嚇出病來了，若咪和她的機器又是怎麼回事？對她來說，萬物全是金屬、燈光、複雜的迴路，噁心！我告訴你，梅蓮薩目中無人，艾葛莎隨時都在腦中抱怨不休，羅伊德根本是個空殼，像隻牛一樣。而你，你不仔細接觸、觀察他們，你又懂得什麼叫**穩定**？廢物，克洛黎，學院給了你一群廢物，我才是團隊中的佼佼者，所以你不准覺得我不穩定、神志不清，聽到了沒！」他藍色的眼珠睜大，眼神幾乎發狂。「你**聽到**了沒？」

「冷靜點。」克洛黎說。「冷靜點，賽歐，你太激動了。」

心靈感應者眨眨眼，突然之間，方才的癲狂都消失了。「激動？」他說。「對。」他心虛地環視四周。「這真的好難，克洛黎，可是聽我說，你一定要聽進去，我在警告你。我們處境危險。」

「我會好好聽你的話。」克洛黎說。「可是沒有確切的情報，我也無能為力。你一定要運用你的才能，替我注意，好嗎？你辦得到吧？」

賽歐點點頭。「好。」他說。「好。」他們又靜靜聊了一小時，最後心靈感應者平靜地離開了。

克洛黎後來直接去找超精神醫師，她躺在睡網中，四周放滿藥物，對各種疼痛怨聲載道。「有趣。」克洛黎告訴她之後，她回答。「我也有感覺到，一股威脅，非常模糊。我以為是自己的問題，或受密閉空間、無聊，甚至是我的心情影響。我的情緒有時會誤導我。他有說什麼明確的細節嗎？」

「沒有。」

「我會盡量四處走走，觀察他和其他人，看我能感受到什麼。不過，如果是真的，他應該會先知道。畢竟他是一級感應者，我只是三級。」

克洛黎點點頭。「他似乎非常敏感。」他說。「他也說了一些關於其他人的事。」

「那不代表什麼。有時，心靈感應者堅稱他感應到一切，其實那代表他什麼都沒感應到。他會想像自己在感覺和讀心，填補得不到的預感。我接下來會特別注意他，克洛黎。有時天才會崩垮，變得歇斯底里，無法感知事物，而開始亂說話。在密閉環境中非常危險。」

克洛黎．德布蘭寧點點頭。「這當然，這當然。」

船上另一角，羅伊德．埃利斯皺起了眉頭。

＊ ＊ ＊

「妳注意過他全息投影時穿的衣服嗎？」拉簡．奎斯多弗斯問阿麗絲．諾斯溫。他們兩人獨自待在一間貨艙裡，躺在墊子上，試著避開上頭的水漬。外星生物學家點了一根香菸，拿給身旁的阿麗絲，但她揮手拒絕了他。

「十年前的造型，也許更久。我父親小時候在古海神星穿過那種襯衫。」

「羅伊德的品味過時了。」阿麗絲．諾斯溫說。「那又怎樣？我不在乎他穿什麼。我的話，就喜歡穿我的工作服。工作服很舒適，我才不在乎別人怎麼想。」

「妳不在乎，是吧？」拉簡皺起大鼻子說。她沒看到他的表情。「唉，妳沒聽到重點。萬一那並不是真的羅伊德呢？畢竟是投影，什麼都有可能，整套衣服可能都是假的。我覺得那不是他真正的樣子。」

「不是嗎？」她語氣透露了好奇。她翻過身，蜷在他手臂中，她白色巨大的乳房抵著他的胸口。

「要是他生病、殘廢，羞於以真面目見人呢？」拉簡說。「也許他生了重病。慢性瘟疫能讓人變得很慘，但要好幾十年才會死，還有其他傳染病——炭疽、新麻瘋、融病、朗嘉門氏病……數都數不完。羅伊德自行隔離搞不好就這原因。像一種隔離方針，妳想想。」

阿麗絲．諾斯溫皺起眉頭。她說：「一直談論羅伊德，弄得我好緊張。」

外星生物學家吸了口菸，哈哈大笑。「歡迎妳來到夜行者號。不過妳反應也比其他人慢太多了吧。」

＊ ＊ ＊

第五週，梅蓮薩．潔兒將士兵推到第六線，羅伊德發現勢不可擋，只好投降。幾天來，他已接連八次敗在她手下。她盤腿坐在休息室地板上，西洋棋子鋪展在她面前一個昏黑的螢幕前。她大笑將棋子掃開。「別難過，羅伊德。」她告訴他。「我是改良過的人類。永遠領先三步。」

「我應該要用電腦輔助。」他回答。「反正妳也不會發現。」他的鬼影突然現身，站在螢幕前，微笑望著她。

「下三步棋我就會發現了。」梅蓮薩．潔兒說。「要不你試試看啊。」

夜行者號這一星期掀起一股西洋棋風潮，他倆是最後的受害者。一開始拿出棋組要大家玩的人是拉簡，但賽歐．拉薩默坐下來，接連打敗所有人之後，其他人馬上失去興趣。眾人都相信他一定是靠讀心感應才贏的，但因為賽歐最近不大穩定，心情糟透了，眾人大氣都不敢吭一聲。然而，梅蓮薩竟毫不費力地擊敗賽歐。「他的棋其實下得不好。」她後來告訴羅伊德。「而且如果他試圖讀我的心，也只會讀到一堆亂七八糟的東西。改良過的人懂得特定心理技巧。我能好好防衛自己的思想，謝謝你。」拉簡和其他幾個人後來跟梅蓮薩下了一、兩盤棋，卻只能任憑她宰割。最後，羅伊德忍不住問他能不能玩。全艦上只有梅蓮薩和克洛黎願意和他坐下來下棋，而因為克洛黎連哪個棋子怎麼走都不大清楚，梅蓮薩和羅伊德便成了固定的對手。雖然梅蓮薩老是贏，但兩人似乎都下不膩。

梅蓮薩起身往廚房走，直接穿過羅伊德的鬼影，她堅持不把投影當現實。「其他人都會繞過我。」羅伊德嘟噥。

她聳聳肩，從儲藏間拿出一個球形軟袋，裡面裝的是啤酒。「你什麼時候會受不了，讓我去牆另一邊拜訪，艦長？」她問。「你難道不寂寞嗎？欲求不滿？幽閉恐懼？」

「我這輩子都在駕駛夜行者號，梅蓮薩。」羅伊德說。他的投影遭到忽略，閃了閃便消失。「如果我有幽閉恐懼症、欲求不滿或寂寞，根本不可能過這樣的日子。當然這對妳來說應該顯而易見，畢竟妳是改良過的人類，不是嗎？」

她擠了一下手中啤酒，柔和悅耳地朝他大笑。「小心我解決你，艦長。」她警告。

「現在，」他說，「再多告訴我一些關於妳人生的謊言吧。」

* * *

「你們聽過木星嗎？」外星科技技師問其他人。她喝醉了，懶懶地躺在貨艙的睡網中。

「跟地球有關。」琳德蘭說。「我記得這兩個名字出自同樣的神話系統。」

「木星。」外星科技技師大聲說。「是跟古地球同一個太陽系的氣態巨行星。不知道了，對不對？」

「比起這種瑣碎的資訊，我腦袋有更重要的事要處理。」琳德蘭說。

阿麗絲．諾斯溫低頭竊笑。「聽著，我還沒說完。地球人原本正要探索木星，結果星際航行在這當口發展出來了，喔，好久以前的事了。當然，那之後便沒人管氣態巨行星了。直接藉星際航行，尋找適合居住的世界，開墾拓荒，忽略彗星、岩石和氣態巨行星——不過幾光年處就有另一顆恆星，那裡有**更多**適合居住的星球。但曾經有人認為木星可能有生命。明白了嗎？」

「我搞懂的是妳喝得爛醉了。」琳德蘭說。

拉簡一臉煩躁。「如果氣態巨行星上有高度智慧生命，那代表他們沒興趣離開。」他罵道。「我們目前遇到具有意識的種族都來自和地球類似的世界，大部分都呼吸氧氣。還是妳想說，沃克林是來自氣態巨行星？」

外星科技技師撐著身子坐起，心照不宣笑著。「不是沃克林。」她說。「是羅伊德．埃利斯。在休息室前隔板弄個裂縫，搞不好會看到甲烷和氨氣不斷冒出。」她的手優雅地劃過空中，笑得花枝亂顫。

＊ ＊ ＊

系統已設好，開始運作，模控師若咪．梭恩坐鎮主控台。主控台是塊平實的黑色塑板，全息投影來來去去投射出上百個按鍵，連她在使用時都不斷閃爍。她周圍羅列著投影出的數據資料，還有一排排螢幕和顯示各項圖表的儀表板，上頭數字和幾何圖形壯觀飛舞，一根根光滑的金屬柱組成了系統的大腦和靈魂。四周昏黑，她坐在那裡，怡然自得，一邊讓電腦跑過簡單的例行程序，手指一邊飛快按過閃爍的按鈕，節奏不斷加速。「哈。」她笑出了聲。後來，也只說了個「好」一字。

接下來，系統該從頭到尾跑最後一次了。若咪．梭恩將左臂金屬織布往上捲，手臂伸到控制台下，找到雙股插頭，將自己接上。人機連線。

無上喜悅。

螢幕上五顏六色發光的墨跡圖像扭曲、融合、分裂。

沒多久一切就結束了。

若咪．梭恩將手腕抽出，臉上既害羞又滿足，但表情中依稀透露一絲疑惑。她大拇指摸著手腕上的插口，發現摸起來溫溫的，有刺痛感。若咪打了個寒顫。

系統完美運作，硬體狀況正常，軟體執行如預期順暢運作，界面彼此相容。一如往常，安裝成功令人十分開心。和系統連接時，她感到自己睿智、強大、散發光電並充滿生命能量，全身光潔迷人，絕不孤單弱小。每次連接無一例外，而且她會讓自己向外擴張。

但這次，感覺有點不一樣。有個冷冷的東西碰觸了她，時間不長。那東西冰冷駭人，而且她和系統一瞬間清楚見到了那東西，一眨眼卻又消失。

模控師搖搖頭，將這沒道理的事拋到腦後。她繼續工作。不久，她吹起口哨。

＊　＊　＊

第六週，阿麗絲．諾斯溫準備點心時重重切到手。她站在廚房，拿長刀削著香噴噴的肉棒，突然大聲尖叫。

丹諾和琳德蘭衝向她，看到她一臉驚恐低頭盯著面前的砧板。刀削掉了她左手第一個指節，血斷斷續續噴出。「船傾斜了。」阿麗絲抬頭怔怔望向丹諾說。「你感覺到船移動嗎？害刀歪了。」

「快去拿東西止血。」琳德蘭說。丹諾慌張地東看西看。「喔，我自己來好了。」琳德蘭最後說。

超精神醫師艾葛莎．美里布萊克替阿麗絲打了鎮定劑，然後望向兩個語言學家。「你們有看到發生什麼事嗎？」

「她自己切到的。」丹諾說。

艙道某處傳來瘋狂、歇斯底里的笑聲。

＊　＊　＊

「我讓他冷靜下來了。」那天後來，艾葛莎向克洛黎．德布蘭寧回報。「他服用了安心寧四號，能讓他感應頓化好幾天，必要的話，我還有很多。」

克洛黎一臉苦惱。「我們聊過好幾次了，我看得出來賽歐愈來愈害怕，但他始終說不出原因。妳一定得讓他停止感應嗎？」

超精神醫師聳聳肩。「他漸漸失去理智了。以他的能力來看，如果他瘋了，可能會把所有人拖下水。你不該帶一級心靈感應者，克洛黎。太不穩定了。」

「我們必須要和外星種族溝通。我告訴妳，那可不容易。沃克林可能會比我們目前所知任何一種具有意識的外星人都更加奇特。若要和他們溝通，我們需要一級感應者。而且沃克林能教導我們好多事啊，朋友！」

「真會說。」她說。「可是看他這情況，最後恐怕也派不上用場。他有一半時間像胎兒蜷縮在睡網裡，另一半時間走來走去鬼叫，怕得要死。他堅持所有人都身陷危險，但原因不明，也不確定是什麼樣的危險。最糟的是，我分不出來他是有所感應，或只是焦慮症發作。他確實有些焦慮症的典型症狀。除此之外，他堅稱自己時時受監視。也許他的情況與我們、沃克林和感應天賦完全無關，但我難以確定。」

「那妳自己的感應呢？」克洛黎說。「妳也有共感能力，不是嗎？」

「別對我的工作指指點點。」她斥道。「我上星期和他做愛過了。以超感官知覺而言，那是最親密深入的方式。即使如此，我仍然什麼也無法確定。他的心靈一片混亂，莫名害怕，和他做愛時，連床單都沾滿了恐懼。除了緊繃和不適，我從其他人身上也感覺不到什麼。我的能力有限。你知道我這陣子不舒服，克洛黎。我在這船上快窒息了。我感到空氣沉悶呆滯，頭不斷抽痛。我必須在床上靜養。」

「是，當然了。」克洛黎趕快接口。「我不是在批評妳。現在處境棘手，妳已盡力而為。賽歐要過多久才會恢復正常？」

超精神醫師疲倦地揉了揉太陽穴。「我建議等任務結束再讓他停藥，克洛黎。我警告你，心靈感應者一旦陷入瘋狂、歇斯底里，就會變得非常危險。阿麗絲和那把刀的事很可能是他幹的。他沒過多久就開始尖叫，你記得吧？也許他影響了她，只一瞬間而已——喔，這有點天馬行空，但並非不可能。重點是，我們不能冒險。我有足夠的安心寧四號劑能麻痺他，讓他正常生活，直到我們重返亞法隆。」

「可是……羅伊德不久便會讓船艦脫離星際飛躍，並和沃克林接觸，我們需要賽歐和他的心靈與能力。一定要抑制他的能力嗎？沒有其他方式？」

艾葛莎皺眉。「另一個選擇便是注射愛思倍朗。那會解放他的能力，有好幾個小時他的超能感應力會增強十倍。我希望他那時能專注感受那股危險。如果是誤判，危機就能排除；如果是真有危險，那也可以設法解決。安心寧四號比較安全。愛思倍朗藥效就非常厲害，還有驚人的副作用：血壓會急劇升高，有時會引發換氣過度和癲癇，也曾造成心臟停止。賽歐年紀算輕，所以我不擔心，但我怕他情緒不夠穩定，無法控制這股力量。安心寧四號劑應該能給我們一點端倪。如果他持續偏執，便代表那和感應能力無關。」

「如果他冷靜下來了呢？」克洛黎．德布蘭寧說。

艾葛莎．美里布萊克頑皮地朝他一笑。「賽歐不再危言聳聽？那就代表他失去感應了，對吧？**那**就代表確實事有蹊蹺，他從頭到尾都是對的。」

那天晚上吃飯時，賽歐・拉薩默變得十分安靜，精神有些渙散。他不自覺地規律吃著食物，藍色的眼睛彷彿蒙上一層濃霧。後來，他從餐桌告退，直接去睡覺了，筋疲力竭的他一倒下去馬上熟睡。

「妳對他做了什麼？」若咪・梭恩問艾葛莎。

「我抑制了他的感應。」她回答。

「妳早該在兩週前就這麼做了。」琳德蘭說。「他乖乖的相處起來輕鬆多了。」

克洛黎・德布蘭寧卻食不下嚥。

✳　✳　✳

人造夜晚降臨，克洛黎喝著巧克力，靜坐沉思，這時羅伊德的鬼影現身了。「克洛黎。」鬼影說。「有機會的話，能不能將你們團隊的電腦和船艦上的電腦系統連接？我對沃克林的故事非常有興趣，想在有空時多讀一些。我想研究的細部資料都存在電腦裡吧。」

「沒問題。」克洛黎心不在焉隨口答道。「我們的系統已設定好。跟夜行者號連線應該不成問題。我會叫若咪明天處理。」

房中一片死寂。克洛黎・德布蘭寧喝著巧克力，盯著黑暗，無視羅伊德。

「你心情不好。」羅伊德過了一會說。

「誒？喔，對。」克洛黎抬頭。「不好意思，朋友。我現在腦中事情太多。」

「關於賽歐．拉薩默，是嗎？」

克洛黎望著對面蒼白發光的身影良久，終於僵硬地點個頭。「是的。請容我問一聲，你怎麼知道的？」

「夜行者號上發生的事我全都知道。」羅伊德說。

「你一直在監視我們。」克洛黎嚴肅地說，語帶指責。「原來如此，難怪賽歐說有人監視著我們。羅伊德，你怎能這樣？你居然做得出偷窺這種事。」

鬼影透明的眼中沒有生命，也無法視物。「不要告訴其他人。」羅伊德警告。「克洛黎，我的朋友——如果我算是你的朋友——我監視你們有我的苦衷，跟你解釋並不會有幫助。總之，我絕對不會傷害你們。這點請相信我。你們雇用我，要我安全地載運你們去尋找沃克林，然後安全回家，我不會辜負你們的。」

「你在迴避問題，羅伊德。」克洛黎說。「你為什麼要監視我們？你將一切看在眼裡？你是個偷窺狂？還是敵人？這就是你不想跟我們一起生活的原因？你只打算監視我們？」

「你的懷疑傷透了我的心，克洛黎。」

「你騙我才害我傷透了心。你不願回答嗎？」

「不管在哪，我都看得到也聽得到。」羅伊德說。「在夜行者號上，沒有哪個角落躲得過我。但我能目睹一切嗎？不，也不是如此。不論你的同伴怎麼想，我只是個人類。我必須睡覺。監視器會繼續開著，但沒有人在監視他們。我一次只能注意到一、兩個場景或對話。有時我也會分心或放空。我監視一切，克洛黎，但我沒有看見一切。」

為什麼？」克洛黎替自己倒一杯新的巧克力，努力壓抑顫抖的手。

「這我不需要回答。夜行者號是我的船艦。」

克洛黎喝了口巧克力，眨眨眼，自顧自地點點頭。「你太讓我失望了，朋友。你讓我別無選擇。賽歐一直說有人在監視我們，我現在終於知道他是對的。他也說我們身陷危險之中。據他所說，威脅來自外星。是你嗎？」

投射出的白影動也不動，一聲不吭。

克洛黎劈里啪啦開口。「你不回答。啊，羅伊德，我該怎麼辦？那我一定要相信他了。我們身陷危險之中，來源可能就是你。我非得放棄這次任務了。羅伊德，讓我們返航亞法隆。這就是我的決定。」

鬼影淡淡一笑。「都這麼接近了，克洛黎？我們不久就要脫離星際飛躍了。」

克洛黎喉嚨深處傳出微小艱難的聲音。「我的沃克林。」他嘆口氣說。「近在咫尺——啊，要我放棄真是心有不甘。但我沒別的選擇，我辦不到。」

「你辦得到。」羅伊德．埃利斯說。「相信我。這是我唯一的要求，克洛黎。我希望你相信我，我沒有惡意。賽歐．拉薩默也許提到了危險，但目前為止沒有人受傷，不是嗎？」

「對。」克洛黎說。「除非你不算上阿麗絲，她今天下午切到了自己。」

「什麼？」羅伊德猶豫了一下。「切到自己？我沒看到，克洛黎。什麼時候發生的？」

「喔，是剛才的事——我想就在賽歐開始尖叫、胡言亂語之前。」

「好。」羅伊德聽起來略有所思。「我當時在看梅蓮薩運動。」他終於說。「以及和她說話。我沒注意。告訴我事情怎麼發生的。」

克洛黎告訴他事發經過。

「聽我說。」羅伊德說。「相信我，克洛黎，我一定會帶你去見沃克林。安撫你的手下，向他們保證我不成威脅。並且持續讓賽歐服藥，保持他安安靜靜的，你明白嗎？那非常重要。他才是問題所在。」

「艾葛莎的說法也差不多。」

「我知道。」羅伊德說。「我和她意見一致。你能照我的話做嗎？」

「我不知道。」克洛黎說。「你令我十分為難。我不明白到底出了什麼事，朋友。不能再多透露一點嗎？」

羅伊德．埃利斯沒回答。鬼影靜靜待在原地。

「好吧。」克洛黎最後開口。「你不說。你真讓我為難。羅伊德，還有多久？我們還要多久會見到沃克林？」

「不久。」羅伊德回答。「我們大約再過七十小時便會脫離星際飛躍。」

「七十小時。」克洛黎說。「沒差多久了。現在返航一切都白費了。」他舔了舔嘴唇，拿起杯子，發覺裡頭是空的。「那繼續吧。我會照你說的做。我會相信你，讓賽歐繼續服藥，我不會告訴其他人你在偷看。這樣夠了嗎？帶我去見我的沃克林。我等了那麼久！」

「我知道。」羅伊德．埃利斯說。「我知道了。」

鬼影消失了，克洛黎．德布蘭寧一人坐在昏黑的休息室。他試著去倒巧克力，但手不由自主顫抖，巧克力全倒在手指上，杯子落地，他破口咒罵，心亂如麻，手陣陣痛著。

＊　＊　＊

隔天氣氛愈見緊繃，發生大大小小不愉快的事。琳德蘭和丹諾「私下」大吵一架，但其實半艘船的人都聽得到。休息室裡，一場三人遊戲鬧得雞飛狗跳，拉簡控訴梅蓮薩．潔兒作弊。若咪．梭恩抱怨連連，說她將系統連結到船艦電腦莫名遇到問題。阿麗絲．諾斯溫坐在休息室好幾小時，一臉陰沉盯著她綁著繃帶的手指。艾葛莎．美里布萊克在艙道間徘徊，一會兒抱怨船上太熱，空氣滯悶，到處是煙，害她關節抽痛；一會兒又說船上太冷。就連克洛黎．德布蘭寧都情緒低落，緊張兮兮。

只有心靈感應者似乎很自在。賽歐．拉薩默打了安心寧四號劑之後，變得反應遲緩，昏昏欲睡，但至少他看到陰影不會再縮身子。

不論是聲音或投影，羅伊德．埃利斯都沒現身。

他晚餐仍未出席。眾學者惴惴不安地進餐，等待他隨時出現在主位，加入眾人的話題。吃完晚飯，巧克力、香料茶和咖啡都端上桌之後，羅伊德依然不見蹤影。

「我們的艦長看來很忙啊。」梅蓮薩．潔兒說，她身子靠在椅背上，搖晃手中那杯白蘭地。

「我們馬上就要脫離星際飛躍了。」克洛黎．德布蘭寧說。「可想而知，他必須為此準備。」羅伊德沒現身，克洛黎其實心裡暗自焦急，心想他此時是不是仍偷偷監視著他們。

拉簡．奎斯多弗斯清了清喉嚨。「既然少了他，我們又都在，也許適合聊聊幾件事。他沒來吃晚餐我一點也不擔心，因為他根本不用吃飯。他不過是個他媽的投影。哪有差？也許這樣也好，但我們必須聊聊這件事。克洛黎，我們不少人對這羅伊德．埃利斯都怕怕的。你對這神祕的傢伙了解多少？」

「了解，朋友？」克洛黎將苦中帶甜的濃稠巧克力倒入杯中，緩緩喝著，稍微思考一陣子。「有什麼好了解的？」

「你當然知道，他從來不出來跟我們混在一塊。」琳德蘭冷冷地說。「你接洽他的船艦之前，有人跟你提過他的怪癖嗎？」
「我也想知道答案。」另一個語言學家丹諾說。「亞法隆多得是船艦進進出出。你怎麼會選羅伊德？你打聽過他嗎？」
「關於他的事？我不得不說，我所知甚少。我跟幾個碼頭人員和運輸公司聊過，但沒有人認識羅伊德。總之，他原本不在亞法隆做生意。」
「這說詞還真好用。」琳德蘭說。
「這說詞真可疑。」丹諾補了一句。
「那他**究竟**來自何處？」琳德蘭追問。「丹諾和我非常仔細聽他說話。他說標準話的語調和發音都很正常，察覺不出口音，用詞也沒特別的習慣，聽不出來歷。」
「有時他的用語會有點過時。」丹諾插話。「有時句法會露出蛛絲馬跡。只是每次來源地都不一樣。看來他經常遊走四方。」
「親愛的。」琳德蘭說著拍拍他的手。「商人本來就是如此。畢竟他有一艘星艦。」
丹諾瞪她，但琳德蘭直接繼續說。「不過說真的，你知道任何關於他的事嗎？這艘夜行者號到底從哪找來的？」
「我不知道。」克洛黎坦白。「我——我從來沒想到要問。」
他的研究團隊面面相覷，一臉不敢置信。「你沒想到要**問**？」拉簡說。「你怎麼選中這艘船的？」

「這艘船剛好適合啊。行政委員會批准了我的計畫，授予我人力，但他們沒有多的研究船艦，而且這次預算也有限。」

艾葛莎．美里布萊克酸溜溜大笑。「你們還沒想通的話，我幫你們解釋。克洛黎是在說，學院樂見他針對外星神話和沃克林傳說進行研究，但對找尋沃克林的計畫興致缺缺。於是學院給他一小筆經費敷衍他，讓他繼續努力。而他們對這次小任務不期不待，因此提供的人才都是亞法隆上人人討厭的傢伙。」她望向眾人。「看看你們自己的樣子。研究初期，我們沒人和克洛黎合作過，但這趟短程計畫，我們每個人居然都有機會參與，而且我們之中沒人算得上是一流學者。」

「我可不一樣。」梅蓮薩．潔兒說。「我是自願參與這次任務。」

「我不會跟妳辯。」超精神醫師說。「重點是選擇夜行者號的原因很簡單。你只不過是租了眼下最便宜的貨艦，對不對，克洛黎？」

「不少船艦不願意接受我的提案。」克洛黎說。「不得不說，這趟任務聽起來很古怪。許多船主都可謂有點迷信，他們不敢讓船艦離星球太遠，不願意在太空深處脫離星際飛躍。同意條件的人之中，羅伊德．埃利斯最能和我們配合，他能馬上出發。」

「於是我們**非得**馬上出發。」琳德蘭酸溜溜地說。「不然沃克林就咻一聲跑走囉。他們只會在這區域停個十萬年，誤差值大概是幾千年左右吧。」

有人聽了大笑。克洛黎一臉困窘。「朋友，我當然可以延後出發時間。我承認我迫不及待想見我的沃克林，目睹他們雄偉的船艦，問他們所有縈繞在我腦中的問題，探索關於他們的謎團。但我也承認，延後並不難。但為何要延後呢？羅伊德是個親切的主人，也是個好飛行員。我們這趟過得不算差。」

「你有見到他嗎？」阿麗絲・諾斯溫問：「你在安排各種事情時，見過他本人嗎？」

「我們聊過許多次，但我在亞法隆上，羅伊德則在軌道上。我是在螢幕上看到他的臉。」

「可能是投影或電腦模擬。」若咪・梭恩說。「我能用系統在你螢幕上做出各式各樣的臉，克洛黎。」

「沒人見過羅伊德・埃利斯。」拉簡說。「那傢伙一開始就把自己隔離起來了。」

「船主希望能保有自己的隱私。」克洛黎說。

「藉口。」琳德蘭說。「他隱瞞了什麼？」

梅蓮薩・潔兒大笑。所有人目光都轉向她時，她咧嘴一笑，搖搖頭。「羅伊德艦長是個完美的人選，奇怪的人配上奇怪的任務。你們難道都不喜歡神祕感嗎？傳說中，比人類發動戰爭都還古老的年代，有個還只存在於假設的外星艦隊從銀河中心不斷向外飛。如今我們能專程飛越好幾光年，去攔截沃克林，結果你們卻因為數不到羅伊德艦長鼻子上的痘疤肉疣，而悶悶不樂。」她身子伸過桌面，再倒白蘭地。「我媽說得對。」她輕鬆地說。「正常人就是低能。」

「也許我們該聽梅蓮薩的話。」若咪．梭恩略有所思說。「羅伊德的癖好和神經有毛病是他的事，只要他不影響我們就好。」

「我覺得不舒服。」丹諾無力地抱怨。

「我們都明白。」阿麗絲．諾斯溫說。「我們可能跟罪犯或外星人在同一艘船上。」

「或**木星人**。」有人低聲說。外星科技技師面紅耳赤，長桌上大家都在竊笑。

賽歐．拉薩默原本垂頭吃飯，此時默默抬起頭咯咯笑。「**外星人**。」他說。他藍色的眼睛不斷翻白，彷彿想逃出眼眶。他雙眼明亮，透露著瘋狂。

艾葛莎罵了一聲。「藥效快過了。」她馬上對克洛黎說。「我必須回去房間拿藥。」

「什麼藥？」若咪．梭恩追問。對於賽歐的胡言亂語和警告，克洛黎十分謹慎。他擔心全船陷入恐慌，因此並未向其他人透露。「發生什麼事？」

「危險。」賽歐說。他轉向坐在他身旁的若咪，使勁抓住她手臂，他蒼白修長的指甲抓著她金屬材質的銀色上衣。「我告訴你們，我們身陷危險，我感應到了。某種來自**外星**的東西。對我們產生威脅。血，我看到血了。」他大笑。「妳嚐得到嗎，艾葛莎？我幾乎能嚐到血了。那東西也嚐得到。」

艾葛莎站起。「他病了。」她對其他人說。「我一直在用安心寧抑制他的感應力，想減少幻覺。我會再去拿一些。」她走向門口。

「抑制他的能力？」拉簡嚇呆了。「他在警告我們。你們沒聽到嗎？我想知道**那鬼東西**到底是什麼。」

「不要用安心寧了。」梅蓮薩．潔兒說。「乾脆拿愛思倍朗。」

「別對我頤指氣使的，小姐！」

「對不起。」梅蓮薩說。她輕輕聳聳肩。「不過我想得確實比妳快一步。愛思倍朗也能消除他的幻覺，不是嗎？」

「對，可是……」

「而且能幫助他專注在威脅上，對吧？」

「我對於愛思倍朗的效用非常熟悉。」超精神醫師不耐煩地說。

梅蓮薩拿著白蘭地，嘴角勾起一抹微笑。「妳當然知道了。現在聽我說。看來你們所有人都因為羅伊德感到焦慮。不管他隱瞞了什麼，你們不知道心裡就不舒坦。拉簡已經編故事編了好幾週，而且說得都跟真的一樣。阿麗絲緊張到把自己的手指切了。我們不斷在吵架。再害怕下去，我們這個團隊就無法好好合作，乾脆趁現在一勞永逸。很簡單。」她指著賽歐。「坐在大家面前的是一級心靈感應者。用愛思倍朗加強他的力量，他馬上能娓娓道來艦長的人生，講到大家不想聽為止。同時，他也能克服心魔。」

「**他在監視我們**。」心靈感應者低聲說，語氣急迫。

「不行。」克洛黎．德布蘭寧說。「我們一定要抑制賽歐的能力。」

「克洛黎。」拉簡說。「事情失控了。我們好幾個人都緊張得要命，這孩子也嚇壞了。我相信我們所有人都認為必須解開羅伊德．埃利斯背後的謎團。這次，梅蓮薩算說對了。」

「我們沒有權利這麼做。」克洛黎說。

「這是必要之舉。」若咪．梭恩說。「我同意梅蓮薩的說法。」

「對。」阿麗絲．諾斯溫附和。兩名語言學家也跟著點頭。

克洛黎後悔自己不該對羅伊德立下承諾。他們沒給他多少選擇。他和超精神醫師四目相交，並嘆了口氣。「好吧。」他說。「給他愛思倍朗。」

「**他會殺了我**。」賽歐．拉薩默尖叫。他整個人彈起，若咪．梭恩抓住他手臂，試圖安撫他時，他隨手抓起咖啡杯，正面擊中她的臉。最後他們三人合力才制伏他。「快。」拉簡大吼，心靈感應者不斷掙扎。

艾葛莎全身打顫，奔出休息室。

她回來時，其他人已把賽歐抬到桌上，使勁壓制住他，並將他的白色長髮撥開，露出頸動脈。

艾葛莎走到他身旁。

「住手。」羅伊德說。「不需要這樣。」

他的鬼影閃爍，出現在原本無人的長桌主位。超精神醫師原本正要注射一劑愛思倍朗，此時全身不動，阿麗絲．諾斯溫一臉震驚，不禁放開了賽歐的手臂。但賽歐也沒有掙脫。他躺在桌上大口喘氣，淡藍色的雙眼矇矓，怔怔望著羅伊德突然而來的投影。

梅蓮薩．潔兒拿起白蘭地酒杯打招呼。「唉呀。」她說。「你錯過晚餐了，艦長。」

「羅伊德。」克洛黎．德布蘭寧說。「對不起。」

鬼影失焦地望著遠端牆面。「放開他。」通訊喇叭傳來聲響。「既然我的隱私令你們如此害怕，我就來告訴你們我最大的祕密。」

「他剛才一**直**在監視我們。」丹諾說。

「請說。」阿麗絲狐疑地說。「你到底是什麼？」

「我喜歡妳關於氣態巨行星的理論。」羅伊德說。「可惜的是，真相沒那麼誇張。我是個普通的中年**人類**。如果要精確來說，是以標準年計算的六十八歲。你們面前的全息投影便是羅伊德．埃利斯的真面目，至少是幾年前的樣子。我現在是老了些，但向客人投影時，我會用電腦模擬出稍稍年輕的樣貌。」

「喔？」若咪．梭恩臉上被咖啡燙得發紅。「那有什麼好保密的？」

「這件事要從我母親開始說起。」羅伊德回答。「夜行者號原本是她的船艦，她本人親手設計，並在紐霍姆星艦廠打造。我母親是自由貿易商，事業相當成功。她出身貧賤，生在一個叫維斯星的地方，離這裡很遠，不過也許你們有人聽過。她工作力爭上游，循階級向上爬，最後終於自立門戶。她願意接怪單，例如運送不尋常的貨物，脫離主要運送路線，甚至不按常理，花一個月、一年，甚至兩年將貨物送到遠方，因此賺了不少錢。這些案子風險比較高，因此比起運送普通郵件利潤更高。母親不在意她和手下能否頻繁地返家。船艦就是她的家。她一離開便把維斯星拋在腦後，只要有其他選擇，她不會到同樣的地方兩次。」

「充滿冒險精神。」梅蓮薩．潔兒說。

「不。」羅伊德說。「是精神變態。可想而知，我母親不喜歡人類。一點都不喜歡。她的手下不愛戴她，她也不愛他們。她最大的夢想就是徹底擺脫所有手下，獨自一人航行。她錢賺夠之後，總算實現了自己的夢想。夜行者號於焉誕生。她在紐霍姆登艦之後，便不曾觸碰過任何一個人類，也不曾踏上星球表面。她住在我現在住的隔間，生活大小事都透過螢幕和雷射完成。她可說是個瘋子，事實上，她也真的瘋了。」鬼影淡淡笑著。「不過，就算她現在孤身一人，這一生確實也夠有趣的。她所見到的世界，克洛黎，要是她告訴你她所見到的一切，你將為之心碎，但你大概無緣知道了。她擔心死後紀錄被人濫用，或把她當笑話，便把大多數資料都刪了。這就是她的個性。」

「你呢？」阿麗絲．諾斯溫問。

「她至少有碰過一**個**人類吧。」琳德蘭插口，露出微笑。

「我不該叫她母親。」羅伊德說。「我是她跨性別的複製人。她獨自駕駛星艦飛了三十年之後，對生活感到無趣。她原本想複製我來當同伴和愛人。她能把我培養成心目中最完美的樣子。不過，她對孩子沒耐心，也不想親自將我帶大。複製工作完成後，她便把還是胚胎的我關在培育槽，連接電腦。電腦就是我的老師。誕生前、誕生後都是。我其實沒有經歷過誕生。正常孩子早該呱呱墜地，我卻仍待在培育槽，透過管線處於休眠狀態，盲目做著夢，慢慢學習長大。到了青春期，我才能重獲自由，因為她覺得到了那時我會是個合適的玩伴。」

「太可怕了。」克洛黎．德布蘭寧說。「羅伊德，我的朋友，我不知道是這樣。」

「太可憐了，艦長。」梅蓮薩．潔兒說。「你的童年完全被剝奪了。」

「我從來不覺得可惜。」羅伊德說。「也不懷念她。其實她的計畫根本白費力氣。複製完成幾個月後，她便死了，當時我還是培育槽中的一個胚胎。但是，她仍安排好了一切。船在她死後脫離了星際飛躍，引擎關閉，在星際空間飄流了十一個標準年，最後電腦讓我——」

他頓了頓，嘴角一笑。「我原本要說**電腦讓我成為人類**。哼，總之，電腦讓我成為現在的自己。這就是我繼承夜行者號的經過。我出生之後，花了數個月才學會駕駛這艘船，並了解我的身世。」

「不可思議。」克洛黎．德布蘭寧說。

「對。」語言學家琳德蘭說。「但這不能解釋你為何要隔離自己。」

「啊，說得通啊。」梅蓮薩．潔兒說。「艦長，他們是未經改良的人類，也許你該說清楚一點？」

「我母親痛恨星球。」羅伊德說。「她厭惡地表的惡臭、泥土和細菌，還有不穩定的天氣及其他人。她為我們打造了無瑕的環境，盡她所能打造出無菌空間。她也不喜歡重力。多年來她都在老舊的自由貿易貨艦上工作，貨艦上通常無法提供重力網，因此她不但習慣，也喜歡無重力環境。這便是我出生成長的背景。

「我的身體沒有免疫系統，對任何事物都沒有自然的抵抗力。跟你們接觸恐怕會害我喪命，不然至少會大病一場。我的肌肉衰弱無力，可說是萎縮了。夜行者號現在的重力網不是為我而設，而是為了你們。對我來說，重力網是折磨。此時，真實的我坐在一張支撐我重量的浮椅上。我還是會痛，我的內臟可能也有受損。這就是我為何不常載客的原因。」

「關於人類生活，你跟你母親看法一樣嗎？」艾葛莎問。

「不，我喜歡人。我接納自己的狀態，但這不是我選擇的。我用我唯一能做的方式去體驗人類生活——我盡力揣摩想像，並多方涉獵，讀書、看錄影帶、全息投影、小說、戲劇和各種歷史。我也曾服用過夢沙。偶爾，我會鼓起勇氣載客。這時候，我會盡可能感受他們的生活。」

「如果你讓船艦隨時都處於無重力狀態，你能載更多乘客。」若咪・梭恩建議。

「確實。」羅伊德有禮地說。「然而我發現，就像我對重力感到不適一樣，在星球上出生的人處於無重力狀態下也會不舒服。船艦沒有人造重力，或不使用的話，乘客多半就少了。沒重力的話，乘客在旅途中不是生病，就會長時間服藥。那可行不通。我也知道，自己只要坐在椅子上，穿上封閉式的維生衣，就能和乘客一起生活。我曾這麼做過。最後我發現，我的參與程度不但沒增加，反倒減少了。我變成了怪胎、殘廢，大家會對你另眼看待，而且和我保持距離。這不符合我原本的目的。我寧願像這樣隔離開。而且只要我想，我就能觀察上船的外星人。」

「外星人？」阿麗絲語氣透露出疑惑。

「你們對我來說，全都是外星人。」羅伊德回答。

夜行者號休息室陷入一陣沉默。

「我很抱歉發生這一切，朋友。」克洛黎・德布蘭寧說。「我們不該侵犯你個人隱私。」

「對不起。」艾葛莎・美里布萊克嘟噥。她皺起眉頭，將愛思倍朗藥劑塞入注射器。

「嗯，乍聽下是沒說謊，但這就是真相嗎？我們還是沒有證據，這只是另一套床邊故事。不管是木星來的生物、一台電腦或生重病的戰犯，運用全息投影，人人都能信口開河，我們根本無法確認。不——其實我們有一**個**辦法。」她朝躺在桌上的賽歐．拉薩默迅速踏了兩步。「他仍需要治療，我們也仍需要確認，現在都到了這個地步，我覺得沒理由住手。如果我們現在可以把一切劃下句點，為何還要面對焦慮？」她手將賽歐無力的頭按到一邊，找到動脈，放好注射器。

「艾葛莎，」克洛黎．德布蘭寧說道。「羅伊德現在都已經……妳不覺得我們應該先討論……」

「不。」羅伊德說。「住手。我下令了。這是我的船艦。住手，不然……」

「……不然怎樣？」注射器發出響亮的滋滋聲，艾葛莎拿開之後，賽歐脖子留下一個紅點。

賽歐撐著手肘，半坐起身子，艾葛莎靠近他。「賽歐。」她以最專業的口吻說。「把精神專注在羅伊德身上。你辦得到，我們全都知道你多厲害。等一下，愛思倍朗會釋放你所有能力。」

他淡藍色的雙眼一片茫然。「不夠近。」他喃喃道。「一級，我是一級認證。厲害，你們知道我很厲害，但我必須**靠近一點**。」他全身顫抖。

艾葛莎手臂摟著他，邊摸邊哄。「愛思倍朗會擴大你的感應範圍，賽歐。」她說。「感覺一下，感覺你變得愈來愈強大。你感覺得到嗎？一切愈來愈清晰，對不對？」她低沉平緩的聲音令人安心。「你能聽到我的思緒，我知道你聽得到，但不要管我。其他人也是，把他們的雜音、思緒、欲望、恐懼全部都先推到一旁。想起你說的危險了嗎？想起來了嗎？把危險找出來，賽歐，找到危險所在。看看牆另一邊有什麼，告訴我們牆後面的樣子。告訴我們羅伊德的事。他說的是真話嗎？告訴我們。你很厲害，我們全都知道，你一定能告訴我們。」這一句句話簡直像咒語一般。

他扭肩甩開她的手，自己坐直身子。「我感覺得到。」他說。他的雙眼突然明亮起來。

「有東西——我頭好痛——我**好害怕！**」

「別害怕。」艾葛莎說。「愛思倍朗不會害你頭痛，只會讓你更好。我們全都在這裡陪著你。沒什麼好怕的。」她摸著他的眉頭。「告訴我們你看到什麼。」

賽歐・拉薩默目光像個嚇壞的小男孩，望著羅伊德的鬼影，他舌頭舔過下唇。「他——」

然後他腦袋爆開了。

* * *

全場陷入瘋狂和疑惑之中。

心靈感應者的頭顱猛然炸開，骨屑血肉四濺，所有人瞬間身上沾滿鮮血。他身體在桌上狂亂地扭動好一陣子，暗紅鮮血從他頸動脈汩汩流出，四肢連連抽搐，令人毛骨悚然。他的頭是不見了，全身竟還動個不停。

艾葛莎・美里布萊克離得最近，手上注射器落下，目瞪口呆站立原地。她身上沾滿鮮血，到處都黏著一塊塊碎肉與腦。她右眼下方有塊長形白骨刺穿了皮膚，流出的血和賽歐的血全融在一塊。她似乎毫無所覺。

拉簡・奎斯多弗斯向後摔倒，掙扎站起，然後不住向後退，全身緊貼著牆。

丹諾尖叫、又尖叫、再尖叫，後來琳德蘭甩他一巴掌，叫他安靜，臉上帶有血汙的他這才安靜下來。

阿麗絲・諾斯溫跪倒在地，以奇怪的語言喃喃禱告。

「救救他。」若咪・梭恩呻吟。「誰快來**救救他**。」賽歐一隻手臂無力地擺動，摸到她身子。她尖叫退開。

梅蓮薩・潔兒把白蘭地放到一旁。「冷靜點。」她啐道。「他死了，傷不了妳。」

他們全望向她，克洛黎和艾葛莎除外，這兩人似乎嚇呆了。梅蓮薩突然發現，羅伊德的投影不知不覺消失了。她開始下令。「丹諾、琳德蘭、拉簡——找塊床單之類的把他包好，把屍體搬走。阿麗絲，妳和若咪去拿水跟海綿。我們要把這裡清理乾淨。」其他人照吩咐行動時，梅蓮薩走到克洛黎身旁。「克洛黎。」她說著溫柔地將手放到他肩上。「你還好嗎，克洛黎？」

他抬頭望著她，灰色的眼睛眨了眨。「我——還好，我還好——我叫她不要注射，梅蓮薩。我告訴她了。」

「沒錯，你告訴她了。」梅蓮薩．潔兒說。她伸手安慰地拍了他一下，繞過桌子，走到艾葛莎．美里布萊克身旁。「艾葛莎。」她輕喚。但超精神醫師並未回答，就連梅蓮薩抓住她肩膀搖她，她都毫無反應。她眼神渙散。「她還處於驚嚇狀態。」梅蓮薩說。她看到刺穿艾葛莎臉頰的白骨，皺了皺眉。她拿餐巾擦了擦艾葛莎的臉，小心翼翼將骨頭取下。

「屍體要怎麼辦？」琳德蘭問。他們找到床單，已把屍體包起。屍體總算不再抽動，但鮮血仍不斷滲出，最內層的床單已被染紅。

「放到貨艙。」拉簡提議。

「不行。」梅蓮薩說。「不衛生。屍體會腐爛。」她想了一會。「裝好，把屍體帶到動力艙。從氣閘艙過去，設法固定。必要的話把床單撕了。船艦那區域是真空狀態。那裡最適合。」

拉簡點點頭，三人出發，合力抬著賽歐的屍體。梅蓮薩再次轉身看著艾葛莎，但沒過多久，若咪．梭恩原本正拿塊布擦桌上的血，突然劇烈嘔吐。梅蓮薩罵了一聲。「誰去幫她一下。」她大喊。

克洛黎・德布蘭寧終於回神。他起身從若咪手中拿起浸滿血的布，帶她去他的個人房。

「我一個人辦不到。」阿麗絲・諾斯溫哀嚎，她作嘔地轉身。

「那來幫我。」梅蓮薩說。她和阿麗絲兩人半扶半抬將艾葛莎拖離休息室，替她清潔更衣，注射一劑她的藥，讓她睡下。接著，梅蓮薩拿起注射器，替每人注射。阿麗絲和若咪・梭恩注射了微量的鎮定劑，丹諾用的量則再多一點。

三小時後，他們才再次聚集。

＊　＊　＊

所有人在最大的貨艙集合，其中三人的睡網便設在那裡。八人中有七人到場。艾葛莎・美里布萊克仍不省人事，也許睡著了，也許昏過去，也許仍處於極度震驚的狀態；沒有人能肯定。其他人雖然臉色蒼白憔悴，但心情已平復。所有人都換了衣服，就連阿麗絲・諾斯溫也是，她穿上一件跟之前一模一樣的新工作服。

「我不懂。」克洛黎・德布蘭寧說。「我不懂發生了什麼……」

「羅伊德殺了他，就這樣。」阿麗絲悻悻說道。「他的祕密快被揭穿，所以他直接——直接把他爆頭了。我們全親眼看到了。」

「我不相信。」克洛黎・德布蘭寧說，語氣悲傷。「我不信。羅伊德和我經常聊天，你們在睡覺時，我們聊了好幾個夜晚。他個性溫和，常問東問西，為人敏感。他是個夢想家。他了解沃克林的事。他不可能做出這種事。他做不到。」

「事情發生時，他投影倒消失得很快。」琳德蘭說。「而且你們有沒有發現，在那之後，他一句話都沒說。」

「我們其他人話也不多啊。」梅蓮薩・潔兒說。「我不知道實情為何，但我直覺同意克洛黎的看法。我們沒有證據證明賽歐的死和艦長有關係。我們有不少事還沒釐清。」

阿麗絲・諾斯溫哼一聲。「證據。」她嗤之以鼻說。

「其實，」梅蓮薩不受影響繼續說，「我甚至不確定**跟人**有沒有關係。他服下愛思倍朗之前一切都沒事。會不會是藥有問題？」

「副作用也太驚人。」琳德蘭喃喃說。

拉簡・奎斯多弗斯皺起眉頭。「這並非我的領域，但我覺得不是。愛思倍朗藥效極強，身體和心靈副作用也都十分強勁，但沒**那麼**誇張。」

「那究竟怎麼回事？」若咪・梭恩說。「他是怎麼死的？」

「死因恐怕是他的能力。」外星生物學家說。「當然，也許是受藥物刺激導致。愛思倍朗除了增強心靈感應的根本力量，也會激發出潛藏在他身上的其他超能力。」

「例如？」若咪問。

「生物控制。心靈傳動。」

梅蓮薩・潔兒想得比他更快。「總之，愛思倍朗會讓血壓急劇上升。全身的血液都湧向頭顱，讓壓力更大。心靈傳動能同時降低環境氣壓，害他頭周圍一瞬間呈真空狀態。仔細想想，不無可能。」

他們想了一會，渾身都不舒服。

「誰做得出這種事？」克洛黎・德布蘭寧說。「只可能是自身造成的，也許他的能力徹底失控。」

「或是有人讓他害死自己。」阿麗絲・諾斯溫固執地說。

「人類心靈感應者沒人辦得到，即使是一瞬間，也無法控制別人的身體、心靈和靈魂。」

「沒錯。」阿麗絲一廂情願答道。「**人類**心靈感應者不行。」

「氣態巨行星人呢？」若咪・梭恩語帶諷刺。

阿麗絲・諾斯溫惡狠狠瞪她。「暫且不提克雷人感應者或**畸希楊奇**吸魂怪，或我腦中至少六個人種。我只提一個可能——藍岡心智人。」

這想法著實令人不安。一想到夜行者號主控室暗藏著藍岡心智人，並擁有那獨特深奧的力量，所有人都緊張地挪了挪身體，默然不語，但梅蓮薩滿是嘲諷地大笑一聲，打破了沉默。「妳根本是在拿影子嚇自己，阿麗絲。」她說。「如果好好想想就知道，妳這話太荒謬了。這應該只是常識吧。你們應該是外星領域的專家，每一個都是，熟悉外星語言、心理、生物和科技。但你們的表現太令人失望了。我們和藍岡人打了一千年的仗，但和藍岡心智人的交流從沒成功過。如果羅伊德．埃利斯是藍岡人，在大崩壞之後，藍岡人這幾百年來在對話技巧上真是大大進步了。」

阿麗絲．諾斯溫滿臉通紅。「妳說得對。」她說。「我沒想清楚。」

「各位朋友。」克洛黎．德布蘭寧說。「我們會驚慌，也會歇斯底里，但不要讓這些影響我們。剛才發生了一件可怕的事情。同伴死了，我們不知道原因。在此之前，我們只能繼續向前。不要浪費時間含沙射影，魯莽行事。也許回到亞法隆，經過正式調查，真相便能水落石出。屍體已妥善保存，等待檢驗，不是嗎？」

「我們穿過氣閘艙進了動力艙。」丹諾說。「沒有問題。」

「而且我們回程也可以仔細研究。」克洛黎說。

「應該立即回程。」阿麗絲說。「叫羅伊德將船調頭！」

克洛黎一臉心痛。「可是沃克林就在眼前！如果我沒算錯，再一個星期，我們就能了解他們。我們回程要六週時間，多花一週證實他們的存在，這算值得吧？賽歐一定不希望自己白死。」

「賽歐死前喃喃說著外星人和危險。」阿麗絲堅持。「我們卻急著去和外星人見面。要是他們就是危險呢？也許沃克林比藍岡心智人更強大，也許他們不希望和人見面，也不願讓人調查或觀察。這樣的話呢，克洛黎？你想過嗎？你研究的故事裡——不是有人提及遇到沃克林之後出了大事？」

「傳說。」克洛黎說。「都是迷信。」

「傳說中，芬迪人一整個部族慘遭殲滅。」拉簡．奎斯多弗斯插嘴。

「那只是對於外來種族的恐懼，我們不能輕信這些故事。」克洛黎辯解。

「也許這些故事真的不代表什麼。」阿麗絲說。「但你真的要冒險嗎？**我**可不想。為了什麼？這一趟任務中有太多不確定因素，資源來源也許虛構，也許誇大，或根本是錯的，你的計算有可能出錯，沃克林也有可能中途更改航線——我們脫離星際飛躍的位置，甚至可能跟沃克林差了好幾光年的距離。」

「啊。」梅蓮薩．潔兒說。「我明白了。那我們真不該繼續執行任務，因為他們不但不會在那裡，也可能很危險。」

克洛黎露出微笑，琳德蘭大笑。「不好笑。」阿麗絲．諾斯溫說，但她不再爭辯了。

「其實沒差。」梅蓮薩繼續說。「從現在到脫離星際飛躍，調查沃克林，我們面對的危險都不會增加。反正，我們本來就要脫離星際飛躍，重新設定返航路線。而且我們為了沃克林大老遠來一趟，我承認我滿好奇的。」她一一望向每個人，沒人開口提出異議。「那我們就繼續吧。」

「那羅伊德呢？」拉簡問。「他要怎麼辦？」

「我們**又能**怎麼辦？」丹諾說。

「像之前一樣看待他。」梅蓮薩堅定地回答。「我們應該大方和他對話。如果羅伊德願意和我們坦然對話，也許我們能釐清一些謎團。」

「他可能和我們一樣震驚和難過，各位朋友。」克洛黎說。「他可能還怕我們怪罪他，或試圖傷害他。」

「我想我們應該突破到他的個人區域，不管他怎麼尖叫掙扎，都把他拖出來。」拉簡說。「該有的工具我們都有。這麼一來，我們所有恐懼都會一了百了。」

「那樣會殺死羅伊德。」梅蓮薩說。「那樣一來，他便會不擇手段阻止我們。他控制著這艘船。如果他認為我們是敵人，他能做的事情太多了。」她使勁搖頭。「不行，拉簡，我們不能攻擊羅伊德。我們一定要向他保證不會傷害他，並讓他安心。如果沒有人想跟他說話，我來。」沒有人自願。「好吧。但我不希望任何人做出什麼蠢事。管好自己的工作。正常生活就好。」

克洛黎點頭同意。「我們將羅伊德和可憐的賽歐先拋到腦後，專注在面前的工作，做好準備。我們一脫離星際飛躍，回到正常太空，偵測裝置都必須就位，這樣才能儘快找到目標。我們必須複習目前所知關於沃克林的一切。」他轉向語言學家，開始討論他希望他們做的準備，沒過多久，大家的話題都變成關於沃克林的事，恐懼一點一滴消失了。

若咪．梭恩坐在原地，默默聽著，她拇指不經意地摸著手腕上的接孔，但沒有人注意她若有所思的眼神。

甚至連觀察著眾人的羅伊德．埃利斯也沒發現。

* * *

梅蓮薩．潔兒獨自回到了休息室。

有人關了燈。「艦長？」她輕聲說。

他出現在她面前；投影蒼白柔和，雙眼空洞失焦。他的衣著輕薄，不合時代，全呈白色和淡藍色。「哈囉，梅蓮薩。」通訊器傳來溫柔的聲音，鬼影的嘴唇無聲說出同樣的話。

「你聽到了嗎，艦長？」

「有。」他說，語氣依稀透露出些許訝異。「夜行者號上，我能聽到、看到所有事情，梅蓮薩。不只在休息室，不只是通訊器和螢幕打開的時候。妳知道多久了？」

「知道？」她微笑。「自從你稱讚阿麗絲的氣態巨行星理論時開始。那天晚上通訊器沒開。你不可能知道，除非……」

「我以前從未出過錯。」羅伊德說。「我考慮之後，已先向克洛黎坦白。對不起，我壓力一直很大。」

「我相信你，艦長。」她說。「無論如何，我是改良過的人類，記得嗎？我好幾週前就懷疑了。」

羅伊德不吭聲一會。然後：「妳什麼時候要開始讓我安心？」

「我現在正在做。你還不覺得安心嗎？」

鬼影聳肩。「幸好妳和克洛黎不覺得我殺了那人。不然，我可要嚇壞了。事情失控了，梅蓮薩。為什麼她不聽我的？我要克洛黎讓他繼續服藥，我要艾葛莎別給他打針。我警告他們了。」

「他們也很害怕。」梅蓮薩說。「害怕你為了隱藏背後的可怕陰謀而嚇唬他們。我不知道。其實，這是我的錯。當初提到愛思倍朗的是我。我以為賽歐服藥之後會放鬆點，並告訴我們一些關於你的事。我很好奇。」她皺眉頭。「結果好奇心害死人。現在我的雙手沾滿鮮血。」

梅蓮薩雙眼適應了休息室的黑暗。全息投影的微弱光線中，她看得到事發的長桌，現場一片狼籍，杯盤、茶壺和巧克力壺散落於四處，乾掉的血跡呈黑色條紋布滿桌面。她也聽到輕微的滴答聲，分不出來是鮮血或咖啡滴落，她打了個寒顫。「我不喜歡在這裡。」

「如果妳想走，不管妳在哪我都會在。」

「不。」她說。「我要留下來。羅伊德，不管我們去哪裡，我想你最好**不要**再跟著我們。換句話說，你最好保持沉默，不要現身。不介意的話，你可以關掉全船的監視嗎？也許除了休息室。這樣我相信其他人會比較放心。」

「他們不知道。」

「他們會知道的。你提到氣態巨行星時，大家都在場。有些人此時恐怕已經想通了。」

「如果我告訴妳，我把監視器都關了，妳也無法知道我是不是說謊。」

「我可以相信你。」梅蓮薩．潔兒說。

另一端沉默。鬼影望著她。「就照妳說的。」羅伊德終於說。「全都關了。現在我只聽得到、看得到休息室的狀況。不過，梅蓮薩，妳一定要答應我控制住他們。我不希望有任何密謀，或有人試圖闖入我居住的區域。妳辦得到嗎？」

「我想可以。」她說。

「妳相信我的身世嗎？」羅伊德說。

「啊。」她說。「那是個奇妙古怪的故事，艦長。如果是謊言，我也會洗耳恭聽。你說得很生動。如果是真的，那你還真是奇妙古怪。」

「也是。」鬼影靜靜地說。「梅蓮薩……」

「什麼事？」

「妳會在意我……監視妳嗎？在妳沒注意的時候偷看？」

「有一點。」她說。「但我覺得我能理解。」

「我看過妳做愛。」

她微笑。「啊。」她說。「我挺棒的呢。」

「我沒想到。」羅伊德說。「妳的生活很好看。」一陣沉默。她努力忽略右方隱約並規律傳來的水滴聲。「好。」猶豫了好一陣子，她終於說。

「好？好什麼？」

「好，羅伊德。」她說。「如果有機會，我會跟你做愛。」

「妳怎麼知道我在想什麼？」羅伊德一陣驚嚇，語氣充滿焦慮，近乎恐懼。

「不難猜。」梅蓮薩訝異地說。「我是改良過的人類。這事不難理解。記得我告訴過你，我領先你三步棋。」

「妳不是心靈感應者吧，是嗎？」

「不是。」梅蓮薩說。「不是。」

羅伊德思考了一陣子。「我想我比較安心了。」他終於說。

「好。」她說。

「梅蓮薩。」他又說。「有件事要跟妳說。有時候，領先太多步並不明智。妳懂嗎？」

「喔？不，我不懂。你嚇到我了。現在換你來讓我安心了，羅伊德艦長。」

「安心什麼？」

「這裡發生了什麼事？老實說。」

羅伊德不說話。

「我猜你知道些什麼。」梅蓮薩說。「為了阻止我們替賽歐注射愛思倍朗，你不惜暴露自己的祕密。但明明事情都講清楚了，你卻依然不准我們注射。這到底是為什麼？」

「愛思倍朗是個相當危險的藥物。」羅伊德說。

「不只如此，艦長。」梅蓮薩說。「你在逃避問題。是什麼殺死賽歐？或者說，是**誰**殺死的？」

「不是**我**。」

「我們其中之一？沃克林？」

羅伊德不說話。

「你船艦上有外星人嗎，艦長？」

沉默。

「我們有危險嗎？**我**有危險嗎，艦長？我不害怕，但我這樣算傻瓜嗎？」

「我喜歡人。」羅伊德最後開口。「在我能忍受得了的狀況下，我喜歡載客。沒錯，我是偷看乘客。但這不算罪大惡極的事。我尤其喜歡妳和克洛黎。我不會讓你們出事。」

「會出什麼事？」

羅伊德不說話。

「那其他人呢，羅伊德？拉簡、阿麗絲、丹諾、琳德蘭以及若咪·梭恩？你也會照顧他們嗎？還是只有克洛黎和我？」

沒有回應。

「你今晚話不多啊。」梅蓮薩說。

「我壓力很大。」他回應。「而且有些事，妳不知道比較安全。去睡覺吧，梅蓮薩·潔兒。我們聊得夠久了。」

「好吧，艦長。」她說。她朝鬼影笑了笑，舉起她的手。他也舉起手和她碰觸。黝黑溫暖的肉體和蒼白的光線交錯融合，合而為一。梅蓮薩·潔兒轉身離開。等她進到艙道，再次走入燈光下，她全身才顫抖起來。

人造午夜時刻。

眾人不再說話，一個個去睡了。就連克洛黎．德布蘭寧也去睡了，休息室的事讓他不想喝巧克力了。

兩個語言學家做了一場激情大聲的愛才放鬆睡著，彷彿目睹賽歐．拉薩默駭人的死狀之後，他們必須重新確認自己還活著。拉簡．奎斯多弗斯剛才在聽音樂，但現在每個人都靜止不動了。

夜行者號一片死寂。

最大的貨艙中一片黑暗，三張睡網並排掛著。梅蓮薩．潔兒熟睡著，身子偶爾扭動，表情糾結，彷彿在做惡夢。阿麗絲平躺在睡網中，大聲打呼，結實豐滿的胸口傳出安穩的呼哧聲。

若咪．梭恩睜眼躺著，靜靜思考。

最後她起身，全身赤裸站到地上，她動作小心，如貓一般輕盈安靜。她穿上緊身褲，從頭上套上黑色金屬材質的寬袖衣，腰間扣上銀帶，將短髮從衣服中甩出。她沒有穿上靴子。赤腳比較安靜。她雙腳小巧柔軟，沒有一處長繭。

她走到中間的睡網，搖了搖阿麗絲．諾斯溫的肩膀。打呼聲突然停止。「嗯？」阿麗絲說，煩躁地哼了一聲。

「來。」若咪．梭恩比了一下，悄聲說。

阿麗絲雙腳重重落地站起，一邊眨著眼，一邊跟著若咪穿過門，走到艙道。她穿著連身工作服睡覺，衣襟一路開到胯下都快露出來了。她皺了皺眉，將衣服拉好。「搞什麼鬼。」她嘟囔。她整個人亂糟糟的，十分不開心。

「有個方法能查證羅伊德的說法是不是真的。」若咪．梭恩小心地說。「但梅蓮薩會不高興。妳敢不敢試？」

「什麼？」阿麗絲問，一臉藏不住的好奇。

「來。」模控師說。

她們默默穿梭船艦，來到電腦室。系統已開機，但處於休眠狀態。她們無聲地走進去；那裡空無一人。一道道光芒滑順地在各項數據資料間流動，彼此交會、合併並再次分開；在黑色的背景中，多彩的淡色光芒交織聚合。電腦室昏暗，依稀只聽得到一絲嗡嗡聲，若咪．梭恩穿梭其中，著手按按鍵、撥開關，操控無聲光芒的流向。機器一點一滴醒了。

「妳在幹什麼？」阿麗絲．諾斯溫說。

「克洛黎要我把系統跟船艦系統連接。」若咪．梭恩一邊動手，一邊回答。「羅伊德說他想要研究沃克林的檔案。沒問題，我照吩咐做了。但妳明白那是什麼意思嗎？」她動作時，上衣傳出輕柔的金屬摩擦聲。

外星科技技師阿麗絲・諾斯溫那扁平的五官上出現迫不及待的神情。「把兩個系統連結在一起！」

「正是如此。所以羅伊德能讀沃克林的資料，我們也可以了解羅伊德的事。」她皺起眉頭。「真希望我能更了解夜行者號的硬體，但我想我能一路摸索過去。克洛黎申購的系統相當成熟。」

「妳能從羅伊德手中把船艦奪過來嗎？」

「奪過來？」若咪語帶困惑。「妳又喝醉啦，阿麗絲？」

「不是，我認真的。用妳的系統駭入船艦的控制系統，蓋掉羅伊德的權限，撤消他的指令，讓夜行者號歸我們管，從這裡控制。如果船艦由我們控制的話，妳不覺得比較安心嗎？」

「也許吧。」模控師遲疑地說。「我可以試試看，但為什麼要這麼做？」

「以防萬一。我們不一定要真的奪過來。只是未雨綢繆，以免出現緊急狀況。」

若咪・梭恩聳聳肩。「一下緊急狀況，一下氣態巨行星。我只是希望能解開羅伊德之謎，搞清楚他和賽歐的死有沒有關係。」她走到儀表板前，六個一公尺平方的螢幕圍著控制台，她將一個螢幕打開。修長的手指在閃爍的全息投影按鍵上飛舞，鍵盤一次次變換著形狀。模控師漂亮的臉蛋愈來愈專注。「我們進去了。」她說。數個符號出現在一個螢幕上，黑色透明的空間中紅光忽明忽暗。第一個螢幕上出現了夜行者號的結構圖，透視圖像不斷旋轉和分開；螢幕上的球體隨若咪的手指轉換大小和視角，下方出現一排精確的數據。模控師看了一會，兩個螢幕終於都不動了。

「這裡。」她說。「關於硬體的事，我找到答案了。除非氣態巨行星的外星人來幫忙，不然奪船的事妳不用想了。夜行者號的系統比我們的小系統來得龐大，更厲害。仔細想想，也是有道理。除了羅伊德之外，船艦全是自動的。」

她的手又再次移動，兩個顯示螢幕跟著亮起。若咪．梭恩吹起口哨，輕聲細語鼓勵著搜尋程式。「不過，看來**真的有**羅伊德這麼一個人。從設定檔看來，這艘船本身不可能是機器人。媽的，我居然猜錯了。」符號又再次浮現，若咪看著數據和符號在螢幕上流動。「這裡是生命維持參數，也許能給我們一些線索。」她手指碰一下，一個螢幕又停下。

「沒什麼不尋常的數據。」阿麗絲．諾斯溫失望地說。

「標準廢棄物處理、水資源回收、食物加工、蛋白質和維他命補給都十分充足。」她吹起口哨。「船上有好幾桶的雷尼苔蘚和新草，用來處理二氧化碳。這解決了氧循環的事。沒有甲烷和氨氣。真可惜。」

「滾去跟妳的電腦做愛啦！」

模控師微笑。「有試過嗎？」她手指又動了起來。「我還要找什麼？妳是技師，還有什麼線索？給點主意吧。」

「檢查培育槽、複製裝置之類的參數。」外星科技技師說。「那樣就知道他有沒有說謊。」

「我不知道。」若咪．梭恩說。「那是好久以前的事了。他可能把那些設備都扔了。留著也沒用。」

「找羅伊德的生活紀錄。」諾斯溫說。「或他母親的。找他們做過的生意，不是說做得有聲有色？他們一定留有紀錄。帳本、利潤、貨單那一類的。」她語氣愈來愈興奮，還從後面抓住模控師的肩膀。「日誌，船艦日誌！一定有日誌。快找！」

「好啦。」若咪．梭恩吹口哨，一派輕鬆，自在地和系統一起乘著數據的風，胸有成竹好奇地探索。這時，她前方的螢幕變成刺眼的紅色，開始閃爍。她微笑一下，按了投影按鍵一下，鍵盤消失，在她手下重組。她又試另一條路徑。又有三個螢幕變紅，開始閃爍。她笑容消失了。

「怎麼了？」

「保全程式。」若咪．梭恩說。「我馬上解決。等我一下。」她又換了個鍵盤，打入另一個搜尋程式，加入保護條件，以免被阻擋。又一個螢幕閃爍紅光。她讓機器讀取她得到的數據，再次試探。更多紅光明暗閃爍，亮到眼睛都受不了。現在所有螢幕都變成紅色。「非常強的保全程式。」她佩服地說。「日誌保護得相當周全。」

阿麗絲・諾斯溫哼了一聲。「我們被擋了嗎？」

「我們反應太慢了。」若咪・梭恩說，她咬著下唇，略有所思。「有個辦法。」她笑著捲起黑色金屬材質柔軟的袖子。

「妳在幹麼？」

「妳等著看。」她說。她將手臂放到控制台下，找到插頭，連接上去。

「啊。」她喉嚨深處傳出低沉的呻吟。閃爍紅光一個個從螢幕上消失，她的心靈在夜行者號系統中遊走，解除所有阻礙。「溜過另一個系統保全的感覺無法比擬。就像溜到男人身上。」日誌一條條飛逝，螢幕一片模糊，阿麗絲・諾斯溫根本來不及看。但若咪看得到。

然後她身子忽然僵住。「喔。」她說，幾乎是聲嗚咽。「好冷。」她說。她搖搖頭，冷的感覺消失了，但可怕的警報高聲響起，傳入她耳中。「媽的。」她說。「所有人都會被吵醒。」這時阿麗絲手指使勁掐住她肩膀，痛楚傳來，她不禁抬頭向上看。

灰色的金屬護板無聲關上，擋住了艙道的去路和警報的聲音。「什麼？」若咪・梭恩說。

「那是緊急氣密門。」阿麗絲・諾斯溫語氣冰冷地說。星艦她很熟。「要準備在真空環境上貨或卸貨時，船艦都會把氣密門關上。」

她們的目光飄向頭頂上呈弧形的巨大外閘門。內閘門已幾乎完全打開，她們眼睜睜看著內閘門「卡」一聲固定，外閘門此時也開了條縫，接著慢慢滑開，現在開口已有半公尺寬，後方是一片扭曲虛無的空間，明亮刺目。

「喔。」若咪．梭恩說。冰冷竄上她手臂。她不再吹口哨了。

＊ ＊ ＊

警報聲四起，乘客全被吵醒。梅蓮薩翻下睡網，衝向艙道。她全身赤裸，臉上表情慌亂又緊繃。克洛黎睡眼惺忪坐起。超精神醫師因藥物昏昏沉沉，睡夢中斷續呢喃了一會。拉簡．奎斯多弗斯驚聲大叫。

遠方金屬嘎吱作響，扭曲和撕裂聲傳來，全艦劇烈震動，兩個語言學家摔下睡網，梅蓮薩跌倒在地。

夜行者號指揮艙中，有一間球形房間，四周牆面一片素白，房中央飄浮著一個球形小座艙——那便是懸空的主控台。船艦在星際飛躍時，牆面都一片空白。畢竟，時空扭曲會散發刺眼光芒，人眼難以直視。

但現在全息投影再次開啟，四周球形牆面變得一片漆黑，星光穿透黑暗，毫不閃爍。在這片全息投影模擬的夜海中，人根本分不清上下左右，唯一在眼前的，便是飄浮於黑暗中的主控台。

夜行者號已脫離星際飛躍。

梅蓮薩・潔兒再次站起，拇指按下通訊器。警報仍響個不停，震耳欲聾。「艦長。」她大叫。「發生什麼事了？」

「我不知道。」羅伊德回答。「我在試著查清楚。等我一下。」

梅蓮薩靜待。克洛黎・德布蘭寧跌跌撞撞走入艙道，邊揉眼睛邊眨眼。拉簡・奎斯多弗斯不久也出來了。「怎麼了？發生什麼事？」他問，但梅蓮薩只搖搖頭。琳德蘭和丹諾不久也出現了。艾葛莎、阿麗絲・諾斯溫和若咪・梭恩還不見人影。學者們不安地望著擋住三號貨艙的氣密門。最後，梅蓮薩要拉簡去查看一下。他幾分鐘後回來。「艾葛莎仍在昏睡。」警報聲中他扯著嗓子大喊。「她藥效還沒退。不過她一直動來動去，掙扎大叫。」

「阿麗絲和若咪呢？」

拉簡聳聳肩。「我找不到她們。問問看妳的朋友羅伊德。」

警報聲停止，通訊器再次響起。「我們回到普通的太空了。」羅伊德說。「但船艦受損了。三號貨艙，也就是你們的電腦室，在星際飛躍時受到破壞。整間貨艙受波動衝擊已支離破碎。電腦自動讓我們脫離了星際飛躍，我們算幸運，不然那股力量可能會把整艘船毀了。」

「羅伊德。」梅蓮薩說。「阿麗絲和若咪不見了。」

「貨艙損壞時，有人在使用你們的電腦。」羅伊德謹慎地說。「雖然我不確定，但我覺得她們死了。在梅蓮薩要求之下，我把大部分監視器都關了，只留下休息室的畫面。我不知道發生什麼事。但這是艘小船，如果她們不在，恐怕凶多吉少。」他頓了頓。「其實她們算幸運，就算死了也很乾脆，沒多少痛苦。」

「你殺了她們。」拉簡臉漲得通紅，憤怒地說。他正要繼續罵，梅蓮薩手堅定地掩住他的嘴。兩位語言學家意味深長地交換眼色。「你知道發生什麼事了嗎，艦長？」梅蓮薩問。

「知道。」他不情願地說。

拉簡終於意會過來，梅蓮薩放開他，讓他呼吸。「羅伊德？」她探問。

「聽起來莫名其妙，梅蓮薩。」他回答。「但看來妳的同事打開了貨艙的載貨艙門。當然，我不相信她們是故意開的。由於兩系統連接，她們避開所有資料保全系統，侵入了夜行者號的資料庫和主控台。」

「我了解了。」梅蓮薩說。「是場可怕的災難。」

「是的。也許比想像中可怕。我還沒檢查船艦受到多大的損傷。」

「既然你還有正事要忙，我們就不打擾你了。」梅蓮薩說。「我們所有人都受到驚嚇，現在也很難好好說話。檢查好船艦的狀態，我們等稍晚時機較適當時，再繼續討論。好嗎？」

「好。」羅伊德說。

梅蓮薩關閉通訊器。理論上來說，現在裝置關上了，羅伊德應該看不到，也聽不到他們的對話。

「妳相信他？」拉簡厲聲說。

「我不知道。」梅蓮薩・潔兒說。「但我知道其他貨艙和三號貨艙一樣能一鼓作氣排出外太空。我要將睡網移到個人房。我建議住在二號貨艙的你們也照做。」

「聰明。」琳德蘭用力點頭說。「我們可以擠一間。應該會很擠，但這次之後，我恐怕沒法在貨艙睡得安穩。」

「我們也必須把四號貨艙的太空衣拿出來。」丹諾建議。「放在附近，以防萬一。」

「就照你說的吧。」梅蓮薩說。「所有艙門確實有可能同時滑開。羅伊德也不能怪我們有所提防。」她冷冷笑了一下。「今天之後，我們有權不理性。」

「現在沒空聽妳講鬼話了，梅蓮薩。」拉簡說。他仍面紅耳赤，語氣充滿恐懼和怒火。「三個人死了，艾葛莎說不定已經精神錯亂或是患了緊張症，我們其他人都身陷危險……」

「對。而我們仍絲毫不知道發生了什麼事。」梅蓮薩指出。

「**羅伊德・埃利斯想要一個個殺光我們！**」拉簡尖叫。「我不知道他是誰，或是什麼東西，我也不知道他說的是真是假，我一點都**不在乎**。也許他是藍岡心智人、沃克林的復仇天使，或耶穌基督再現。那有什麼差別？他想**殺了**我們！」他依序看著每個人。「我們任何一個都可能是下一個受害者。」他繼續說。「任何一個人。除非……我們一定要擬個計畫，**不能**束手待斃，一定要做個了結。」

「你知道，」梅蓮薩溫柔地說，「我們其實不知道善良的艦長是否關上了這裡的監控系統。他此時也許正看著、聽著我們。當然，他不會這麼做。他答應我了，而我相信他。但我們也只能相信他說的話。所以，拉簡，看來你是不信任羅伊德。如果這樣的話，他的承諾對你來說毫無意義。因此從你的角度來看，你剛才在大庭廣眾下說出這樣的話，可能不大明智。」她俏皮地笑了笑。「你明白我的意思嗎？」

拉簡張開嘴，又閉了起來，活像一尾高大醜陋的魚。他不發一語，但眼珠子鬼鬼祟祟咕嚕轉動，臉更紅了。

琳德蘭淡淡笑著。「我想他懂了。」她說。

「這麼說，電腦也沒了。」克洛黎．德布蘭寧突然低聲說。

梅蓮薩望著他。「恐怕如此，克洛黎。」

克洛黎手指梳過頭髮，彷彿意識到自己多邋遢。「沃克林。」他喃喃道。「沒有電腦該怎麼辦？」他自顧自點點頭。「我房中有個小電腦，腕掛式的，也許夠用吧。一**定**要夠用，一定要。我會跟羅伊德確認數據，了解我們脫離星際飛躍後，到底在哪裡。不好意思，各位朋友。抱歉，我必須走了。」他心不在焉喃喃自語，糊裡糊塗走了。

「他根本沒聽我們說話。」丹諾不可置信地說。

「想想看要是我們**所有人**都死了，他會有多焦慮。」琳德蘭說。「那時就沒人能幫他尋找沃克林了。」

「放他去吧。」梅蓮薩說。「他跟我們所有人一樣難過，搞不好更嚴重。他以不同的方式消化。那份執著便是他的防禦機制。」

「啊。那我們的防禦機制是什麼？」

「也許是耐心吧。」梅蓮薩・潔兒說。「喪命的人死前都試圖揭開羅伊德的祕密。但我們都還沒嘗試過，所以我們才能在這裡討論。」

「妳不覺得可疑嗎？」琳德蘭問。

「非常可疑。」梅蓮薩說。「我甚至有辦法證實。我們其中一人可以再試著去調查艦長有沒有說謊。如果這人又死了，那我們就知道是怎麼回事了。」她聳聳肩。「但我不會自願，請見諒。如果你們想的話，別讓我妨礙你。我會興致盎然地等著看結果。在那之前，我要搬出貨艙，好好睡一覺。」她轉身大步走了，留下其他人面面相覷。

「目中無人的婊子。」梅蓮薩離開後，丹諾罵道，彷彿在跟誰說。

「你們真的覺得他聽得到我們？」拉簡悄聲對兩個語言學家說。

「一字一句都聽得到。」琳德蘭說。看到拉簡狼狽的樣子，她朝他一笑。「來吧，丹諾，我們搬到安全的地方睡覺。」

他點點頭。

「可是……」拉簡說。「我們**不能**束手待斃。要擬定計畫。防禦。」

琳德蘭朝他擺出輕蔑的表情，拉著丹諾沿艙道走了。

＊ ＊ ＊

「梅蓮薩？克洛黎？」

雖然聲音很輕，但她一聽到名字便迅速醒來，幾乎完全清醒，並充滿警覺。她從狹窄的單人床坐起。擠在她身旁的克洛黎・德布蘭寧呻吟，翻身打了個哈欠。

「羅伊德？」她問。「早上了嗎？」

「我們飄浮在星際之間，和最近的恆星距離三光年，梅蓮薩。」牆上溫柔的聲音回答。「以此而言，**早上**這個詞根本沒有意義。但是，對，早上了。」

梅蓮薩大笑。「你剛才說**飄浮**？船艦損傷有多嚴重？」

「很嚴重，但不至於有危險。三號貨艙全毀，掛在船艦上像半個破蛋殼，但並沒有損害其他區域。動力系統完好如初，夜行者號的電腦似乎也沒有因為你們電腦遭到破壞而受影響。我原本有點擔心。我聽人說電腦也有創傷症候群的問題。」

克洛黎說：「欸？羅伊德？」

梅蓮薩溫柔地撫摸他。「我晚點再跟你說，克洛黎。」她說。「回去睡覺。羅伊德，你聽起來語氣凝重。還有什麼事嗎？」

「我在擔心我們回程的事，梅蓮薩。」羅伊德說。「我讓夜行者號再次進入星際飛躍時，波動會直接衝擊到船艦中無法承受的結構。我們現在結構歪斜；我可以給妳看計算數據，但問題關鍵是波動的衝擊力。三號貨艙通道的氣密門尤其令人擔心。我跑過幾次模擬，我不知道它能不能承受那股壓力。如果被衝破，整艘船會從中斷成兩半。我的引擎會脫離船艦飛走，剩下的——就算生命維持艙仍完整，我們不久也會死。」

「我了解了。有什麼是我們能做的嗎？」

「有。暴露的區域要強化很簡單。當然，船艦外殼裝甲本來就能支撐扭曲力。我們可以把外殼裝甲重新組好，即使很粗糙，但根據我的估算應該夠堅固。如果妥善完成，也能幫助船身平衡。艙門打開時，船艦外殼受波動衝擊而脫落，但大多仍飄浮在外頭，距離約一、兩公里內，可以拿回來重新利用。」

克洛黎．德布蘭寧此時終於醒來。

「我的團隊有四個真空橇。」他說。「我們可以替你拿回那些碎片，朋友。」

「好的，克洛黎，但那不是我最主要的擔憂。我的船在一定情況下都能自動修理，但這次破壞規模已超出自動修理的範圍。我必須親自手動修理。」

「你？」德布蘭寧大吃一驚。「羅伊德，你說——可是你的肌肉很虛弱——這工作對你來說負荷太重了。這交給我們代勞就好！」

羅伊德耐著性子回答。「我只有在重力下算個殘廢，克洛黎。無重力狀態，我相當自在，而且我會暫時解除夜行者號的重力網，試著補充精力來應付修理工作。對，你誤會了。我可以工作。我有工具，包括自己的重工橇。」

「我想我知道你的擔憂了，艦長。」梅蓮薩說。

「很好。」羅伊德說。「那也許你們能回答我的問題。如果我從房間出來工作，你們能保證同事不傷害我嗎？」

克洛黎・德布蘭寧無比震驚。「喔，羅伊德，羅伊德，羅伊德，你怎麼會顧慮這些事？我們是學者、科學家，不是——不是罪犯或軍人，或——或野獸，我們是人類，你怎會覺得我們對你有威脅，或是要傷害你？」

「人類歸人類。」羅伊德說。「對我來說，你們都是外星人，而且處處懷疑我。給我萬無一失的保證，克洛黎。」

他急著辯解。梅蓮薩抓住他的手，要他安靜。「羅伊德。」她說。「我不會對你說謊。

你會有危險，但我希望你出來之後，能讓我們的朋友放心。這樣他們就能看到你沒有說謊，也親眼確認你只是個人類。」她微笑。「他們**會**見到你吧，對不對？」

「會。」羅伊德說。「但那樣能讓他們不再疑心嗎？他們認為我要為其他三人的死負責，不是嗎？」

「『認為』有點太果斷。他們有所懷疑，內心也十分害怕。他們嚇壞了，艦長，而且這相當合理。這次連**我**都嚇壞了。」

「絕對沒有我害怕。」

「如果讓我知道**究竟**發生什麼事，我會比較不害怕一些。你願意告訴我嗎？」

沉默。

「羅伊德，如果……」

「我犯了錯，梅蓮薩。」羅伊德語氣嚴肅。「但我不是唯一犯錯的人。我盡力阻止你們注射愛思倍朗，結果我失敗了。如果我能聽到、看到阿麗絲和若咪，知道她們要幹什麼，也許我能拯救她們。但妳要我關閉監視器，梅蓮薩。我看不到便無法幫忙。為什麼要這麼做？如果妳能領先三步棋，妳怎麼沒料到後果？」

梅蓮薩．潔兒閃過一絲罪惡感。「我的錯，艦長，這都是我的責任。我知道。相信我，我心裡有數。但是不知道規則，便很難領先三步棋。把規則清楚告訴我。」

「我瞎了，也聾了。」羅伊德忽略她，並繼續說。「太難過了。我又瞎又聾能幫上什麼忙？我要再次打開監視器，梅蓮薩。如果妳不允許，我很抱歉。我希望先經過妳的允許，但無論如何，我一定要打開。我一定得**看到**一切。」

「開吧。」梅蓮薩體貼地說。「我錯了，艦長。我不該叫你關掉監視器。我不了解情況，也高估我控制其他人的能力。這是我失敗之處。改良過的人類常覺得自己無所不能。」她思緒飛快，幾乎快吐了；她錯估情勢，下錯決策，現在手上沾有更多鮮血。「我想我現在更明白了一點。」

「明白什麼？」克洛黎．德布蘭寧困惑地說。

「妳一點都不明白。」羅伊德嚴厲地說。「不要假裝妳明白，梅蓮薩．潔兒。不！超前太多步並不明智，也不安全。」他語氣令人不安。

梅蓮薩也明白。

「什麼？」克洛黎說。「我不懂。」

「我也是。」梅蓮薩小心地說。「我也不懂，克洛黎。」她輕輕吻了他。「我們沒人懂，對不對？」

「好。」羅伊德說。

她點點頭，安穩地將手臂抱住克洛黎。「羅伊德。」她說。「回到修理的問題。就我看來，不管我們能否保證你的安全，你也一定要進行修繕工作。你不會冒險讓船艦以現在的狀態進入星際飛躍程序，不然另一個選擇就是放任我們在星際中飄流，直到大家全死光。我們有別的選擇嗎？」

「我有選擇。」羅伊德無比嚴肅說。「我可以先把你們殺光，如果那是救我和船艦唯一的辦法的話。」

「你可以試試看。」梅蓮薩說。

「我們不要再談論死亡的事了。」克洛黎說。

「你說得對，克洛黎。」羅伊德說。「我不想殺你們任何一個。但我必須保護自己的安全。」

「你很安全。」梅蓮薩說。「克洛黎可以安排其他人去蒐集船殼碎片。我會當你的保鏢，我會待在你身旁。如果有誰想攻擊你，必須先過我這關。要擺平我沒那麼容易。而且我能幫你的忙，工作速度會加快三倍。」

羅伊德語氣委婉。「就我經驗而言，大多在星球上出生的人都笨手笨腳，而且在無重力狀態下容易疲憊。我獨自作業可能比較有效率，不過，我很樂意妳來當我的保鏢。」

「讓我提醒你一下，我是改良過的人類，艦長。」梅蓮薩說。「在無重力狀態和床上都很厲害。我一定幫得上忙。」

「妳很固執。那隨便妳吧。再過一會，我會解除重力網。克洛黎，去請你的手下準備。卸下你們的真空橇，穿上太空服。等我身上因重力感到的疼痛消退之後，我會在三個標準小時後出夜行者號。我希望在我離開時，你們所有人都待在船艦外頭。明白意思嗎？」

「好。」克洛黎說。「艾葛莎除外。她還沒恢復意識，朋友，她不會成問題的。」

「不行。」羅伊德說。「我說你們**所有人**，是包括艾葛莎。帶著她一起到外頭。」

「可是羅伊德！」克洛黎抗議。

「你是艦長。」梅蓮薩．潔兒堅定地說。「就照你的話做。我們所有人都到船艦外。包括艾葛莎。」

*

從船艦外看上去，彷彿某個巨大的野獸張嘴咬了星空一口。

梅蓮薩．潔兒望著星空，在夜行者號旁的真空橇上等待。在星際深處，星星看起來截然不同。星光冰冷，彷彿凍結在黑暗之中；樸實無華，毫不閃爍，明明是同樣的恆星，少了讓光折射、閃耀的大氣，直讓人感到冷漠和心寒。由於眼前沒有地標，她才確確實實體認到自己身在何方：她在星球和星球之間，人類和船艦都不會在此停下，這是沃克林古老船艦才會經過的地方。她想找出亞法隆的太陽，但她不知道該望向何方。方位數據對她來說相當詭異，她找不到方位。身前、身後、上方、下方，星空無止境延伸。她向下望，總之就是她腳的下方，真空橇和夜行者號再過去，原本應該有更多陌生的恆星。但那「咬痕」卻深深震撼了她。

梅蓮薩忍著腦中暈眩感。她飄浮在巨大的深淵之上，那宇宙的大坑彷彿一張大嘴，漆黑、毫無星點、浩瀚無垠。

空無一物。

她這時想起了：撒旦面紗。那是一片黑暗氣團，虛無縹緲，是銀河中的汙染物質，遮蔽了宇宙邊疆的恆星光芒。近距離看來，它巨大駭人，讓人感到自己彷彿向下墜落。她忍不住瞥開了頭。那深淵太像是正要吞噬她和銀白色脆弱的夜行者號。

梅蓮薩按了一下真空橇叉狀把手的控制台，靠著擺盪讓撒旦面紗從她下方變到側面。不知為何，感覺似乎好多了。此時她把矗立在旁的黑色高牆拋到腦後，精神專注在夜行者號上。夜行者號是她所在宇宙中最大的物體，黑暗中顯得格外明亮，它樣子笨拙，貨艙毀壞之後，整艘船艦形狀不大平衡。

她看得到其他艘真空橇，他們斜斜穿梭黑暗，追蹤脫落的船殼，鉤住碎片拖回。語言學家如常兩人一組合力操作。拉簡．奎斯多弗斯獨自作業，心情鬱悶，不吭一聲。梅蓮薩幾乎動用暴力，才逼得他答應到太空中。拉簡認為這是另一個陰謀，他們一出夜行者號，船艦會馬上進行星際飛躍，拋下他們等死。由於喝了酒，他的被害妄想變得更嚴重，梅蓮薩和克洛黎終於拽他來上裝時，他滿嘴飄散著酒氣。克洛黎獨自操作著一艘真空橇，上頭有個無聲的乘客。艾葛莎・美里布萊克重新服了藥，安全綁在橇上，穿著太空服睡覺。

同伴工作時，梅蓮薩・潔兒一邊等著羅伊德・埃利斯，一邊偶爾和其他人透過通訊器交談。兩名語言學家不習慣無重力狀態，抱怨連天，而且也一直鬥嘴。克洛黎不斷安撫兩人。拉簡話不多，少數幾句話都十分尖銳刺人。他仍在生氣。穿著合身黑色裝束的拉簡，直挺挺立在真空橇控制台前，緩緩掠過梅蓮薩的視線範圍。

最後夜行者號主要球形船艙上方的環形氣閘艙打開，然後羅伊德現身。

她滿心好奇看著他接近，不知道他本尊長什麼樣子。她腦中有六個矛盾的畫面。他溫文儒雅、過於正經的聲音有時會令她想起家鄉普羅米修斯上的黑貴族，他們有如巫師，耍弄著人類基因，玩著奪權篡位之戰。有時候，他的出身讓她想像他是個不經世事的年輕人。他的投影是個疲倦瘦弱的年輕男子，比起那個蒼白的鬼影，他應該要老得多，但他說話時，梅蓮薩不覺得自己是在和老人說話。

他接近時，梅蓮薩感到緊張又興奮。他的真空橇和裝束與他們截然不同，令人不安。她心想，那是外星人的裝備，但馬上拋去這念頭。外表差異不代表什麼。羅伊德的真空橇相當巨大，橢圓形平板下方竄出八條手臂，像是金屬蜘蛛的八隻腳。控制台下裝有重工雷射切割器，發射口朝前，充滿威脅。和他們的精密學術工作服相比，他的太空衣無比巨大，肩胛骨間有塊隆起，可能安裝著電池，肩膀和頭盔有帥氣的放射鰭狀設計。穿著太空服的他身材龐大，駝背又畸形。

他終於來到面前時，梅蓮薩看到了他的臉。就只是單純的一張臉。

他膚色蒼白，非常白，她最初腦中只浮現這個印象；白色頭髮修剪得非常短，清癯的下巴長著白色鬍碴，眉毛幾乎看不到，底下的雙眼不停轉動。那一雙湛藍鮮明的大眼，是他的特色。他皮膚蒼白光滑，幾乎沒受時間侵蝕。

她心想，他看起來很謹慎，也許還帶著一絲恐懼。

羅伊德將真空橇靠到她旁邊，停在殘破扭曲的三號貨艙中央，檢查損壞程度，殘骸中飄著各種碎片，包含肉體、鮮血、玻璃、金屬和塑膠。所有碎片遭到焚燒和凍結，扭曲成團，難以分辨。「我們有不少事要做。」他說。「要開工了嗎？」

「首先我們來聊一聊。」她回答，並將真空橇移近，手伸向他，但距離還是太遠了，真空橇寬大的底座讓兩人無法靠近。梅蓮薩向後退開，將自己完全翻轉過來，兩人在彼此的世界中倒反相對。她再次接近他，真空橇移到他正上／下方。他們戴著手套的雙手接觸、摩擦又分開。梅蓮薩調整高度，兩人頭盔互觸。

「現在我碰到妳了。」羅伊德的聲音傳來一絲顫抖。「我以前從來沒碰觸過人，也不曾被碰觸過。」

「喔，羅伊德。這其實不算碰觸，我們還隔著太空衣。但未來我一定會碰觸你，**真正**碰觸到你。我向你保證。」

「妳不行。不可能的。」

「我會找到辦法。」她堅決地說。「好了，把通訊器關了。我們的頭盔接觸便能傳遞聲音。」

他眨了眨眼，用舌頭把通訊關了。

「現在我們能說話了。」她說。「私底下。」

「我不喜歡這樣，梅蓮薩。」他說。「這樣太明顯了。很危險。」

「沒有別的辦法。羅伊德，我知道**真相**了。」

「對。」他說。「我知道，梅蓮薩，我記得妳下棋多厲害，妳總能領先三步。但這是更嚴肅的遊戲，如果妳能假裝不知道會比較安全。」

「我懂，艦長。但有些事我比較不懂。我們可以聊一聊嗎？」

「不行。不要叫我解釋。照我的話做就好。妳已經身陷危險，你們全都是，但我可以保護你們。你們知道的愈少，我愈能保護你們。」透明的面罩後，他神情憂鬱。

她凝視他倒反的雙眼。「也許有第二個船員，或有人躲在你的船艙，但我不相信。是船的問題，對不對？你的船在殺我們。不是你。只有這樣一切才說得通。你負責控制夜行者號。它怎麼能獨自行動？而且為什麼？動機是什麼？還有賽歐・拉薩默是怎麼死的？阿麗絲和若咪的事不難理解，但超能力殺人？一艘有超能力的星艦？我無法接受。不可能是船艦下的手，但沒有其他解釋了。幫我說明一下，艦長。」

他眨了眨眼，眼中露出悲傷。「我真不該接受克洛黎的委託，尤其你們之中有個心靈感應者。風險太大了。但我好想親眼見到沃克林，克洛黎把他們描述得好動人。」他嘆了口氣。「妳已經知道太多了，梅蓮薩。我不能再多說了，不然我會沒有能力保護妳。這艘船出了點問題，妳只需要知道這點就好。繼續深入反倒會更危險。我想，只要我仍控制著船艦，就還能保護妳和其他人的安危。相信我。」

「信任是雙向的。」梅蓮薩說。

羅伊德舉起手，將她推開，然後用舌頭打開通訊器。「八卦聊夠了。」他說。「我們有工作要做。來吧。我想看看改良後的人類到底有多厲害。」

戴著頭盔的梅蓮薩獨自待在原處，輕聲咒罵起來。

✳　✳　✳

真空橇的磁力手臂抓住一塊不規則的扭曲金屬之後，拉箇・奎斯多弗斯飛回夜行者號。

他從遠處看著羅伊德．埃利斯駕著巨大的真空橇現身。他飛近時，看到梅蓮薩迎向他，倒轉真空橇，和羅伊德面罩相交。拉簡聽兩人輕聲交談，聽到梅蓮薩答應要碰他，碰羅伊德，碰那**鬼東西**，碰那殺人凶手。他簡直怒火中燒。然後他們切斷了通訊，切斷所有人，停止了共用頻道。但她仍停在那裡，和穿太空衣的駝子浮在空中，臉貼臉，像愛人相吻。

拉簡靠近兩人，將金屬板鬆開，拋向他們。「來。」他說。「我再去拿另一塊過來。」他用舌頭關掉自己的通訊器，咒罵一聲，他的真空橇繞過夜行者號的船艙和通道。

他悻悻然地想，總之，羅伊德和梅蓮薩是一伙的，搞不好克洛黎也是。她從一開始就袒護羅伊德，大家打算齊力弄清楚他的身分時，她極力阻止。他不相信她。他一想起兩人曾同床共枕，就渾身不舒服。不論是什麼妖魔鬼怪，她和羅伊德都一樣。現在可憐的阿麗絲、白癡若咪，甚至見鬼的感應者全都死了，梅蓮薩卻仍和他沆瀣一氣，與他們作對。拉簡．奎斯多弗斯深深感到恐懼和憤怒，而且他半醉半醒。

其他人已脫離了視線範圍，去追不斷旋轉的焦黑金屬碎片。羅伊德和梅蓮薩注意力在彼此身上，船艦無人看守，輕而易舉就能奪下。這是他的機會。怪不得羅伊德堅持所有人先下船，到一片空無之間；來到外頭，離開夜行者號主控室，他也不過只是個人類，而且還格外弱小。

拉簡露出淡淡苛薄的笑容，將真空橇繞過球形貨艙，躲過所有人的目光，進入動力艙的巨大開口中。那是一段狹長的管道，四周都保持真空狀態，不會受大氣腐蝕。正如大多數星艦，夜行者號有三組推進系統：重力推進器，降落和升空用，離開重力場就沒用了；核能推進器，在太空深處進行亞光速飛行使用；最後是星際飛躍推進器。他的真空橇燈光閃爍，經過環繞四周的核能環，在側邊圓柱形封閉的星際飛躍推進器上投射出細長明亮的條紋，那能夠扭曲時空的巨大引擎裡頭有金屬和水晶交織成網。

拉簡讓真空橇降落，並走下來——他費了點勁才讓靴子脫離真空橇上的磁力場——他走向氣閘艙。他心想，這是最難的一部分。賽歐·拉薩默無頭的屍體鬆鬆地繫在外閘門旁的巨大支柱上，像負責看門的恐怖怪物。拉簡等待氣閘艙運作平衡壓力。不管他頭轉向何方，最後雙眼都會不自覺回到屍體上。屍體看起來很自然，彷彿本來就沒有頭似的。拉簡試著回想賽歐的樣子，卻怎麼也想不起來。他不自在地扭動，這時外閘門滑開，他鬆了口氣，趕緊進到氣閘艙，準備登艦。

他獨自進入夜行者號裡。

拉簡很謹慎，仍穿著太空衣，不過他將頭盔折起，原本真空的金屬布瞬間變軟，他扯了一下，讓頭盔像披帽一樣垂在身後。必要時，他馬上能把太空衣穿上。拉簡到了四號貨艙，在他們的裝備中搜索，最後找到了他要找的東西；隨身雷射切割器，電力充足，隨時能使用。功率低，但堪用。

他在無重力狀態下動作遲緩笨拙，只能慢慢將自己拉過艙道，進到漆黑的休息室。裡頭有股寒意，他雙頰能感到其中冰冷的空氣。他試著忽略這件事，先在門口準備好，一口氣飛越固定於地面的家具，來到休息室另一端。中途，有個溼冷的東西碰到他的臉。他嚇了一跳，但還來不及看，那東西便消失了。

再次感覺到時，他馬上伸手抓住，並感到些許反胃。他全忘了。休息室尚未清理乾淨。所有——所有**屍骸碎塊**都仍在那裡，而且此時，所有血肉、碎骨和腦漿全浮在空中，就在他四周。

他手伸向迎面而來的牆面，穩住自己身體，並前往他真正想去的地方。他的目標是隔板，也就是那面牆，牆面上雖然沒有舊通道，但隔板不可能太厚。這道牆後方便是主控室，電腦、保全、動力全歸此處所管。拉簡．奎斯多弗斯不認為自己是有仇必報的那種人。他不打算傷害羅伊德．埃利斯，他無權判決罪行。但他要接管夜行者號，並警告羅伊德不要輕舉妄動，乖乖待在他的太空衣裡。他會帶所有人返航，不再管任何祕密，也不希望再有人死了。學院裁判團會聽取各方說詞，調查羅伊德，決定此事孰是孰非，有罪無罪，並妥善處置。

雷射切割器前端冒出一小截橘光。拉簡露出微笑，將切割器按上隔板。進度緩慢，但他很有耐心。他一直都靜靜的，他們不可能發現他不見了，就算發現，也會認為他可能駕真空橇去哪拾荒了。羅伊德修船艦要花好幾小時，甚至好幾天才會完工。雷射切割器明亮的刀刃接觸到金屬板時冒出陣陣煙霧。拉簡全神貫注。

他眼角有個東西在動，只是一點閃光，幾乎看不到。他心想，大概是一塊腦吧，或一小截白骨，或一團肉塊，上頭也許還黏著頭髮。的確怵目驚心，但沒什麼好擔心的。他是生物學家，習慣鮮血、腦漿和肉塊。還不只如此，再噁心的都有。他曾解剖過無數外星人，切開硬殼，撥開黏液，解剖臭氣薰天、不斷蠕動的食囊和有毒的脊椎。那些玩意兒他全看過，也碰過了。

又一次，他眼角瞄到了一點動靜，令他心頭發癢。雖然不想看，拉簡仍緩緩轉過去。不知何故，就像無法忽視氣閘門旁那具無頭屍體，他**情不自禁**，轉頭定睛去瞧。

是顆眼球。

拉簡全身顫抖，雷射切割器滑出手中，好不容易才抓好，擺回到他剛才劃出的開口上。他心跳飛快，試著冷靜下來。沒什麼好怕的，沒人在船艦上，如果羅伊德回來了，沒關係，他有雷射切割器當武器。如果氣閘門爆開，他也穿著太空衣。

他再次望向那顆眼球，用意志力趕跑恐懼。那只是一顆眼球，賽歐．拉薩默的淡藍色眼球，滿是血汙，但非常完整，和男孩生前一樣水汪汪的，沒什麼超自然現象。只是飄浮在休息室的死屍肉塊當中的一塊罷了。拉簡氣憤地想，早該有人把休息室清乾淨了。這簡直不堪入目，野蠻至極。

眼球動也不動。其他駭人的血肉隨氣流飄動，但眼球在空中靜止，不晃也不轉。眼球緊盯著他，無聲地盯著。

他咒罵自己一聲，繼續專注在雷射切割器和眼前的工作上。他在隔板上已切了一道約一公尺的直線。他開始切橫線。

眼球冷漠地望著他。拉簡忽然覺得忍受不了了。他放開切割器，伸手抓住眼球，扔到休息室另一端。這動作讓他失去了平衡，向後翻滾起來，雷射切割器也飛脫出去。他像一隻笨重可笑的大鳥拍打著雙手，最後終於抓到桌緣，穩住身體。

雷射切割器浮在休息室中間，位於咖啡壺和人類屍骸碎片之間，橘火仍燒亮著，在空中緩緩轉動。這一點都說不通。他鬆手時雷射切割器就該關閉了。拉簡緊張地想，是故障了吧。切割器在地毯上劃出一條細線，冒出一縷輕煙。

拉簡打了個寒顫，發現雷射切割器轉向他。

他拉起身子，雙手攤平抵著桌子，將身體彈向天花板。

雷射切割器現在飛得更快了。

他使勁將自己推離天花板，重重摔到牆上，痛得哼了一聲，反彈到地上，雙腿驚慌亂踢。雷射切割器轉向，追著他來。拉簡從牆面彈向空中，並馬上從天花板再次反彈回來。雷射切割器再次轉向，但速度不夠快。他這下絕對來得及在切割器調頭之前抓住它。

他飄過去，伸手去抓，忽然又看到那顆眼球。

眼球正好浮在雷射切割器上方。瞪著他。

拉簡．奎斯多弗斯喉嚨輕聲嗚咽，手猶豫了一下——不算久，但綽綽有餘——鮮紅色的光束橫掃而來。

那道灼熱輕柔的光拂過他的脖子。

＊　⊛　＊

過了一個多小時，他們才發現他不見了。克洛黎．德布蘭寧首先發現拉簡不見蹤影，並用通訊器聯絡他，但沒有回音，只好和其他人討論。

羅伊德．埃利斯架好一片裝甲，駕駛真空橇回來。梅蓮薩．潔兒透過頭盔看到他嘴角的皺紋變深了。

這時，一陣雜音響起。

先是一段充滿痛苦和恐懼、聲聲顫抖的尖吼，接著是一陣呻吟和哭嚎。那是一串可怕的咕嚕聲響，彷彿一個人被自己的血嗆到。他們全都聽到了，在頭盔中不斷迴蕩。痛苦聲中依稀聽得出清楚的兩個字：「救我。」

「是拉簡。」一個女人的聲音傳來。是琳德蘭。

「他受傷了。」丹諾接口說。「他在呼救。你們沒聽到嗎？」

「在哪──？」有人開口。

「船艦上。」琳德蘭說。「他一定回船艦上了。」

羅伊德說：「那傻瓜。不。我警告過──」

「我要回去檢查。」琳德蘭說。丹諾放開剛帶回的船殼碎片，碎片震動彈開。他們的真空橇飛向夜行者號。

「停下來。」羅伊德說。「請容許我回我的主控室，從那裡查看，但你們不得進到船艦裡。在我確認安全之前，請在外頭靜候。」

恐怖的聲響不斷迴蕩。

「去你的。」琳德蘭透過通訊器啐道。

克洛黎．德布蘭寧的真空橇也馬上動作，尾隨著兩名語言學家，但他剛才在較外側，要回船艦上還有一段距離。「羅伊德，你是什麼意思，我們一定要去幫忙，你聽不出來嗎？他受傷了，你聽他的聲音。拜託，朋友。」

「不。」羅伊德說。「克洛黎，停下來！如果拉簡獨自回到船艦上，那他已經死了。」

「你怎麼知道？」丹諾追問。「是你幹的？你怕我們違抗你，所以設下了陷阱？」

「不是。」羅伊德說。「聽我說。你們現在幫不了他。只有我能幫他，而且他不聽我的話。相信我，停下來。」他幾乎聲嘶力竭。

遠方，克洛黎的真空橇慢了下來。兩名語言學家繼續向前。「要我來說，我們已經聽你的話聽太多次了。」琳德蘭說。她幾乎要大喊才蓋得過那一片嘈雜的嗚咽和呻吟、呼嚕的吸氣聲及支離破碎的呼救。他們的世界充滿悲痛。「梅蓮薩。」琳德蘭繼續說。「讓羅伊德待在原地。我們會小心地進去，看裡頭發生什麼事，但我不希望他回到主控室。聽到了嗎？」

梅蓮薩‧潔兒猶豫了一下。呻吟聲在她耳中迴蕩，使她難以思考。

羅伊德將真空橇轉過來面對她，她感受到他沉重的目光。「梅蓮薩、克洛黎，快下令。他們不聽我的，他們不知道自己在做什麼。」他內心顯然無比痛苦。

看到他的面孔，梅蓮薩下定決心。「快點回去船艦裡，羅伊德。盡你所能。我會試圖攔截他們。」

「妳到底站在哪一方？」琳德蘭問。

羅伊德從另一端朝她點點頭，但梅蓮薩早已竄了出去。她的真空橇退出滿是船殼和殘骸的工作區，輕盈地加速，沿夜行者號外部飛向動力艙。

但她接近船艦時，心裡也明白一切已經太遲了。兩個語言學家距離太近，而且又比她早動身。

「**不要去**。」她以命令的口吻說。「拉簡已經死了。」

「那就是他的鬼魂在呼救。」琳德蘭回答。「他們改良妳的時候，一定讓妳聽力的基因受損了，死賤人。」

「那艘船艦不安全。」

「賤貨。」她只聽到這個回答。

克洛黎駕著真空橇，徒勞無功地飛回船艦。「各位朋友，你們一定要停下來，求求你們，我們好好商量一下。」

只有呻吟聲回答他。

「我是你們的長官。」他說。「我命令你們在外面等。聽到了嗎？這是我的命令，我以人類知識研究院賦予我的權力下令。拜託，各位朋友，拜託你們。」

梅蓮薩無能為力地望著琳德蘭和丹諾消失在動力艙的管道之中。過了一會，她在黑漆漆的開口前煞住自己的真空橇，內心無比掙扎，不知是否要隨他們進入夜行者號。也許她能在氣閘艙打開前追上他們。

羅伊德沙啞的聲音從呻吟聲中傳出，回答了她未問出口的問題。「留在原地，梅蓮薩。別再追了。」

她回頭望去。羅伊德的真空橇緩緩靠近。

「你在這裡幹麼？羅伊德，快去你的氣閘艙啊。你必須回到裡面去！」

「梅蓮薩。」他冷靜地說。「我進不去。船艦不理我。氣閘艙沒開啟。只有動力艙的主氣閘門能手動操控。我被困在外頭了。我回到主控室之前，我不希望妳或克洛黎進船。」

梅蓮薩．潔兒望向幽暗圓筒狀的動力艙，兩名語言學家的身影便是消失在此。

「他們會——」

「求他們回來，梅蓮薩。哀求他們。也許還來得及。」

她盡力試了。克洛黎．德布蘭寧也嘗試了。扭曲痛苦的哀嚎不斷響起，但他們卻得不到丹諾或琳德蘭回應。

「他們把通訊器切斷了。」梅蓮薩氣急敗壞說。「他們不想聽到我們的聲音。或者那……那聲響是……」

羅伊德和克洛黎的真空橇同時來到她身旁。「我不懂。」克洛黎說。「你為什麼進不去，羅伊德？發生什麼事了？」

「很簡單，克洛黎。」羅伊德回答。「我被阻擋在外，因為——」

「什麼？」梅蓮薩追問。

「——因為母親要把他們幹掉。」

兩個語言學家將真空橇停在拉簡的真空橇旁，急急忙忙穿過氣閘艙，幾乎沒朝毛骨悚然的守門無頭屍望一眼。

他們到了艦內，稍微停下腳步，收好頭盔。「我仍聽得到他的聲音。」丹諾說。船內聲音十分微弱。

琳德蘭點點頭。「從休息室傳來的。快。」

他們沿著艙道又蹬又拉。不到一分鐘的時間裡，聲音持續變大，愈來愈近。「他在裡頭。」他們到門口時，琳德蘭說。

「對。」丹諾說。「但只有他一個人嗎？我們必須準備武器。萬一……羅伊德肯定說了謊。船上一**定**有別人。我們需要自衛。」

琳德蘭等不及了。「我們有兩個人。」她說。「**來吧！**」她整個人穿進門口，大喊拉簡的名字。

裡頭一片昏暗。艙道上的小燈從門口照進休息室。她雙眼花了一段時間才適應。現場令人困惑；牆、天花板和地板全都長得一模一樣，她失去了方向感。「拉簡。」她頭暈地說。「你在哪裡？」休息室似乎空無一人，但也許是燈光，或是她內心慌亂才有此錯覺。

「跟著聲音去。」丹諾建議。他留在門口，謹慎地朝內望了一分鐘，這才小心翼翼沿著牆摸索進門。

彷彿是有所回應，哭嚎聲突然變大了。但聲音似乎一會前，一會後。

琳德蘭不耐煩了，她手一撐，讓自己飛過休息室，四處搜尋。她經過廚房區的一道牆，想起該有武器和丹諾的顧慮。她知道餐具收在哪裡。「來。」過了一會她轉向他說。「看，我拿了把刀，這下你高興了吧。」她揮向飄浮在面前如她拳頭般大的液滴。液滴爆開，化為上百個小液珠。其中一個經過她臉前，相當接近，她嚐了一下。血。

但賽歐已經死了很久。她心想，他的鮮血現在應該早已乾了才對。

「喔，我的老天爺。」丹諾說。

「怎麼了？」琳德蘭問。「你找到他了嗎？」

丹諾循原路沿著牆邊，手腳慌亂地爬回門口，像一隻巨大的昆蟲。「出去，琳德蘭。」他說。「**快！**」

「怎麼了？」她不由得全身發抖。「發生什麼事？」

「尖叫聲。」他說。「牆，琳德蘭，牆。聲音。」

「你說什麼啊，根本聽不懂。」她罵他。「冷靜點。」

他語氣急促。「妳沒發現嗎？聲音是從**牆**傳出來的。通訊器。假的。電腦模擬的。」丹諾到了門口，大嘆口氣，鑽了出去。他沒等她，只顧伸出雙手瘋狂將自己往前拉，腳不住亂踢亂踹，瞬間沿艙道溜得不見人影。

琳德蘭擺好姿勢，正要向前彈起，尾隨他出休息室。聲音從她前方傳來，從門口傳來。「救我。」是拉簡．奎斯多弗斯的聲音。她聽到呻吟和可怕的窒息聲，不由得停下來。

她身旁出現駭人的死前喘息聲。「啊啊啊啊。」響亮的呻吟響起，配合上另一個聲音。「救我。」

「救我，救我，救我。」拉簡從她身後的黑暗中說。

她腳下傳來咳嗽聲，還有微弱的沉吟。

「救我。」所有聲音異口同聲重述。「救我，救我，救我。」她心想，這是錄音，重複播放的錄音。「救我，救我，救我，救我。」所有聲音不斷升高，愈來愈大聲，字句化為尖叫，尖叫最後變成死前的窒息聲，他聲音嘶啞，不住噓氣。然後聲音戛然而止。一眨眼間萬籟俱寂，彷彿關上了開關。

琳德蘭腳一蹬，手上拿著刀，飄向門口。

餐桌下爬出某個漆黑、無聲的東西，擋住她的路線。那東西出現在她和燈光之間時，有那麼一刻她總算看清楚了。那是拉簡．奎斯多弗斯，他仍穿著太空衣，但頭盔已收起。他手上拿了個東西，並舉起來對著她。琳德蘭發現那是雷射切割器，只是個雷射切割器。

但她不由自主直直朝他飄去。她手亂揮亂打，想停住自己，但她停不下來。

她靠近時，發現拉簡下巴有第二張嘴，又黑又長的一道切痕，那張嘴朝她拉開笑容，隨拉簡動作，小血滴咕溜溜地從嘴中飄出。

✳ ✳ ✳

丹諾嚇得六神無主，衝過艙道，一路上跌跌撞撞，不是碰了牆，就是撞上門。他驚慌失措，又處於無重力狀態，動作變得無比笨拙。他一邊逃，一邊回頭望，希望看到琳德蘭跟上，但又害怕自己會看到別的事物。每次回頭他就失去平衡，再次跌倒。

氣閘艙花了**好久**才開啟。他邊等待邊發抖，心跳漸漸慢下來。身後已幾乎沒有聲音，也不見有人追來。他努力平撫心情。進到氣閘艙時，內閘門關閉，阻隔了休息室和他之後，他終於感到安全。

突然之間，丹諾忘記自己為何害怕。

而且他很羞愧，自己居然拋下琳德蘭，拔腿就跑。為了什麼？到底是什麼將他嚇成這樣？空無一人的休息室？牆上發出的聲音？一時間，他的理性全回來了：聲音只代表可憐的拉簡是在船艦別的地方，就這樣，他仍活著，十分痛苦，並透過通訊器哀嚎。

丹諾難過地搖搖頭。他知道自己要被數落一輩子了。琳德蘭總喜歡捉弄他，她不會讓他忘記這段往事。但至少他會回去，向她道歉。這應該算有誠意吧。他下定決心，伸手中斷氣閘艙程序，然後反轉程序。之前被吸出的空氣再次注入氣閘艙。

內閘門再次打開，丹諾一時間又感到一股赤裸裸的恐懼，擔心休息室竄出怪物，在夜行者號的艙道上等著他。後來他克服了恐懼，並感到自己充滿了力量。

他踏出門時，琳德蘭就在那裡。

她神色意外地冷靜，看不到憤怒或輕視，不過他仍低聲下氣迎向她，試著求她原諒。

「我不知道我為何……」

她的手軟弱優雅地從背後伸出。刀向上一揮，劃出致命的弧線，這時丹諾終於注意到她的太空衣上燒出一個洞，洞還冒著煙，就在她雙乳之間。

✳ ✳ ✳

「你的**母親**？」梅蓮薩．潔兒不可置信地說，他們無助地在船外，身處於一望無垠的太空中。

「她可以聽到我們所說的每一個字。」羅伊德回答。「事到如今，也沒多大差別了。拉簡一定做了非常愚蠢、非常具威脅的事。現在她決定要殺光你們所有人。」

「她？她？什麼意思？」克洛黎相當困惑。「羅伊德，你不是在告訴我們你母親仍活著吧？你之前說她在你出生前就死了。」

「她是死了，克洛黎。」羅伊德說。「我沒有欺騙你們。」

「對。」梅蓮薩說。「我的確不覺得你騙人，但你也沒將真相告訴我們。」

羅伊德點點頭。「我母親死了，但她——她的心靈仍活著，活在我的夜行者號裡。」他嘆了口氣。「也許該說是她的夜行者號。我能控制的頂多是些不重要的功能。」

「羅伊德。」克洛黎說。「心靈無法單獨存在。那不是真的，人死後不能復甦。連我的沃克林都比鬼魂還真實。」

「我也不相信鬼。」梅蓮薩簡單地附和。

「隨便你們怎麼稱呼吧。」羅伊德說。「我用詞已經很精準了。況且換個詞彙也無法改變不爭的事實。我母親，或我母親的某個部分活在夜行者號裡，她就像以前殺死其他人一樣，正打算一一殺了你們。」

「羅伊德，你說的話不合理。」克洛黎說。

「安靜，克洛黎。讓艦長解釋。」

「對。」羅伊德說。「夜行者號非常——非常先進，如你們所知。船艦巨大，系統全自動，並能自我修復。如果母親要擺脫所有船員，這艘船一定要這麼先進才行。你們還記得吧，這艘船是在紐霍姆打造。我從來沒去過那裡，但就我所知，紐霍姆的科技相當進步。我想亞法隆人恐怕無法複製這艘船。辦得到的地方屈指可數。」

「重點是什麼，艦長？」

「重點是——重點是電腦，梅蓮薩。電腦一定要極為特殊。相信我，船上的電腦確實相當厲害。晶體基質核心、雷射投影數據檢索、全面感官擴充，還有其他——特色。」

「你是想告訴我們夜行者號擁有人工智慧嗎？若咪．梭恩曾懷疑過。」

「她錯了。」羅伊德說。「就我了解，我的船不是人工智慧。不過是類似的系統。母親將系統內建個人印記。她在中央晶體輸入自己的回憶、欲望、怪癖、愛和——仇恨。這就是為何她能託付電腦來教育我，懂嗎？她知道電腦會像自己一樣將我養大，只差在她本人沒有耐心而已。她也用其他方式設定了這套系統。」

「難道你不能重新設定嗎，朋友？」克洛黎問。

羅伊德的聲音充滿絕望。「我**試過**了，克洛黎。但系統設定不是我的強項，程式相當複雜，機器相當先進。我至少消滅她三次了，但是她又再次出現。她是個幽靈程式，我無法追蹤她。她隨心所欲進出。幽靈，你們了解嗎？她的回憶及人格和夜行者號的運作程式緊緊糾纏，我不摧毀中央晶體、刪除所有系統就無法擺脫她。但那樣一來，我則會無以維生。我絕對無法重新設定程式，全艦電腦將會失效，一切的一切，包括推進器、生命維持器全會失效。我會被迫離開夜行者號，最後害死自己。」

「你應該告訴我們的，朋友。」克洛黎・德布蘭寧說。「在亞法隆上，我們有許多模控學家，不少人是數一數二的專家。我們可以幫你，並提供專業協助。若咪・梭恩也能幫助你。」

「克洛黎，我**找過**專家幫忙。我有兩次請系統專家上船。第一個人告訴我剛才講給你聽的事；不把程式清空就不可能。第二個人在紐霍姆受過訓練。她以為自己能幫上忙，但母親把她殺了。」

「你還是沒坦白。」梅蓮薩・潔兒說。「我了解模控幽靈能任意開關氣閘艙，或安排其他自然意外。但賽歐・拉薩默的事你怎麼解釋？」

「到頭來，這全是我的錯。」羅伊德回答。「我太寂寞了，害我犯下懊悔莫及的錯誤。即使你們之中有心靈感應者，我仍以為自己能保護你們。我曾安全載運過其他乘客。我時時監視他們，警告他們不要做危險的事。如果母親想干涉，我會直接用主控台撤銷指令。通常都能成功，雖然不是每次，但大多能制止。在這趟旅行之前，她只出手過五次，前三人死了，因為那時我太年輕。經過那次經驗，我才發現她，知道她也在船艦上。而那群人當中也有一個心靈感應者。

「是我不對，我沒想清楚，克洛黎。我對生命的渴望害死了你們。我高估了自己的能力，低估了她對曝光的恐懼。她受到威脅便會攻擊人，心靈感應者一直都是威脅。他們能感應到她。他們告訴我，她的惡意籠罩全艦，冰冷殘酷，懷有敵意，而且毫無人性。」

「沒錯。」克洛黎．德布蘭寧說。「對，那就是賽歐說的。來自外星，他很確定。」

「心靈感應者熟悉有機生物的腦袋，所以她當然就像個外星人。畢竟她的腦袋不是人腦。到底是什麼我也說不上來——以複雜的晶體記憶為基礎，連鎖程式交織糾纏，融合了迴路和心靈。對，我能了解她為何像個外星人。」

「你還是沒解釋電腦程式怎麼能讓人的腦袋爆炸？」梅蓮薩說。

「答案就掛在妳的胸前，梅蓮薩。」

「我的悄語寶石？」她困惑地說。她這時感覺到了，在她太空衣和衣服下，一股冰冷模糊的色欲，她不禁打了寒顫。彷彿他光是提到，便足以喚醒悄語寶石。

「妳告訴我之前，我完全不知道悄語寶石。」羅伊德說。「但原理一樣。妳當時說，悄語寶石能以心靈感應蝕刻。那妳就應該知道心靈感應可以儲存。我電腦的中央核心就是共振水晶，比妳的小寶石大好幾倍。我想我母親臨死前將自己蝕刻在共振水晶上。」

「只有心靈感應者能蝕刻悄語寶石。」梅蓮薩說。

「你們從來沒問過**為什麼**，你們兩人都沒問。」羅伊德說。「你們從來沒問過母親為何如此恨人類。她天生與眾不同。在亞法隆上，她可能是一級感應者，經過認證、訓練並備受崇敬，她的才能將有機會獲得發展和肯定。我想她可能會變得非常有名，甚至可能會比一級感應者力量更強大，但也許她是死後和夜行者號連結才得到這樣的力量。

「這點我不確定。但她並非出生在亞法隆，而是在維斯星，她的能力被視為詛咒，異於常人，令人畏懼。所以他們治療她。她只要一使用能力，他們就用藥物、電療、催眠治療，她因此飽受折磨。他們還用過其他更駭人聽聞的方法。當然，她從未失去能力，卻也沒學習到用意念控制，有效率地運用。這一切成為了她的一部分，她的能力變得十分壓抑且不穩定，同時也成為羞恥和痛苦的根源。當她承受壓力，情緒難以控制，便會嚴重失控。她在醫療機構待了五年，差點發瘋。她因此憎恨人類。」

「她的能力是什麼？心靈感應？」

「不是。喔，也許有一些基本的心靈感應。據我所學，所有超能力者除了自身主要的能力，身上都暗藏數個潛能。但我母親不能讀心。她能感受別人的感受，但治療扭曲了這項能力，她感受到時會莫名地令她作嘔。但他們花了五年試圖粉碎消滅的主要是心靈傳動。」

梅蓮薩．潔兒咒罵一聲。「她當然恨死重力了！心靈傳動在無重力狀態下是……」

「對。」羅伊德說了結論。「打開夜行者號重力網雖然令我痛苦，但能限制母親的能力。」

這段話之後，眾人陷入沉默，他們望著漆黑的圓柱形動力艙。克洛黎．德布蘭寧在他的真空橇不安地移了移身子。「丹諾和琳德蘭沒有回來。」他說。

「他們可能死了。」羅伊德冷冷地說。

「那我們要怎麼辦？我們一定要有個計畫，不能永遠在這裡枯等。」

「首先的問題是**我**能做什麼。」羅伊德・埃利斯回答。「我已經坦白了。我不得不向你們解釋。之前讓你們無知是基於保護，但不能再這樣下去了。事情顯然已失控。死了太多人，你們也目睹了一切。母親不會讓你們活著回亞法隆。」

「確實。」梅蓮薩說。「但她會怎麼對付你？你的地位動搖了嗎，艦長？」

「這是問題的關鍵。」羅伊德承認。「妳還是領先三步，梅蓮薩。只是不知道這樣能不能獲勝。這場遊戲的對手已領先四步，而且妳的士兵都被吃掉了。再過不久恐怕要投降了。」

「除非我能說服對方國王投誠，不是嗎？」

她看到羅伊德淡淡一笑。「如果我決定站到你們這一方，她可能也會殺了我。她並不需要我。」

克洛黎・德布蘭寧反應比較慢。「可是——可是還能——」

「我的真空橇有雷射。你們沒有。我可以現在殺了你們，贏回夜行者號的信任。」

真空橇間隔了三公尺，梅蓮薩和羅伊德雙眼相交。她雙手輕鬆地放在推進器控制台上。

「你可以試試看，艦長。記得，改良過的人類沒那麼容易擺平。」

「我不會殺妳，梅蓮薩・潔兒。」羅伊德正色說。「我活了六十八個標準年，卻從沒好好活過。我累了，而妳的謊言說得美妙動人。妳真的願意碰我？」

「對。」

「為了妳的觸碰，我願意冒任何險。但換個角度，這根本不算冒險。如果失敗了，我們全會一起死。如果贏了，嗯，他們摧毀夜行者號時我也會死，不然頂多活在軌道醫院上當個怪胎。但那樣我寧可一了百了。」

「我們會替你打造一艘新船艦，艦長。」梅蓮薩保證。

「騙子。」羅伊德回答。但他語氣愉悅。「算了。我這輩子也不算活過。死亡嚇不倒我的。如果我們贏了，你一定要再跟我述說一次沃克林的事，克洛黎。還有妳，梅蓮薩，妳一定要再跟我下棋，找個方法碰觸我，並且……」

「跟你做愛？」她笑著接口。

「妳願意的話。」他靜靜說，又聳了聳肩。「唉，母親全都聽得到了。她當然會仔細偷聽，看我們要擬定什麼計畫，所以就不要浪費時間了。我不可能從主控室的氣閘艙進去，因為那和船艦電腦直接相連。所以我們一定要像其他人一樣穿過動力艙，從主氣閘艙進船，把握眼前任何一絲機會。如果我能回到主控台，重新啟動重力網，也許我們能贏。如果失敗——」

他說到一半，一聲低沉的呻吟傳來。

一時間，梅蓮薩以為夜行者號又向他們播放哭嚎，她很驚訝這艘船會這麼笨，重複用同樣的計謀兩次。結果呻吟聲再次響起，清楚地來自克洛黎．德布蘭寧的真空橇，眾人都忘了他們還有第四個伙伴，束帶緊緊綁著她，她掙扎起身。克洛黎解開她身上的束帶，艾葛莎．美里布萊克試著站起，結果差點飄出真空橇，克洛黎趕緊抓住她的手，將她拉回來。「妳還好嗎？」他問道。「妳聽得到嗎？妳不舒服嗎？」

透明的面罩下，艾葛莎雙眼睜大，充滿恐懼，快速地來回望著克洛黎、梅蓮薩和羅伊德，接著望向破了個大洞的夜行者號。梅蓮薩不知道她是不是瘋了，心裡開始為克洛黎擔心，這時艾葛莎開口了。

「沃克林！」她吐出這幾個字。「喔，沃克林！」

動力艙口旁，核能引擎的核能環發出淡淡光芒。梅蓮薩．潔兒聽到羅伊德大抽一口氣。她馬上轉動真空橇推進器按鈕。「快。」她大聲說。「夜行者號準備要飛走了。」

✳　✳　✳

穿過動力艙狹長管道的三分之一後，羅伊德飛來她身旁。他穿著黑色龐大的裝甲，僵硬又懾人。他們兩人肩並肩通過圓柱形的星際飛躍推進器和電腦網。前方燈光昏暗之處便是主氣閘艙，那駭人的看門人飄在一旁。

「我們到氣閘艙時，妳跳到我的真空橇上。」羅伊德說。「我想駕著真空橇，維持武裝，而且氣閘艙也容納不了兩艘真空橇。」

梅蓮薩迅速瞄了一下身後。「克洛黎。」她喚道。「你在哪裡？」

「外頭，我的愛，我的朋友。」他回答。「我不能去了。原諒我。」

「我們必須待在一起！」

「不。」克洛黎說。「不，我不能冒險，尤其我們都這麼近了。梅蓮薩，我都已經如此接近，如果放棄，那會是場悲劇，一切也將白費了。我不怕死，但我已等了這麼久，一定要先親眼見到他們。」

「我的母親要把船艦開走了。」羅伊德說。「克洛黎，你會被拋在後頭，迷失在宇宙中。」

「我會慢慢等。」克洛黎回答。「我的沃克林來了，我一定要等他們。」

這時，時間已耗盡，氣閘艙幾乎就在他們面前。兩艘真空橇緩緩停下，羅伊德・埃利斯伸手讓氣閘艙開始跑程序，梅蓮薩・潔兒則走到他巨大橢圓形工作橇的後面。外閘門滑開時，他們飛入氣閘艙。

「內閘門一打開，就要開始了。」羅伊德語氣平緩地告訴她。「船艦上的家具大都是內建、焊接或已上鎖，但你們團隊帶上船艦的東西都未固定。母親會用那些東西當武器，還要小心門和氣閘艙，以及所有夜行者號電腦能控制的裝置。我應該不用提醒妳不要拉開太空衣吧？」

「這還用說？」她回答。

羅伊德將真空橇稍微降下，鐵手臂碰到地面時發出鏗鏘聲響。內閘門發出嘶嘶聲，並隨之打開，羅伊德啟用了推進器。

裡頭，丹諾和琳德蘭飄浮在血霧中，早已靜待多時。丹諾的胯下到喉嚨已被劃開，腸子如一團蒼白憤怒的蛇不斷游動。琳德蘭仍握著刀。他們向前飄來，展現生前從未見過的優雅姿態。

羅伊德抬起真空橇最前面的鐵手臂，一邊衝向前，一邊將他們掃向旁邊。丹諾撞上隔板彈起，留下一灘溼血痕，更多腸子滑了出來。琳德蘭終於刀子脫手。羅伊德加速衝過他們，沿艙道穿梭過一團血霧。

「我會注意後面。」梅蓮薩說。她轉身和他背靠背。他們已安全甩開兩具死屍；刀也飄在空中，毫無威脅。她正要告訴羅伊德他們安全了，刀突然轉向朝他們追來，彷彿由一股無形的力量控制著。

「快轉向！」她大喊。

真空橇急轉彎。刀從他們一公尺外掠過，響亮地擦過金屬隔板。

但刀沒停下，再次飛向他們。

休息室出現在前方，裡頭一片漆黑。

「門太窄了。」羅伊德說。「我們必須放棄——」他正說著，真空橇便正面卡上門框，突忽其來的衝擊將兩人震下真空橇。

一時之間，梅蓮薩手忙腳亂地在艙道飄浮，她不斷旋轉，試著分清上下。刀砍向她，劃開她的太空衣和肩膀，傷口深可見骨。她感到一股劇痛，溫熱的血從中湧出。「幹。」她大叫。刀倏地轉向，甩下一滴滴鮮血，再次朝她飛來。

梅蓮薩手探出，一把抓住刀。

她低語一陣，把刀從那股力量中奪了過來。

羅伊德重新控制住真空橇，似乎專注在操控上。他身後休息室昏暗處，梅蓮薩瞄到一個半人形的黑影浮現。

「**羅伊德！**」她大喊警告他。那東西拿出小型雷射切割器。短小的光束正面插入羅伊德胸口。

羅伊德按了一下自己的發射鈕。真空橇的重工雷射啟動，射出一道耀眼光芒。光束燒去拉簡的武器、右臂和部分胸膛。光束繼續發射，散發陣陣波動，遠方隔板冒出濃煙。

羅伊德調整設定，開始切割洞。「我們五分鐘以內就能進去。」他簡短地說。

「你還好嗎？」梅蓮薩問。

「我沒受傷。」他回答。「我的太空衣比妳的堅固，他的雷射切割器只是低功率的玩具。」

梅蓮薩注意力轉向艙道。

兩個語言學家向前逼近，一左一右，同時從兩邊朝她攻來。她肌肉收縮，肩膀一陣劇痛。除此之外，她感到無比強壯，心中幾乎毫無顧慮。「屍體又找上門來了。」她告訴羅伊德。「我要把他們擺平。」

「這樣好嗎？」他說。「他們有兩個人。」

「我是改良過的人類。」梅蓮薩說。「而且他們死了。」她跳下真空橇，高高劃出一道優雅的軌跡，飛向丹諾。他舉起雙手擋她。她將他的手撥開，抓住一隻手臂向後扳斷，刀隨即深深刺入他喉嚨，她這才發現自己只是白費力氣。血如雲霧從他脖子噴出，但他手仍繼續揮舞。他的牙齒喀答喀答詭異地咬著。

梅蓮薩抽回刀，抓住他，用全身的力量將他丟向艙道。他不斷翻滾打轉，消失在自己的血霧之中。

梅蓮薩身子朝向另一頭，緩緩旋轉。

琳德蘭伸出雙手從背後抓住她。

指甲扒過她的面罩，並流出鮮血，在塑膠外殼上留下一道道紅色痕跡。

梅蓮薩轉身面對攻擊者，抓住對方揮舞的手臂，將琳德蘭丟下艙道，和她不斷掙扎的同伴撞成一團。反作用力讓梅蓮薩像陀螺一樣打轉。她雙手張開，將自己停下，卻已頭昏目眩，大口吸氣。

「我進去了。」羅伊德說。

梅蓮薩轉身去看。休息室牆面冒著煙，已切出一公尺見方的開口。羅伊德關閉雷射，抓住門框往兩邊一撐，飄向洞口。

尖銳的爆裂聲在梅蓮薩耳邊響起。她痛苦地弓身，並伸出舌頭關閉了通訊器；聲音消失，一片安靜。

休息室彷彿下起一場大雨。餐具、杯盤和人類屍骸一波波飛向羅伊德，卻只是徒勞地擦過他的裝甲。梅蓮薩想跟過去，但只能無助地退開。她穿的太空衣又輕又薄，這場死亡之雨會將她分屍。羅伊德飄到另一端，鑽進了船艦上的祕密主控室，留下她一人。

夜行者號突然傾斜加速，艦上頓時出現短暫的作用力。梅蓮薩被甩到一邊。受傷的肩膀重重撞上真空橇，傳來一陣痛楚。

艙道一扇扇門此時全都打開。

丹諾和琳德蘭再次朝她過來。

* * *

遠方，夜行者號核能引擎如星星般閃爍。冰冷和黑暗包圍他們，下方則是深不見底、空無一物的撒旦面紗，但是克洛黎不害怕。他覺得自己莫名改變了。

虛無變得充滿希望和生命力。

「他們**快**來了。」他輕聲說。「就連我，一個完全沒有超能力的人，都感覺得到。克雷人的傳說一定是真的，即使距離好幾光年，克雷人也感覺得到他們。太不可思議了！」

艾葛莎．美里布萊克彷彿縮小了。「沃克林，」她低聲說，「對我們有什麼用？我受傷了，船也走了。克洛黎，我頭好痛。」她發出微弱恐懼的哀鳴。「賽歐說，我幫賽歐注射之後，他說了一句話，在他──在他──你知道的。他說他頭很痛，非常痛。」

「安靜，艾葛莎。別怕，我在這裡陪著妳。等一下。想想看我們接下來將親眼目睹什麼，腦中想著這個就好！」

「我感覺得到他們。」超精神醫師說。

克洛黎充滿好奇。「那快告訴我。我們有艘小的真空橇，我們應該飛向他們。快告訴我方向。」

「好。」她同意了。「好。喔，好吧。」

✳

✳

✳

重力網回復；燈光閃爍一下，世界幾乎恢復正常。

梅蓮薩落到地上，輕巧著地，身體翻滾，如貓一般馬上站起。

艙道上敞開的閘門之間，原本飄浮著眾多物體，散發不祥的氣氛，如今全喀啦喀啦落到地上。

血霧化為鋪灑在艙道地面上的露珠。

兩具屍體從空中重重落下，躺在原地動也不動。

羅伊德從牆上通訊器對她說。「我成功了。」

「我看到了。」她回答。

「我現在在主控台。我手動恢復了重力，盡可能切斷電腦連結的功能。不過我們仍不安全。母親會找方法避開我，現在我是以土法煉鋼的方式阻止她。我無法顧及每個角落，而且如果我一時輕忽，即使只是一下下……梅蓮薩，妳的太空衣破了嗎？」

「對。肩膀處被劃破了。」

「換上另一件。**現在就去**。我想我寫的反擊程式能讓氣閘艙關著，但我不能冒險。」

梅蓮薩已衝下艙道，朝放太空衣和裝備的貨艙奔去。

「妳換好太空衣之後，」羅伊德繼續說，「把屍體丟入大量廢物處理器。氣閘艙附近剛好有個艙口，就在氣閘艙控制面板左邊。還要將所有用不著的東西處理掉；科學器材、書、卡帶、餐具——」

「刀。」梅蓮薩說。

「請務必處理掉。」

「我們仍受心靈傳動威脅嗎，艦長？」

「母親在重力網下非常無力。」羅伊德說。「她必須對抗重力。即使有夜行者號的能量幫助，她一次也只能移動一項物品，而且在重力狀態下，她拉抬的力量相當微弱。但小心，她的力量仍在。而且她可能會設法避開我，再次取消重力網。我從這裡能馬上恢復，但就算只是幾秒鐘，我也不希望有危險物品在妳身旁。」

梅蓮薩到了貨艙。她脫下太空衣，在肩膀傷口不斷抽痛下，以破紀錄的速度穿上另一件太空衣。傷口流了不少血，但她顧不得那麼多了。她將脫下的太空衣拿起，又抱了兩堆器材，丟入處理器內。接著她將注意力轉到屍體。丹諾不成問題。但是梅蓮薩把丹諾推下去時，琳德蘭從艙道朝她爬了過來。梅蓮薩抓起琳德蘭時，琳德蘭手無力地甩著，這代表夜行者號的力量還未完全消失。梅蓮薩毫不費力撥開她的手，把她推下去。

拉簡燒焦、殘破的屍體在她手中蠕動，牙齒朝她咬啊咬，但沒帶來什麼麻煩。她清理休息室時，一把餐刀旋轉著飛向她的頭。不過速度不快，梅蓮薩直接把刀擊落，然後拿起，和其他垃圾放在一起。她清理掉一間間艙房裡的雜物，將艾葛莎·美里布萊克的禁藥和注射器夾在手臂下，這時，她聽到羅伊德尖叫。

過了一會，一股力量有如一隻隱形的巨手抓住她胸口，用力一捏，將她拽倒在地。她不住掙扎。

星空中某個東西在移動。

雖然距離遙遠，光線昏暗，但克洛黎看到了，不過他還看不清細節。千真萬確，無庸置疑，有個巨大的形狀擋住了一部分星空。那東西正朝他們飛來。

他多希望他的團隊、電腦、心靈感應者、專家和裝備此時與他同在。

他用力按下推進器，迫不及待衝向他的沃克林。

梅蓮薩全身發疼，倒在地上動彈不得，並冒險打開太空衣通訊器。她必須和羅伊德說話。「你在嗎？」她問道。「發生……發生什麼事？」壓力令她十分難受，而且一分一秒變得更糟。她幾乎動不了。

一個痛苦的聲音慢慢說出答案。「……我……中計。」羅伊德聲音掙扎著。「……說話……很……痛。」

「羅伊德——」

「……她靠……心靈傳動……把主控室……這裡的……旋鈕……轉高……兩……或三刻度……我……唯一……要……做的……就是……調回……去……交給我。」

一片沉默。終於，梅蓮薩快陷入絕望時，羅伊德的聲音又傳來。就兩個字：

「……不行……」

梅蓮薩的胸口有如承受了自身十倍的重量。她能想像羅伊德的痛苦；對羅伊德來說，只要稍有重力就很痛苦，並可能造成生命危險。就算旋鈕只是咫尺之遙，她也知道他無力的肌肉永遠辦不到。「為什麼？」她開口。說話對她來說似乎不會比他來得難受。「為什麼……她要調高重力……重力……也會削弱她……對吧？」

「……對……但……一段……時間……一小時……幾分鐘……我……我的心臟……會爆掉……然後……只剩妳……她……就……消除重力……殺妳……」

梅蓮薩伸出手，將自己拖過艙道。「羅伊德……撐住……我來了……」她再次將自己拖向前。原來夾著艾葛莎藥包的手臂，此時變得無比沉重。她把藥包放下，推到一旁。那藥包感覺彷彿有一百公斤重。她重新考慮了一下，接著打開藥包。

藥劑全部都清楚標示。她快速尋找著腎上腺素或合酶激素，只要能讓她有力量去找羅伊德就好。她找到不少刺激藥劑，並選了最強的藥，忍著痛苦，笨拙緩慢地裝進注射器，這時她目光瞄到了愛思倍朗。

梅蓮薩不知道自己為何猶豫。愛思倍朗是藥包中六種超能力藥物之一，六種藥對她都沒幫助，但不知何故，她心裡感覺怪怪的，腦中似乎浮現出什麼。她努力思考，然後她聽到了一些聲響。

「羅伊德。」她說道。「你母親……她能……在高重力狀態下……不能移動東西……對吧？」

「也許可以。」他回答。「……如果……將她……所有力量……貫注……也許可以……怎麼了？」

「因為……」梅蓮薩·潔兒嚴肅地說。「因為有東西……**有人**……要通過氣閘艙進來了。」

「不如我所想，不是真的一艘船。」克洛黎·德布蘭寧說。他身上的學院設計太空衣有內建編碼裝置，他在為後代子孫錄音，因為他有莫名的預感，自己的死期近在眼前。「其規模難以想像，無從估計。無比雄偉，無比巨大。我只有手腕上的電腦，沒有其他裝置，所以無法精密測量。但我來估的話，喔，一百公里，也許橫跨三百公里。當然，不是具體固定形態，完全不是。相當精巧細膩，像氣體一般，不若我們所知的任何船艦或城市。這——噢，太美了——這船看上去是水晶和薄紗，栩栩如生，發出稀微光芒，工藝精密，如一面巨大的蛛網錯綜糾結——我不禁想起星際引擎發明前，人們使用過的古老星艦，但這艘巨大船艦形態並不固定，不可能以光來驅動。其實，這根本稱不上是船艦。船身全部都暴露在真空環境中，沒有密閉艙體或生命維持球形艙，至少我沒看到，除非是以某種方法隱藏在我視線之外，不，我不相信，這艘船艦太開放、太脆弱了。船速滿快的。我真希望我有裝備能測量航速，但能來到此處親眼目睹已經足夠。我要將真空橇駛到側面，以免擋在它的行進路線上，但我不確定能不能成功閃過。船的速度比我們的速度快太多了。速度不到光速，對，遠遠不到光速，但要我說，我猜仍然比夜行者號的核能引擎快……這是我的猜測。

「沃克林船艦上看不到推進器。其實，我很納悶——也許這艘船是光帆，數千年前靠雷射升空，因為某個無法想像的意外現在變得殘破不堪——不對，太對稱了，太美了，那些網狀結構，薄紗般壯麗閃光圍繞中心，美得無以名狀。

「我一定要清楚描述它，我一定得要說得更精確一點，我知道。但好難，我太興奮了。它非常巨大，如我剛才所說，橫跨數百公里。大概——我算算——對，形狀大概呈八邊形。中心、中央是個明亮區域，中心點卻呈黑色，周圍一整片都是發亮區域，只有黑暗處看起來是實體——發亮區域有點透明，我能看到後方的星點，不過顏色變了，星點變得偏紫色。薄紗，我稱發亮處為薄紗。從中心點到薄紗，有八條——喔，非常長啊——八條尖刺向外延伸，每條的間距不大平均，所以不是真的八邊形——啊，我現在看得更清楚了，其中一條尖刺在動，噢，非常緩慢，薄紗也隨之波動——這麼說，那些尖刺是活動式的，而尖刺間的網狀結構，一圈又一圈的，但上面有——紋路，奇異的紋路，不像蛛網那麼簡單。我在紋路及裝飾中找不出規律，但我相信其中有一定的規律，象徵意義待後人研究挖掘。

「上面有光。我有提到光了嗎？中心的地方光線最亮，但都不到刺眼，光呈紫色，十分暗淡。有些散發出明顯的放射物，但不多。我希望能測量這艘船艦的紫外線指數，但我身邊沒器材。光線在流動，薄紗似乎在波動，光持續沿著尖刺上下移動，速率不同，有時其他的光會橫向越過網狀紋路。我不知道那些光是什麼。也許是某種溝通形式。我無法分辨那是從艦內或艦外傳出的。我——哇！剛才又冒出一道光。在尖刺之間，短暫閃爍，像星暴。現在已經消失了。靛藍色的光芒，比其他光更耀眼。我感到好無助、好無知。但他們好美麗，我的沃克林……

「神話——這真的跟傳說截然不同，真的。那體積、那光線都超乎想像。沃克林常和光連結在一起，但那些說法都太模糊了，不管是雷射推進系統，或只是外部燈光都有可能。我怎麼也想不到會是這樣。啊，太神祕了！船艦仍相當遙遠，看不到細節。好龐大啊，我覺得我們不可能弄清楚了。我覺得它好像轉向朝我們飛來了，但我也可能看錯，只是我的感覺而已。我的裝備啊，如果裝備在身邊多好。也許中央黑色的部分就是船艦，或維生太空艙。沃克林一定在裡頭。我真希望我的團隊和我在一起，賽歐，可憐的賽歐。他是一級感應者，我們也許能和他們接觸，也許能跟他們溝通。我們能學到多少事情！他們目睹了多少事情！一想到這船艦多古老，這個種族多古老，他們朝外飛行了多久……我心中就充滿了敬畏。此時要是能和他們溝通多好，簡直是天賜良機，可惜他們如此與眾不同。」

「**克洛黎**。」艾葛莎．美里布萊克急促低沉說道。「你感覺不到嗎？」

克洛黎．德布蘭寧望向她，彷彿初次見面。「**妳**感覺得到他們嗎？妳是三級感應者，現在能明確感受到他們嗎？」

「很久之前就感應到了。」超精神醫師說。「很久了。」

「妳能傳遞訊息嗎？跟他們對話，艾葛莎。他們在哪裡？在中心區域嗎？黑色那裡嗎？」

「對。」她回答完放聲大笑。她笑聲尖銳，歇斯底里，克洛黎這時才想起她精神已大半失常。「對，在中心，克洛黎，那就是脈動的源頭。不過你搞錯了。那根本不是**他們**，你聽到的傳說全是謊言，謊言！我一點也不訝異我們是第一個近距離見到沃克林的人。其他人，那些你說的外星人，他們只**感覺到**宇宙深遠之處有個東西，或做了個夢，感應到沃克林一丁點本質，便依個人需要，編造剩下的故事。船艦啊、戰爭啊、永恆旅行的種族，全、全都是——」

「說啊。什麼意思，艾葛莎，朋友？妳說的話沒有道理。我聽不懂。」

「對。」艾葛莎說。「你不懂，對不對？」她聲音突然變得溫柔。「你不像我能感覺到。現在好清楚。這一定是一級感應者平時的感覺。服用愛思倍朗的一級感應者。」

「妳感覺到什麼？到底是**什麼**？」

「不是**他們**，克洛黎。而是牠。活生生的，克洛黎，而且沒什麼腦袋，我確定。」

「沒腦袋？」克洛黎說。「不，妳一定錯了，妳的感應出了問題。妳說那是一個生物，這我能接受，一個不可思議、偉大的星際旅者，但怎麼可能沒什麼腦袋？妳感應到牠和牠的腦袋，還有牠心靈感應的力量。妳、所有克雷人感應者和其他人都感覺到了吧。也許牠的思想太過奇異，妳無法辨讀。」

「也許吧。但我讀到的絲毫不奇異。就是隻動物，而且思緒緩慢、幽暗又奇怪，幾乎稱不上思緒，若有似無的，在冰冷遙遠處波動。我跟你保證，牠腦袋確實很大，但腦中沒有意識。」

「什麼意思？」

「推進系統，克洛黎。你**感覺**不到嗎？那一陣陣脈動？那一陣陣脈動正努力將我頭骨掀開。你猜不到你見鬼的沃克林橫越銀河是用什麼力量嗎？為什麼牠要避開重力井？你猜不到牠怎麼移動嗎？」

「猜不到。」克洛黎回答，但他一說完，臉上漸漸露出恍然大悟的表情。他轉頭望向臃腫碩大的沃克林，牠身上光線流轉，薄紗波動，不斷逼近，跨越光年、光世紀，跨越永恆。

他回頭望著她，他嘴中只吐出四個字：「心靈傳動。」他說。

她點點頭。

✳ ✳ ✳

梅蓮薩．潔兒費力舉起注射器，按到一條動脈上。注射器發出嘶一聲，藥劑注入體內。她躺下來，凝聚氣力，仔細思考。愛思倍朗、愛思倍朗，為什麼這麼重要？藥殺死了賽歐，讓他淪為自己潛在能力的受害者，他能力加倍，身體更容易出事。超能力，一切都回到超能力上。

氣閘艙的內閘門打開，無頭屍體進到艙道。

屍體一扭一扭向前，不自然地拖著腳步，腳沒有一刻離開地面。它受重力影響，駝著身子移動。每一步都動作粗野，腳步突兀，彷彿有股凶猛的力量將腳扯向前，左一下、右一下。它的動作緩慢，手臂僵硬垂在身側。

但它不斷向前。

梅蓮薩試著站起。她悶哼一聲雙膝跪地，心臟大力跳動，然後單膝撐地。她試著用力站起，彷彿在舉重，扛起肩膀上無法承受的重擔。她告訴自己，她很強壯。她可是個改良過的人類。

但她將重量放到一腿上，肌肉卻支撐不住身體。她笨拙地倒下，撞擊地面時彷彿從大樓墜地。她聽到清脆的**啪**一聲，手臂傳來一陣劇痛。是她沒受傷的那隻手臂，她剛才倒下時用手臂支撐，肩膀便傳來劇烈痛楚，令人難忍。她眨眼忍住淚水和尖叫。

屍體已沿艙道走了一半。她發覺，它其實雙腿都斷了，但它不在乎。支撐它的力量比肌腱、骨頭和肌肉都還強大。

「梅蓮薩……聽到妳……妳……梅蓮薩？」

「**閉嘴**。」她朝羅伊德咆吼。她快喘不過氣了，不想浪費力氣在說話上。

現在她用上自己習得的所有技能，全心用意志力克服痛苦。她無力踢著地，靴子刮過地面，她用斷臂將自己拉向前，並忽略肩膀的劇痛。

屍體繼續向前。

她將自己拖過休息室的門檻，鑽過墜毀的真空橇，希望能稍微阻礙死屍的追趕。原本是賽歐．拉薩默的怪物現在離她只剩一公尺。

在一切的原點，漆黑的休息室中，梅蓮薩．潔兒沒力了。

她渾身顫抖，倒在溼漉漉的地毯上。她知道自己連一寸都前進不了了。

門另一端，屍體僵硬地站著。真空橇開始搖晃。金屬摩擦聲一次次響起，真空橇慢慢被向後拉開，一點一滴脫出門框。

超能力。梅蓮薩好想詛咒這股力量，並嘶聲大叫。她感到萬念俱灰，多希望自己有超能力，或有個武器能炸掉這具一直跟著她的屍體。她絕望地想，她是改良的人類，但改良得不夠好。她父母盡其所能賜給她所有良好的基因，但超能力不在其中。超能力基因在全宇宙中都極為罕見，呈隱性，而且——

——她突然靈光一閃。

「羅伊德。」她用盡意志力死命地一字一句吐出。她全身溼透，不住啜泣，恐懼萬分。「旋鈕……**用心靈傳動**。羅伊德，用心靈傳動！」

他的回應相當虛弱，充滿疑惑。「……不……我不……母親……只有……她……我不……不……母親……」

「不是母親。」她拚盡力氣說。「你總是……說……**母親**。我忘記……忘記。不是你的母親……聽著……你是**複製人**……同樣的基因……你也有……那力量。」

「沒有。」他說。「從來……一定……跟性別有關。」

「不！**無關**。我知道……普羅米修斯人，羅伊德……不要跟普羅米修斯人……爭辯基因……快去轉！」

真空橇滑開三十公分，倒在一旁。路已清空。

「……試試。」羅伊德說。「沒用……我**辦不到**！」

「她**改良**了你。」梅蓮薩恨恨地說。「比……她……產前……已改良……但只……壓抑……你**辦得到**！」

「我……不……知道……怎麼做。」

屍體站在她上方，停了下來。它蒼白的雙手顫抖痙攣，邊抽搐著舉高。彩繪長指甲成了現成的利爪，慢慢舉高。

梅蓮薩咒罵。「羅伊德！」

「……對不起……」

她失聲哭泣，搖搖頭，無助地握緊拳頭。

一瞬間，重力消失了。遙遠之處，她聽到羅伊德大叫一聲，然後再也沒聲音了。

＊　＊　＊

「現在閃光愈來愈頻繁了。」克洛黎・德布蘭寧說。「也許純粹是因為靠得近了，我看得更清楚。靛藍和深紫的光不斷閃現，相當短暫，很快便消逝，就在網狀結構之間。我想，那是某種力場。閃光是恆星之間稀薄飄浮物中的氫粒子。氫碰到網狀結構和尖刺時接觸到力場，短暫燃燒成為可見光。物質轉換為能量，對，我是這麼猜的。我的沃克林會吸收能量。

「牠籠罩我眼前一半的世界，繼續逼近。我們躲不掉了，喔，真令人難過。艾葛莎靜靜死了，她面罩上有血跡。我快看得到黑色區域了，快了，快了。我看到奇怪的畫面，中間有張臉，小小的，像老鼠一般，沒有嘴巴、鼻子和眼睛，但仍像張臉，而且盯著我。薄紗動得好迷人。網狀結構包裹我們。

「啊，那光，那光啊！」

＊　＊　＊

屍體笨拙地彈到空中，雙手軟軟垂於身前。梅蓮薩在無重力狀態下感到一陣暈眩，忽然劇烈反胃。她扯下頭盔，向後折疊好，消除自己的噁心感，準備面對夜行者號猛烈的攻擊。但賽歐・拉薩默的屍體動也不動飄浮在空中，漆黑的休息室一切靜止。梅蓮薩身體終於恢復了，她虛弱地靠近屍體，力量不大，試探地推了一把。屍體飄向休息室另一端去了。

「羅伊德？」她輕喚。

沒有回答。

她爬過牆上的洞，進入主控室。

她看到穿著太空衣的羅伊德・埃利斯飄在空中。她搖搖他，但沒有反應。梅蓮薩・潔兒顫抖著身子查看他的太空衣，然後動手拆解。她觸碰了他。「羅伊德。」她說。「來。感覺一下，羅伊德，來，我在這裡，感覺我。」他的太空衣鬆脫，她將拆解下來的太空衣拋開。

「羅伊德，**羅伊德**——」

死了。真的死了。他的心跳停了。她奮力捶打，試圖喚回他的生命。但心臟不再跳動。死了。真的死了。

梅蓮薩．潔兒從他身邊退開，淚水讓她視線一片模糊。她緩緩走進主控台，低頭去看。

死了。真的死了。

但重力網的旋鈕已調成零。

「梅蓮薩。」牆邊傳來一個溫柔的聲音。

＊

＊

＊

我將夜行者號的靈魂水晶捧在雙手上。

水晶呈深紅色，外表為多面切割，和我的頭一樣大，摸起來極為冰冷。深紅色水晶的深處，有兩個微小猛烈的火影，有時似乎會開始迴旋。

我從主控台爬進來，小心翼翼避開保全和模控裝置，盡量不破壞任何東西，直接將那水晶拿在手中，心底知道這就是**她**所在之處。

但我無法將水晶毀掉。

羅伊德的鬼影求我不要這麼做。

昨晚，我們在休息室喝著白蘭地，下著棋，又聊了一次。當然，羅伊德不能喝，但他派他的鬼影朝我微笑，告訴我他棋子要下到哪裡。

今晚他又不厭其煩地說，只要我去外頭，完成我們多年前未完成的修理工作，讓夜行者號能安全進入星際飛躍，他便能帶我返回亞法隆，或看我想去哪個地方都行。這話他都不知道提過幾千次了。

我也拒絕他幾千次了。

當然，他現在更強大了。畢竟兩人基因一模一樣，力量旗鼓相當。臨死之際，他找到了能將自己刻蝕在巨大水晶上的力量。他們兩人活在船艦上，經常你來我往。有時，她會暫時占上風，夜行者號就會出現詭異、不穩定的現象。重力網會升高、降低或完全關閉。我睡覺時，毯子勒住我的喉嚨。陰暗的角落飛出東西。

但這陣子這類情況大幅減少。發生時，羅伊德會阻止她，不然我也會阻止她。兩人合作之下，夜行者號屬於我們。

羅伊德說他力量已夠強大，能時時看著她，一人綽綽有餘，根本不需要我了。我才不信。在棋盤上，我十場依舊能贏他九場。

還有其他考量。其中之一便是我們的研究。克洛黎一定會為我們深感驕傲。沃克林不久將進入撒旦面紗的雲霧裡，我們緊隨在後。一面研究，一面記錄，進行所有克洛黎希望我們做的事。一切都存在電腦裡，為了預防系統遭到清除，我們也同時記錄在卡帶和紙本上。沃克林在撒旦面紗中會如何成長，令人拭目以待。畢竟沃克林誕生至今，光是吸收宇宙間的氫粒子便存活至此時。而相對於星際之間，撒旦面紗內的物質更為密集。

我們試著跟牠溝通，但失敗了。我不相信牠具有意識。最近羅伊德凝聚能量，試圖用心靈傳動移動夜行者號，模仿牠的移動方式。有時，古怪的是，他母親也會加入他的行列。目前為止，他們一直失敗，但我們會繼續嘗試。

於是，研究繼續。我們知道研究結果最終會傳回人類世界。羅伊德和我討論後，擬定了計畫。當我大限已近，死前我會破壞中央水晶，清空電腦，接著我會手動設定航線，在附近區域找到有人居住的世界。那時，夜行者號將成為一艘貨真價實的幽靈船。一定沒問題。我時間充裕，畢竟我是改良過的人類。

我絲毫不會考慮其他選項，但羅伊德不厭其煩地想說服我，令我感到非常窩心。我當然能修好船艦；也許少了我，羅伊德仍能控制這艘船，並繼續研究工作，但那都不重要了。

我犯了無數錯誤。愛思倍朗、關閉監視器、我對其他人的控制力……這全是我的錯，這是我傲慢自大的代價。失敗令人痛苦。最終，我第一次、最後一次、也是唯一一次觸碰到他時，他身體仍散發著溫暖。但**他**卻已經死了。他永遠無法感受到我的觸摸。我無法信守我的承諾。

但我能信守另一個承諾。

我永遠不會讓他單獨和她在一起。

永遠。

一九七八年十一月寫於愛荷華州杜標克

附註（喬治．馬汀千界宇宙的設定）——

編按：本書收錄之〈暗夜飛行者〉〈殺人前請七思〉〈萊安娜之歌〉是屬於喬治．馬汀一系列架空世界「千界宇宙」的科幻創作故事。在此附上部分相關的時空歷史設定說明，能窺見千界宇宙的恢宏與壯闊。

聯邦帝國：

星際航行發展之初，聯邦帝國是統治人類宇宙的政治組織，拓展了第一代和第二代殖民地，以及部分第三代殖民地，最後在與芬迪人及藍岡人的「二重戰爭」中因戰事而崩潰瓦解。

古海神星：

聯邦帝國前期設立的第三代人類殖民世界。古海神星上海洋洶湧，資源無數，迅速成為重要的貿易樞紐和區域首府。發展不到一世紀，古海神星的人類便自行打造星艦，向外殖民其他星球。

二重戰爭：

聯邦帝國分別與兩個異族（藍岡人、芬迪人）發生持續數個世紀的戰爭。由於兩個戰場位置不同，兩族也沒有聯盟，故稱二重戰爭，或千年戰爭。

藍岡人：

人類於二重戰爭中最大的敵人，也是人類遇到具有意識的外星種族中最不同的一支。藍岡人是由多樣物種所組成，其社會系統以生物階層為基礎。眾多藍岡人中，唯有「心智人」擁有智力，而人類和他們的溝通從未成功過。

芬迪人：

第一支和人類接觸、具意識的外星種族，也是二重戰爭中的敵人之一。芬迪人沒有種族意識，個體以心靈相互連結，成為「部族」，形成一個個社會，部族與部族彼此為敵。心啞者一族是無法和人連結的芬迪人，他們沒有朋友，流亡在外。

大崩壞：

古地球上的聯邦帝國垮台的時期，時間難以確定，戰爭時一片混亂，各個世界通訊比過去更加困難。各星球的大崩壞發生於不同時間，改朝換代的方式也不同。

科雷羅諾馬斯：

著名學者和將軍，他是賽博格，也就是改造人，為人類星球勘測隊的領導者。

假寶區：

最具影響力的人類世界之一，大崩壞之後，星球之間馬上恢復星際航行，並保存和發展著聯邦帝國的祕密科技——複製人和基因改良技術。

亞法隆：

位於假寶區的人類世界，二重戰爭期間亞法隆是區域首府，長年發展貿易、探索和再教育計畫，後來成立人類知識研究院，成為學習重鎮。亞法隆也是重要貿易中心，擁有假寶區中最龐大的貿易艦隊。到亞法隆的船艦不只交易貨物，也會交易知識。

傑米森世界：

假寶區的人類世界，主要殖民人口來自古海神星。跟亞法隆同樣是工業與貿易中心。

撒旦面紗：

星際塵埃和氣體組成的星雲，靠近銀河透鏡頂端，遮擋住火之輪和其他外側世界的星星；位於銀河邊陲和假寶區的疆界。

塔拉星：

最接近「撒旦面紗」的人類世界，位於假寶區邊陲地帶。由不同世界殖民至少五次，於二重戰爭時也不斷遭到劫掠，因此現在有著各種奇異破碎的文化。

畸希楊奇：

又稱吸魂怪，屬藍岡奴族，幾乎不具意識，但相當可怕。他們擁有的心靈感應能力，能扭曲人類心智，製造幻象、錯覺和夢境，引發人的獸性，影響理性和判斷，讓人彼此猜疑。

覆蓋指令

科巴拉吉和團隊從洞窟回來時，夕陽西沉，高湖上晚霞一片柔美。那是個寧靜的傍晚。古洛托星溫煦的日光漸漸消逝，碧水映照暮光，晚風徐徐。科巴拉吉在船後方，望著夕陽緩緩落下，在引擎嗡鳴聲中，聆聽日暮的聲音。

古洛托是個寂靜的星球，但只要靜下心來，就能聽到星球細微的聲音。科巴拉吉聽得到。皮膚黝黑的他坐在船尾，身形細瘦，留著一頭長黑髮，棕色的眼珠恍惚朦朧。他細瘦的一手放在膝上，另一隻手心不在焉地放在引擎上。他聽著船後嘩啦嘩啦的水聲，還有躍湖魚蹦出水面的聲響，風吹得河岸樹木綠枝沙沙作響。不久之後，他也會聽到夜行者，但牠們還沒醒來。

船上有四個人，但只有科巴拉吉聽得到。其他人臉色蒼白，目光空洞，早已不知聆聽是何物。他們全都穿著灰暗的連身屍體服，每個人頭骨都嵌著鋼板。有時，控屍器開著時，科巴拉吉會以屍體的耳朵聆聽和雙眼視物。但那相當辛苦，根本是自找麻煩。透過屍體的眼耳口鼻，控屍人得到的感受都如回音一般，模模糊糊，無法辨別，過程也不舒服。

現在是古洛托星傍晚時分，天氣涼爽舒適，一日的工作告一段落。科巴拉吉的控屍器已關閉，心靈從死屍身上抽離，安安穩穩留在自己身體裡。船明確筆直地沿著河岸向前，科巴拉吉腦中可謂一片空白。他坐在船上，望著水面和樹林，默默聆聽大地的聲音。今天他操控屍體工作了一整天，此時已是身心俱疲。尤其是腦子——他一點也不想動腦，只想留連在這美好的傍晚。

這段路十分漫長，他在寧靜中橫越兩座大湖和一座小湖，最後沿一條湍急的小溪逆流而上。科巴拉吉提高動力，船劃破河流，發出巨大聲響。抵達工作站時，天已全黑。位於河邊的工作站，以藍黑色石頭胡亂堆砌而成，但窗口卻透出溫暖黃光。

碼頭是由當地特有的銀木搭建。碼頭深入河道，上頭十幾艘同款的船隻已拴好繩索，停泊在此。碼頭仍有不少空位，科巴拉吉將船停了進去。

船停妥之後，他將收集箱掛在手臂上，跳到碼頭上，另一手伸向腰帶，按下控屍器。腦中瞬間一團模糊，但科巴拉吉聚精會神，在腦中大吼一聲，喚醒死屍。屍體一個個起身走下船，然後跟隨科巴拉吉進入工作站。

孟森在辦公室等著——他身材肥胖，不修邊幅，頭髮斑白，雙眼周圍布滿皺紋，行為舉止就像個父親。他雙腳放在桌上，正讀著一本小說。科巴拉吉進門時，他露出笑容，身子坐正，小心夾好皮革書籤。「嘿，麥特。」他說。「你為什麼每次都最後一個？」

「因為我都是最後一個出發啊。」科巴拉吉笑著說。這句是他新想到的。孟森每晚都問同樣的問題，並期待科巴拉吉想出新答案。但這答案他聽了沒什麼反應。

科巴拉吉將收集箱放到孟森桌上打開。「今天收穫不錯。」他說。「四個上等礦石，十二個比較小的。」

金屬箱內鋪有軟墊，孟森從裡頭抓了一把灰色小石頭起來，仔細端詳。這些石頭乍看之下平淡無奇，但經過拋光琢磨就會改頭換面——這是漩渦石。寶石中沒有火彩，但有其美麗之處。上等漩渦石好比迷霧的結晶，散發柔和的色彩，神祕而夢幻。

孟森點點頭，將礦石放回箱中。「不賴。」他說。「你一向幹得不錯，麥特。你總是知道該去哪找。」

「這就是慢一點下班的獎勵。」科巴拉吉說。「我又四處多看了一下。」

孟森將箱子放到桌下，轉向電腦控制台。工作站都鋪著木板，以致控制台的白色塑膠面板顯得特別突兀。他將漩渦石記錄下來，抬起頭。「你今天想洗屍體嗎？」

科巴拉吉搖搖頭。「今晚不用。我累了。暫時將他們安置就好。」

「好。」孟森說。他起身打開辦公桌後的門。科巴拉吉跟著他，三具死屍跟在後頭。辦公室後方是座屋頂低矮的長型營房，有一排排簡單的木床。床上大多都有人了。科巴拉吉帶著他的死屍找到三個空床，讓他們躺上去。然後他關閉了控屍器，腦中的回音消失，三具屍體無力地癱倒在床上。

接著，他和孟森在辦公室聊了一會。最後，老人繼續讀小說，科巴拉吉又回到了涼爽的夜中。

工作站後面有一排公司的摩托車，但科巴拉吉沒騎車，他喜歡從河邊步行十分鐘到聚落。他輕鬆一步步走過林道，時不時停下來將藤蔓和樹枝撥開。這段路總是很舒服。夜晚平靜，微風吹來樹木飄散的果香，還捎來夜行者的歌聲。

比起河岸的工作站，聚落規模更大，燈火通明，喧鬧吵雜；房屋、酒吧和商店以星際港為中心向外擴張。聚落只有少數建築由木頭和石頭建造，大多數聚落村民都很滿意公司免費提供的塑膠預製屋。

科巴拉吉漫步新鋪的街道，來到少數的木造建築。酒館門口掛著沉重的木招牌，但上頭沒有燈光。酒吧內點著蠟燭，有一張張沉重柔軟的椅子，還有個真正的火爐。那地方很舒適，是古洛托星上最老的酒吧，至今仍是控屍人、獵人和其他河岸工作站員工最喜歡的酒吧。

他進門時一人大聲向他打招呼。「嘿！麥特！這裡！」

科巴拉吉循聲音走到角落的桌子，原來是愛德・柯契朗，他手中拿著一杯酒。柯契朗和科巴拉吉一樣穿著藍白色衣袍，這是控屍人的標準裝扮。他有一頭紅金色蓬亂的頭髮，身材高瘦，清癯的臉上堆滿笑容。

科巴拉吉開心地坐到他對面。柯契朗咧嘴一笑。「啤酒嗎？」他問。「我們可以分一壺酒。」

「沒關係，謝了。我今晚想喝紅酒。想喝豐富柔和的東西，慢慢品味。」

「工作還行嗎？」柯契朗說。

科巴拉吉聳聳肩。「還不錯。」他說。「四顆上等貨，十二顆小的。孟森稱讚我一番。明天應該更好。我找到個新地點。」他轉向吧台，招一下手。酒保點點頭，幾分鐘之後紅酒和玻璃杯上桌。

科巴拉吉倒了酒，慢慢喝著，柯契朗傾訴他今天工作的事。他的工作不順利；只找到六顆石頭，也都不大。

「你一定要走深一點。」科巴拉吉告訴他。「這一帶的洞窟差不多都空了，但高湖幅員廣闊，去找個新地點吧。」

「幹麼那麼麻煩？」柯契朗皺眉說。「反正又不是自己留著。累昏了也不會加錢，不是嗎？」

科巴拉吉瘦黑的手輕搖酒杯，看著迷濛的紅酒。「可憐的愛德。」他語氣一半難過，一半嘲諷。「你只當這是工作。古洛托星是個美麗的星球。愛德，我很享受沿路的風景，**不介意**多跑幾公里路。就算沒錢，我下班之後也會走走看看。要是能找到更大的漩渦石，讓我的積分提高——對我來說，也只是額外的好處而已。」

柯契朗微笑，搖搖頭。「你瘋了，麥特。」他激動地說。「你大概是全宇宙唯一拿風景當薪水的控屍人。」

科巴拉吉嘴角也微微勾起。「只要錢也太庸俗了吧。」他怪罪道。

柯契朗拿了另一杯啤酒。「聽著，麥特，你一定要實際點。當然，古洛托星是不錯，但你不會這輩子都待在這裡。」他放下啤酒，挽起袖子，露出沉重的手環。燭光下，金環的反光十分柔和，藍寶石中閃曳黑藍色的火焰。「這種垃圾一度也很值錢。」柯契朗說。「後來他們就會合成了。遲早漩渦石也會被破解，麥特。你心裡有數，他們已經雇人研究漩渦石。所以這工作也許還有兩年時間吧，頂多三年。接下來呢？他們不需要控屍人，最後你也只得離開，錢也沒賺到多少。」

「其實不會。」科巴拉吉說。「工作站薪水不錯，給我的分數不差，能提高積分。我攢了點錢。再說，我搞不好不會走。我喜歡古洛托星，也許會留下來，加入殖民聚落之類的。」

「工作呢？耕地？在辦公室上班？別跟我講那些鬼話，麥特。一日控屍人，終生控屍人。再過幾年，古洛托星就用不上屍體了。」

科巴拉吉嘆了口氣。「所以呢？」他說。「所以怎樣呢？」

柯契朗傾身。「所以你有沒有想過我跟你說的？」

「有。」科巴拉吉說。「但我不喜歡。首先，我覺得不會成功。星際港保安森嚴，為的就是防止有人走私漩渦石，而你居然想以身試法。就算會成功，我也不想有瓜葛。對不起，愛德。」

「我覺得**會**成功。」柯契朗頑固地說。「星際港人員不過是人類，一定能賄賂。工作都我們在做，公司憑什麼拿走所有漩渦石？」

「他們有開採權。」科巴拉吉說。

柯契朗不以為然揮揮手。「對，是啦。但又怎樣？憑什麼？趁這鬼東西還有價值，我們**本來**就有權拿一些。」

科巴拉吉又嘆口氣，再倒一杯紅酒。「聽著。」他喝了點酒。「這事我不會跟你爭。他們也許該多付點工資，或讓我們抽成。但風險太大了。如果被抓到，我們會失去團隊，**而且**會被驅逐。

「愛德，我不要，也不想冒險。古洛托星很不賴，我要好好珍惜。你知道，有人說我們很幸運。大多數控屍人都沒機會在古洛托星這樣的地方工作。他們最後都在史克拉基星的生產線，或在新匹茲堡星的礦坑工作。我看過那幾個地方。不幹，我絕不要冒險淪落到**那種**生活。」

柯契朗哀求的目光飄向天花板，雙手一攤。「無藥可救了你。」他說著搖搖頭。「無藥可救。」然後他繼續喝啤酒。科巴拉吉微笑著。

但幾分鐘之後，他的好心情結束了，柯契朗突然身體一僵，皺起眉頭。「媽的。」他說。

「是巴特林。**他**來這裡幹麼？」

科巴拉吉轉向門口，原來巴特林站在門口等眼睛適應昏暗。他是個大塊頭，體格算壯，但多年下來身材走樣，頂著個大肚子。他黑髮斑白，留了一叢黑鬍，穿著時髦的彩色衣袍。他身後四個人現在站到他兩邊。他們比他年輕，塊頭更大，身材健壯，表情凶狠。他的確該帶保鏢。大家都知道羅威．巴特林討厭控屍人，而這間酒館又是控屍人的大本營。

巴特林雙臂交叉，緩緩環視全場。他自鳴得意笑著，張開嘴。

他第一個字還沒說出口就被人打斷了。吧台有一人發出響亮、粗魯的聲音，然後大笑。

「嘿，巴特林。」他說。「你在這兒幹麼？我以為你不喜歡跟低賤的人打交道？」

巴特林表情緊繃，但得意的笑容仍在。「我通常不會來，但我想親自來宣布個好消息。」

「你要離開古洛托星啦！」有人大叫。吧台傳來更多笑聲。「這可要喝酒慶祝。」另一人附和。

「不。」巴特林說。「不，朋友，是**你們**要走了。」他環視四周，享受這一刻。「我很榮幸能在此宣布，巴特林聯合公司剛才取得了漩渦石開採權。這個月月底，河岸工作站將歸我所管。當然，我第一步就是解除所有控屍人的合約。」

突然之間，酒館內一片死寂，所有人慢慢消化著這消息。酒館後方角落，柯契朗緩緩起身。科巴拉吉坐在原地，驚愕不已。

「不行這樣。」柯契朗反駁道。「我們有簽約。」

巴特林轉向他。「既然是契約，就可以毀約。」他說。「而且我說到做到。」

「你這王八蛋。」有人說。

保鏢緊繃起來。「嘴上放乾淨點，肉腦咖。」一名保鏢回嗆。酒館裡的人開始站了起來。

柯契朗怒氣沖天。「去你媽的，巴特林。」他說。「你以為你是誰？你無權把我們趕出古洛托星。」

「這本來就是我的權利。」巴特林說。「古洛托星是個乾淨美麗的星球。容不下你們這種人。我說過很多次了，根本不該讓你們來到古洛托星。你們工作用的**那東西**汙染了空氣，而且你們更糟糕，居然為錢甘願使用那些屍體。你們太令我噁心了，你們不屬於古洛托星。現在我剛好可以把你們全都趕走。」他頓了頓，露出微笑。「肉腦咖。」他不屑地吐出這個詞。

「巴特林，看我把你殺了。」一個控屍人咆哮。大伙聽了齊聲吆喝，好幾人開始上前。

喧譁聲中，科巴拉吉輕聲說了句：「不，等一下。」眾人不禁停下。他幾乎沒提高聲音，但在一片喊叫聲中仍引起眾人注意。

他穿過人群，面對巴特林，內心澎湃，但表面十分冷靜。「你知道沒有屍體的話，你的成本會大大提高吧。」他心平氣和與他講理。「你的利潤也會下降。」

巴特林點頭。「我當然知道，這點損失我可以接受。我們會用活人挖漩渦石。反正那些屍體配不上那麼美的石頭。」

「你會平白無故損失資金。」科巴拉吉說。

「才不會。我會趕走你們的臭屍體。」

科巴拉吉淺淺一笑。「也許趕走一些吧。但不是所有人，巴特林先生。你也許能奪走我們的工作，但你不可能把我們趕出古洛托星。像我就不願離開。」

「那你會餓死。」

「沒那麼誇張，我會找別的工作，你又不是擁有整個古洛托星。而且我會繼續保有我的屍體，死屍還有許多別的用途。只是我們還沒仔細去想而已。」

巴特林的笑容突然消失。他惡狠狠地盯著科巴拉吉說：「你留下的話，我保證會讓你非常、非常後悔。」

科巴拉吉大笑。「真的？好吧，我個人是能保證每天晚上你上床睡覺之後，我會派我的死屍去你家跑一趟，在窗口扮鬼臉呻吟。」他又大笑，這次更大聲。柯契朗跟著笑了，其他人也是。不久，全酒館眾人哄堂大笑。

巴特林滿臉通紅，怒火中燒。他來酒館嘲笑敵人，耀武揚威，現在竟然是他們在笑他，當面嘲笑他的勝利和機靈。他氣了一陣，接著氣呼呼甩頭走了。他的保鏢也尾隨他離開。

他走了之後，大伙笑了好一會，科巴拉吉回位子時，好幾個控屍人拍拍他的背。柯契朗也很高興，「你教訓了那老傢伙一頓。」他們回到角落時他說。

但科巴拉吉的笑容消失了。他重重頹坐到椅子上，馬上伸手拿酒。「是啊。」他邊喝酒邊說。「是啊。」

柯契朗不解地望著他。「你看起來不大開心。」

「對。」科巴拉吉說。他凝視著紅酒。「我現在又想了一想。剛才那個固執的混蛋激怒我，害我想嗆他。但現在，我在想自己辦不辦得到。畢竟，屍體在古洛托星**能**做什麼？」

他眼神突然清醒，在酒館內巡梭。「大家在慢慢消化這消息。」他告訴柯契朗。「我打賭他們全都在聊離開的事……」

柯契朗也收斂起笑容。「我們有些人會留下來。」他猶豫地說。「我們可以用屍體耕作之類的。」

科巴拉吉望著他。「不行。耕作不如用機器。屍體動作笨拙，只能從事最原始的勞動，打獵又動作太慢。」他倒了更多酒，說出內心所想。「簡單的工廠活兒，或在礦坑操控自動鑽車，他們還可以。但古洛托星上沒有那種工作。屍體可以用鑽地機挖漩渦石，但巴特林現在不准了。」他搖搖頭。

「我不知道，愛德。」他繼續說。「接下來生活不容易了。搞不好根本過不下去。巴特林取得採礦權，現在勢力比聚落公司更大了。」

「原先計畫就是這樣啊。公司讓我們工作，然後我們慢慢幹，把這裡買下來。」

「對。但巴特林出手太快了。他現在就可以開始施壓。如果他設法修改法律，把屍體趕出古洛托星，我也不會意外。那樣的話，我們**肯定**無力回天。」

「他可以這樣搞嗎？」柯契朗又生氣了，他稍微提高聲音。

「也許可以。」科巴拉吉說。「如果我們不制止他的話。我在想……」他略有所思晃著手中的酒。「你覺得採礦權這事成定局了嗎？」

柯契朗一臉疑惑。「他說他弄到手啦。」

「對。我想要是還沒確定，他也不會來嗆我們。不過，我很好奇如果有人開更高的價，公司會怎麼做。」

「誰？」

「也許就我們？」科巴拉吉喝著酒，仔細思考。「找來所有控屍人，每人拿出自己的錢。集資起來，錢應該不少。我們也許能自己買下河岸工作站。如果巴特林把漩渦石的生意關了，也可以買別的資產。這確實是個方法。」

「不行，絕對失敗。」柯契朗說。「你也許有點錢，麥特。但我他媽的知道我一毛都不剩。全花在這裡了。何況，就算有錢，你也絕對沒法讓所有人團結。」

「也許吧。」科巴拉吉說。「但值得一試。我們想要長久待在古洛托星的話，只能組織起來對抗巴特林。」

柯契朗一口喝乾啤酒，招手要酒保再倒一杯。「不行。」他說。「巴特林勢力太大。如果你成了眼中釘，他會狠狠對付你。我的主意更好。」

「走私漩渦石？」科巴拉吉笑著說。

「對。」柯契朗點頭說。「也許你可以重新考慮。如果巴特林遲早要把我們趕走，至少我們可以帶走一些他的漩渦石。不管去哪裡，那對我們都有好處。」

「你真的是沒救了。」科巴拉吉說。「但我敢打包票，現在古洛托星上一半的控屍人在打這個主意。巴特林一定會特別提防。我們離開時，他一定會要星際港人員上緊發條。他會逮到你，愛德，到時賠上的可不只是你的團隊，小命都可能不保。巴特林搞不好還會強行通過死屍法，開始『外銷』屍體。」

柯契朗變得神情不安。控屍人這輩子看過太多屍體了，但絕不想成為其中之一。他們通常會避開通過死屍法的星球。在那些星球上，重大犯罪不是關進監獄，就是「乾淨」處決，並將屍體回收再利用。古洛托星是個美好的星球，但法律隨時能改變。

「反正我無論如何都會損失團隊，麥特。」柯契朗說。「如果巴特林把我們趕走，我必須賣掉一些屍體湊旅費。」

科巴拉吉微笑。「就算收穫再糟，你還有一個月。外頭漩渦石還是不少。」他舉杯。「來。敬古洛托星。這是個美麗的星球，而且搞不好我們還是能留下來。」

柯契朗聳聳肩，拿起啤酒。「是啊。」他說，但笑容掩飾不了他內心的憂慮。

隔天一早，古洛托星的太陽還未驅散河上的霧，科巴拉吉便到工作站報到。薄霧中，一排空船仍拴在碼頭，隨水波上下晃動。

孟森如常在辦公室中。令人驚訝的是，柯契朗也在。科巴拉吉進門時，兩人抬起頭。「早安，麥特。」孟森嚴肅地說。「愛德在跟我說昨晚的事。」不知何故，他今天特別憔悴。「對不起，麥特。我什麼都不知道。」

科巴拉吉微笑。「我也覺得你不會知道。不過，如果你**真有**聽到什麼消息，請告訴我。我們不會坐以待斃。」他望向柯契朗。「你今天這麼早來幹麼？你平常都等到快中午才起床。」

柯契朗咧嘴一笑。「對。唉，我想早點上工。如果想要留下團隊，我這個月業績要好一點。」

孟森從桌下拿了兩個收集箱，交給兩個控屍人，點點頭。「後頭營房開著。」他說。「你們隨時可以帶走屍體。」

科巴拉吉繞過桌子，但柯契朗抓住他手臂。「我想深入東方。」他說。「那裡有些洞窟還沒好好挖過。你要去哪？」

「西邊。」科巴拉吉說。「之前不是跟你說，我找到一個新地點。」

柯契朗點點頭。他們一起到後方的營房，按下控屍器按鈕。五個死屍從床上跌跌撞撞站起，拖著腳步跟著他們到辦公室。科巴拉吉離開前向孟森道謝。孟森還是替他洗了屍體，也餵飽了他們。

他們到碼頭時，霧差不多都散了。科巴拉吉讓團隊上路，準備出發。但柯契朗攔住他，看起來心煩意亂。

「呃——麥特。」他站在碼頭，低頭望著船。「你說的新地點——真的那麼好嗎？」

科巴拉吉瞇眼點點頭。太陽從樹梢冒出頭，陽光照著柯契朗的臉。

「你能跟我分嗎？」柯契朗吞吞吐吐說，這不是個尋常的請求。每個控屍人通常都獨自作業，尋找地點，並開挖自己的漩渦石洞窟。「我的意思是，只剩一個月了，照你說的聽起來，你可能也挖不完。而我又需要業績，真的。」

科巴拉吉明白，這種事很難開口。他微笑。「當然好啊。」他說。「那裡漩渦石多得是。把船準備好，跟我走。」

柯契朗點點頭，擠出笑容。他沿碼頭走到自己的船上，死屍跟在後頭。

順流比逆流容易許多，而且快多了。科巴拉吉不久便到了湖上，船劃過粼光閃閃的碧綠湖面，濺起一波波泡沫。那天早上令人愉悅，天氣晴朗，清風在湖面吹起陣陣水波。除了前一晚的事，科巴拉吉感覺還不賴。古洛托星就是有這魅力。他來到高湖時，心中莫名充滿信心，感到自己能擊垮巴特林。

他之前在其他星球遇過類似的事。巴特林不是唯一討厭控屍人的人。自從有控屍人將屍體的腦袋挖空，用合成腦取代人腦之後，一直有人大力抨擊，罵這技術變態至極，控屍人噁心又汙穢。面對偏見，他習慣了；那是控屍的一部分。他以前曾成功對抗過，這回一定也能擊垮巴特林。

第一段航行最快。兩艘船經過銀木茂密、藤蔓糾結的樹林，並穿梭兩座大湖。但後來湖面變得更小，景緻變得更荒蠻，他們速度便慢了下來。河岸上，雄壯的銀木和交錯的藤蔓漸漸消失，化為一片緊密交織的黑紅色火荊棘，還有一種長滿木瘤的低矮樹木，目前還未命名。地貌漸漸出現小丘和岩石，最後成了一座座山脈。

接著，他們進入了洞窟。

那裡有成千上百個洞窟，這可不是誇大其詞，聚落四面每座山的洞窟排列得像蜂巢一樣。沒有人畫得出洞窟的地圖，因為數不盡的洞窟彼此相連，形成一座不可思議的大自然複雜迷宮。而至今仍在山中流動的河流和小溪，持續侵蝕鑿挖山脈脆弱之處，以致大多數洞窟仍有一半浸在水中。

外地人很容易在洞窟中迷路，不過外地人根本不會來。控屍人則從來不會迷路，這裡是他們的國度。漩渦石深埋在岩石黑暗之處，等待有心人來挖掘。

船有裝設照明燈。他們一進洞窟，科巴拉吉便減速，打開燈。柯契朗緊跟在後，完成同樣的動作。大家都很熟悉靠近開口的河道，但河道不深，一時大意恐怕就會傷到船底。

河道一開始十分狹窄，潮溼、閃現光澤的淡綠色石牆彷彿不斷從兩側逼近。但後來河道慢慢變寬，視野終於開闊起來，兩船沿溪流進到巨大的地底洞穴。洞穴大得像一座星際港，頂上一片漆黑，難以看清。不久牆面也消失在黑暗中，面前只看得到兩團光線，水面輕輕波動，船緩緩穿過冰冷的黑湖。

後來前方再次出現牆面。但這次河道不只一條。溪流只有一個入口，但出口卻有六條路。

不過科巴拉吉對洞窟瞭若指掌。他毫不猶豫將船開向最右邊、最寬的河道。柯契朗跟著他的船尾。河道向下斜，船速再次變快。「小心喔。」科巴拉吉中途出聲警告柯契朗。「這裡頭上的岩壁變得很低。」柯契朗揮手回應。

話還沒說完，眼前景象就出現變化。兩旁牆面不斷變寬，但頭頂上的岩壁愈靠愈近，彷彿水面不斷上漲似的。科巴拉吉記得第一次來的時候自己嚇到冷汗直流；船速飛快，他很怕會撞到上方的岩壁，沉入水中。

其實他是多慮了。岩壁剛好掃過頭頂時，高度便不再變化了。隨後岩壁又慢慢升高，同時河道仍繼續向外擴，兩旁出現柔軟的沙洲。

終於河道出現分岔，科巴拉吉選擇左邊的河道。那條路狹窄黑暗，船差一點擠不過去。但那條路也不長，船沒開多久，他們便進到第二個大洞穴。

他們迅速駛過洞穴，穿過歪扭的石拱門，進到另一個洞穴，接著又遇到幾次岔路。科巴拉吉冷靜地帶路，毫不**遲疑**，彷彿不需思考。畢竟這是他的洞窟；這一帶山脈的地底世界全是他的地盤，他在此挖礦好幾個月了。他知道自己的方向。最後他抵達了目的地。

巨大的洞穴令人震懾。淺水處上方的岩壁有三道裂縫，光從中灑下，照在淡綠色的岩壁和寬闊的水池上，反射出幽暗的綠光。

船從牆中一道裂縫穿出，冰冷的黑水隨船飛濺。水一照到光便化為綠色，隨光緩緩波動，散發溫暖。船也慢了下來，輕輕飄過巨大的洞穴，航向側邊的白沙灘。

科巴拉吉將船開到沙灘邊，跳入水中，將船拉到沙上。柯契朗跟隨他的動作，把船停妥之後，兩人肩並肩站在一起。

「不得不說。」柯契朗看了看四周。「這裡真的不錯。難怪你跑那麼遠。我們其他人都拿著燈，腳浸在水裡工作，而你竟找到這麼美的地方。」

科巴拉吉微笑。「我昨天才找到的。」他說。「完全沒人開採過。你看。」他指著牆。「我才剛開始。」他開挖的半圓區域有塊岩石缺了一角，旁邊有一小堆碎石。但岩壁完好如初，向兩旁延伸，散發淡綠光澤。

「你確定沒人知道這地方？」柯契朗問。

「照理來說是。怎麼了？」

柯契朗聳聳肩。「我們鑽過洞穴時，我聽到有其他的船跟在後頭。」

「可能是回音吧。」科巴拉吉說。他望向船。「總之，我們最好開工了。」他按下控屍器，船上三個靜止的人影動了起來。

他動也不動站在沙上，望著他們。他一面看著他們，腦中一面用他們的眼睛望著自己。他們僵硬地起身，兩人爬到沙灘上。第三人走到船頭的箱子，開始卸器材；他抱起鑽地機、鶴嘴鋤和鏟子。拿得差不多之後，他爬下船，來到其他人身旁。

當然，屍體沒有真的在動。動作全都是由科巴拉吉控制。科巴拉吉能移動他們的雙腿，讓他們伸出手臂，握緊手掌。透過控屍器下達指令時，合成腦會放大訊號，讓死屍做出機械化的反射動作，但給予屍體意志的是控屍人。

這事不容易，而且動作並不完美。控屍人此時接收到的感受根本毫無用處。他要知道屍體在做什麼，仍要轉頭去看才行。屍體舉止也稱不上流暢；他們緩慢笨拙，粗手粗腳。揮舞棍棒還行，但控屍人再厲害，也無法讓死屍穿針引線或開口說話。

控屍人要是技術不好，屍體幾乎動不了。要是控屍人自己有事在忙，哪怕只是操控一具死屍，也需要相當高的協調力。控制死屍的指令必須和控制自己肌肉的指令分隔清楚。對大多數人來說，操控一具死屍還算簡單，但團隊愈大愈複雜。目前最高紀錄是一名控屍人操控二十六具死屍；但**那人**給屍體的指令就只是齊步走路。要死屍分工合作的話，控屍人的工作會變得相當具有挑戰性。

科巴拉吉的團隊是由三具屍體組成；屍體全保存良好，力量強大。他們生前都是大塊頭，如今也是；科巴拉吉額外付費買食物，保持他們最好的狀態。其中一人黑髮，臉頰有道傷疤；另一個是金髮年輕人，臉上有雀斑；第三人留著棕灰色的髮辮。除此之外，三人其實毫無差別；身高差不多，體重差不多，體格都十分健壯。屍體沒有個性，個性已隨心靈消失了。

柯契朗的團隊乖乖從船上爬出，但一眼望去有點慘不忍睹。他只有兩具屍體，沒有一具是好貨。第一具屍體算結實，肩膀寬大，肌肉分明。但他的雙腿像兩根扭曲的火柴棒，一路搖搖晃晃不說，走路速度甚至比尋常的屍體還慢。第二具死屍是個身材瘦長的中年人，頂著個大禿頭，沒什麼肌肉。兩具屍體全身都髒兮兮的。柯契朗不像科巴拉吉，他不認為自己該照顧團隊。這是個壞習慣。源自於柯契朗初入行時都是用別人的屍體工作，所以他從來不管保養的事。

科巴拉吉的團隊彎身從沙灘上拿起鑽地機，然後肩並肩走向洞穴岩壁。鑽地機深深鑽進岩石孔隙，每鑽一下，岩石上的裂縫便呈網狀不斷擴大。

屍體動作一致，一次次鑽著岩壁，最後鑽地機沒入石中，只剩握柄在外頭，裂縫已經有手指那麼寬。接著，他們整齊劃一地拔起鑽地機，放到一旁，拿起鶴嘴鋤。工作進度變慢了。屍體一次次擊打著岩壁，費力地從裂縫撬下一整層的淡綠色碎石。他們揮舞鶴嘴鋤時動作小心，但力量強勁，冷酷無情，絲毫不顯疲態。屍體感覺不到痛，骨頭也不會發麻。

所有工作都是死屍在負責。科巴拉吉站在沙灘雙手插腰，雙眼微微瞇起，袖手旁觀，有如一座不起眼的黑色雕像。他雖然什麼都沒做，實際上卻做盡一切。科巴拉吉**就是**那三具屍體；屍體就是科巴拉吉。他一人操控四個身體，雖然他沒有碰到工具，但每一下揮擊都由他指揮。

十公尺外的洞穴另一端，柯契朗和團隊卸下裝備，開始工作。但科巴拉吉完全沒注意，只聽到他們鑽地機的嗡鳴和鶴嘴鋤的敲擊聲。他的心思全放在屍體上，一下下挖著岩壁，並隨時注意是否出現灰色的漩渦石節點。這工作吃力疲累，讓人精神緊繃。要有效率的話，只有屍體團隊辦得到。

人類剛發現古洛托星和洞窟時，花了好幾年試過不少方法。早期居民用鑽車挖漩渦石，鑽車像牽引機一樣大，能開山劈石。問題是，深埋山中的脆弱漩渦石也會被擊碎，發現時通常都為時已晚。公司發現，要不破壞和損傷石頭，唯一途徑是以人力小心開挖，而屍體即是最便宜的人力。

破碎的岩壁慢慢剝落，團隊努力開鑿。石頭上有天然垂直的裂縫，進度因此加快。他們瞄準裂縫，插入鶴嘴鋤，向後拔起，然後「啪」一聲，一層石頭便隨之剝落。接著再找新的裂縫，重複相同的動作。

科巴拉吉動也不動看著岩壁剝落，死屍腳邊逐漸累積起一堆綠色碎石。他雙眼不斷來回搜尋著漩渦石，但都沒看到。最後，他讓屍體後退，自己走到岩壁前，伸手摸石頭。他皺起眉頭。團隊都已經鑿下一整層岩石，卻一無所獲。

但即使是礦石豐富的地方，這也是常有的事。科巴拉吉走到沙洲邊緣，讓團隊繼續工作。他們拿起鑽地機，再次鑽入岩壁。

他突然意識到柯契朗站在身旁，嘴中說著話。他聽不清楚，控制三個死屍時，很難維持注意力。他分了點精神，仔細去聽他說的話。

柯契朗重複同一句話。他知道控屍人在工作時，第一次不可能聽清楚。「麥特。」他說。「你聽。我覺得我聽到什麼了。聲音不大，但我聽到了。聽起來像是有另一艘船。」

這非同小可。科巴拉吉將心思從死屍身上拉回來，轉身面對柯契朗。鑽地機一個個停下，四周水波拍打沙灘的回音突然變得十分清晰。

「船？」

柯契朗點點頭。

「你確定嗎？」科巴拉吉說。

「呃——不確定。」柯契朗說。「可是我**覺得**我聽到聲音了。跟我們穿過洞窟時一樣。」

「我不知道。」科巴拉吉搖搖頭說。「我覺得不大可能，愛德。怎麼會有人跟蹤我們？只要用點心，漩渦石到處都有。」

「是啊。」柯契朗說。「但我聽到聲音了，我想應該告訴你一聲。」

科巴拉吉點點頭。「好吧。」他說。「我知道了。如果有人出現，我就分一個區塊給他挖好了。」

「好。」柯契朗說。但他不知為何對答案不算滿意。他雙眼來回飄動，感覺焦慮不安。他轉身沿沙灘走回他開採的區域，他的屍體站在原地，動也不動。

科巴拉吉轉向岩壁，團隊再次動了起來。鑽地機嗡嗡作響，裂縫再次擴散。等縫隙夠大之後，屍體再次放下鑽地機，換上鶴嘴鋤，另一層石頭開始剝落。

這次後頭有東西。

屍體旁的碎石堆到腳踝時，科巴拉吉看到了；綠色岩石中有個拳頭大小的灰色石頭。他看到全身不禁僵住，屍體的手也停在半空中。科巴拉吉繞過他們，仔細看著那漩渦石節點。

美不勝收；比他採過最大的石頭還大一倍。就算受損，一定也值一大筆錢。但如果他能完整挖出，他覺得這回應該能寫下紀錄。他很確定。他們不會把這顆寶石分割開來。寶石幾乎浮現眼前；橢圓水晶中藏著迷霧，曖昧而神祕，色彩若隱若現。

科巴拉吉想了一下，露出笑容。他輕輕摸著節點，轉身想叫柯契朗。

結果剛好救了他一命。

鶴嘴鋤劃空，擊向他剛才所在的位置，差一點敲到漩渦石。鋤和石壁撞擊，發出「鏘」的一聲巨響。岩壁冒出火星，石屑紛飛。科巴拉吉嚇得全身僵硬。屍體又將鶴嘴鋤舉高，準備再次揮下。

科巴拉吉一陣暈眩，腳步搖晃。鶴嘴鋤揮下，屍體瞄準的不是岩壁，而是他。

千鈞一髮之際，他撲向一邊，閃過攻擊。鶴嘴鋤離他不過幾公分，科巴拉吉倒在沙中，接著馬上掙扎站起。他蹲著身子，小心翼翼向後退。

屍體把鶴嘴鋤高舉過頭，一步步走向他。

科巴拉吉無法思考，他不明白眼前的一切。攻擊他的屍體一頭黑髮，臉上有疤，那分明是**他的**屍體。

屍體動作緩慢。科巴拉吉和他保持安全距離。他望向身後，另外兩具死屍竟然也從另外兩個方向逼近。一人手拿鶴嘴鋤。另一人拿著鑽地機。

科巴拉吉緊張地吞口口水，嚇得動彈不得。屍體一步步朝他走近。他不禁大聲尖叫。

沙灘另一頭，柯契朗察覺不對勁，才朝科巴拉吉走了一步，身後某個模糊的東西便忽然揮下，沉重的「篤」一聲傳來。柯契朗隨之旋身撲倒在沙地上。他沒有起來。跛腳健壯的屍體站到他上方，手中的鶴嘴鋤一次次揮下。柯契朗的另一具屍體則沿洞穴走向科巴拉吉。

洞穴中仍迴盪著科巴拉吉的尖叫聲，但他已沉默下來。在親眼目睹柯契朗倒地之後，他突然展開動作，撲向黑髮的屍體。鶴嘴鋤同時揮下，力道強，但沒準頭。科巴拉吉避開攻擊，身體衝撞屍體，兩人一起摔到地上。屍體起身速度較慢。等他站起，科巴拉吉已在他身後。

科巴拉吉緩緩一步步後退。他的團隊在他面前，一步步高舉武器逼近。場面令人寒毛直豎。他們手臂晃動，一步步向前，但雙眼空洞，臉上毫無血色——**死了！**科巴拉吉第一次了解，有些人看到死人時內心浮現的恐懼。

他轉頭回望。柯契朗的團隊手上拿武器朝他走來。柯契朗仍躺在地上。他臉埋在沙中，水拍打著他的靴子。

他簡短喘口氣，腦袋再次運作。他手伸向腰帶。控屍器仍開著，散發溫度，嗡嗡作響。他試了試。他試著深入屍體的意識。他要他們站在原地，放下工具，不要動。

他們繼續向前。

科巴拉吉打了個寒顫。控屍器仍開著；他仍能感覺到腦中的回音。但不知何故，屍體不聽他的話。他感覺全身發寒。

他突然想通一點，全身一涼，彷彿浸入冰冷池水裡。柯契朗的團隊也不聽柯契朗的話，兩人的團隊都背叛了控屍人。

覆寫！

他聽說過這種事，但從沒見過，也不曾料到自己會遇上。覆寫機非常昂貴，在能操控屍體的星球上都屬違禁品。

但現在他親眼見到了。有人想殺他。有人意圖不軌。有人利用覆寫機，用他自己的屍體攻擊他。

他不斷用精神力去搶控制權，試圖和另一股力量搏鬥。但他感覺不到另一股力量，也沒感覺到掙扎。死屍單純對他毫無反應。

科巴拉吉彎身拿起鑽地機。

他站直身體，轉身面對柯契朗的兩具屍體。火柴細腿的大個子靠近，揮舞著鶴嘴鋤。科巴拉吉用鑽地機當盾，擋住了攻擊。死屍再次舉起鶴嘴鋤。

科巴拉吉啟動鑽子，戳進屍體的肚子。鮮血四濺，血肉撕裂。他應該要痛苦尖叫才是，但死屍毫無反應。

鶴嘴鋤依舊揮下了。

受科巴拉吉攻擊影響，屍體的攻擊準頭偏了，但仍劃傷了他，他胸前的衣服裂開，肩膀到肚子出現一道血淋淋的傷口。他跌跌撞撞退到牆邊，手中沒有任何武器。

屍體繼續靠近，眼神空洞，鶴嘴鋤再次高舉。釘在屍體身上的鑽地機仍嗡嗡作響，紅色的血不斷湧出，但屍體仍繼續向前。

驚嚇之中，科巴拉吉用僅剩的腦袋思考，屍體不會痛。那一下攻擊之後，屍體沒死，也沒有感覺。他最後還是會失血過多而死，但他不知道也不在乎。除非死了，不然他不會停下來。**他們不會痛！**

屍體逼近。科巴拉吉蹲到地上，拿了一塊大石頭，翻身滾去。

死人的動作慢得不可思議；他們的反射神經彷彿是長距傳導。不但攻擊慢了半拍，也打不準。科巴拉吉滾到屍體身上，把他撞倒，然後壓在他上面；高舉在空中的石頭，重重砸向那鬼東西的頭顱，一次又一次砸下，破壞合成腦。

最後，屍體不動了。但其他屍體已來到科巴拉吉身旁。兩把鶴嘴鋤幾乎同時揮來。一個沒打中。另一個卻削下他肩膀一塊肉。

他抓住第二根鶴嘴鋤，和屍體扭打，但馬上呈敗象。屍體比他強壯太多了。死屍將鶴嘴鋤奪去，再次高舉攻擊。

科巴拉吉站起來，撞向屍體，屍體手腳飛舞倒下。其他人追上來攻擊，試圖抓住他。他並未留下來戰鬥，而是拔腿就跑。死屍在後追著他，動作緩慢、笨拙，但不知何故這景象更加令人恐懼。

他來到船邊，雙手抓住船，用力向前推。船一點一滴滑過沙灘。他又推一次，這次船滑得更快了。他全身是鮮血和汗水，氣喘吁吁，但仍鍥而不捨推著。肩膀傳來劇痛，他也不理會，只用力以肩膀抵著船，盡全身的力量去推，船終於滑入水中。

屍體又逼近他，他爬上船時，鶴嘴鋤不斷揮來。他啟動引擎，將速度調到最快。船馬上向外噴射，濺起水花，劃過綠色的水面，朝洞穴另一端安全的陰暗裂縫前進。科巴拉吉大吁口氣……這時，一具屍體抓住了他。

屍體在船上。他的鶴嘴鋤卡在木頭中，拔不出來，但他有雙手就夠了。屍體掐住科巴拉吉的脖子，開始用力收緊。科巴拉吉瘋狂掙扎，重重打著屍體冷靜空洞的臉。屍體完全不抵擋，也不理會攻擊。科巴拉吉一次次打著屍體，戳他空洞的雙眼，打到牙齒鬆落。

但科巴拉吉脖子上的手指只是愈扣愈緊，而不管他怎麼掙扎都徒勞無功。他無法呼吸，腳剛才是踢踹屍體，現在踢向船舵。

船來回蛇行，船身瘋狂甩動。洞穴岩壁一片模糊，不斷朝他們逼近。說時遲、那時快，船撞上了石頭，木頭破裂聲不絕於耳，兩人從船上翻身落水。科巴拉吉人在上方，但兩人都沉了下去，混亂之中，屍體的手仍緊抓科巴拉吉喉嚨，將他拖入水底。

幸好，科巴拉吉在落水前吸了一大口氣。屍體張口，想在水中呼吸。科巴拉吉順勢幫他一把，他雙手扣住屍體嘴巴，確定他吞下一口口水。

死屍先「死」了。他的手指漸漸鬆開。

＊

科巴拉吉的肺幾乎要爆炸，好不容易掙脫開來，踢水回到水面。水深其實只到胸口。他大口吸著空氣，踏在動也不動的屍體上，以免屍體飄起來。

就在離出口不遠處，船被突出水面的尖石貫穿。一片幽暗的洞穴河道口，就在幾公尺外。但現在安全了嗎？沒有船要怎麼辦？科巴拉吉考慮徒步走出洞窟，但隨即打消了念頭。他光要到外頭就得走上好幾公里，遑論回到河岸工作站。而且那代表他要在漆黑中，躲避其他屍體的追殺。他脊椎竄過一陣寒意。不，最好留下來面對敵人。

他將屍體一腳踢開，走向船骸，船仍卡在石頭上。他以船骸做掩護，這樣至少不容易被發現或看到。如果敵人看不到他，就無法派屍體來攻擊他。

同時，也許他能看清敵人真面目。

敵人是誰？當然是巴特林。一定是巴特林，或他的手下。還會有誰？

但在**哪裡**？他們距離一定不遠，肯定在沙灘舉目可及之處。屍體無法遠端遙控；不然反應會變得遲緩。畢竟，透過屍體，視覺和聽覺都一片模糊。沒**親眼看到**屍體，看到動作，肯定會不知所措。換言之，巴特林的手下就在洞穴的某個地方。但是在哪呢？

而且怎麼進來的？科巴拉吉思考了一下。一定是柯契朗聽到的另一艘船。一定是有人拿著覆寫機，跟蹤他們。也許巴特林夜裡趁機在船上放了跟蹤器。

但是他怎麼知道是**哪艘**船？

科巴拉吉彎身，只露出頭，從船骸邊望出去。巨大的洞穴四周一片暗綠色，白色的沙灘十分顯眼。除了水波拍打船的聲音，四下沒有其他聲響。但遠方有動靜。第二艘船從沙灘推入水中，一具屍體爬上船。其他屍體緩緩涉水走入水池。鶴嘴鋤扛在肩頭。

他們來找他了。敵人懷疑他仍在這裡，要來追殺他。他好想游出河道，徒步逃向光明，離開這一片昏黑的世界。他不願再面對自己團隊的屍體一臉寒霜地伸出冰冷雙手，追殺著他。

他壓抑住內心的衝動。如果他趁死屍搜索洞穴時逃跑，確實能搶在他們前頭。但只要他們乘船就會立刻追上他。即使他藉著複雜的河道，暫時逃過一劫，但屍體最後只需在洞口守株待兔就行了。不，不行。他一定得在這裡找出敵人。

但**到底在哪**？他掃視洞穴，卻一無所獲。洞穴內只有一片綠色的陰影、石頭、池水和沙灘。池水中有幾塊巨大的石頭。人也許能躲在後頭。但藏不住船。四周沒有一處能藏船。也許敵人穿潛水裝？但柯契朗聽到船聲……

屍體駕船駛過洞穴，朝出口開去。棕髮的死屍坐在駕駛座。另外兩個屍體尾隨在後，緩緩隨著水痕涉水而來。

三個死人纏著他。但控屍人躲藏在某個地方。那人手上有覆寫機，控制著他們的心靈和意志。但在哪裡呢？

船愈靠愈近。船要開走嗎？也許他們以為他逃走了？還是……不，敵人可能想先擋住出口，**然後**再搜索洞穴。

他們看到他了嗎？他們知道他躲在哪嗎？

突然之間，他想起自己的控屍器，他手在水裡摸了一下，確認控屍器沒受損。沒事，控屍器防水，此刻正常運作著，只是再也不能控制屍體了。但可能仍派得上用場……

科巴拉吉閉上雙眼，試著忽略耳邊的聲音。他關閉自己的感官，專注感受仍回響在他腦中的遙遠聲音。他們還在。感覺比平常更模糊，但確實感覺得到；現在只有兩組畫面。他的第三具屍體漂在幾公尺外，再也無法傳來任何感覺了。

他凝聚心神，仔細聆聽，並試著去看。畫面漸漸清楚起來。兩個扭曲的畫面慢慢成形，彼此交疊。感官纏繞在一起，但科巴拉吉一一化解。畫面躍然跳出眼前。

一具屍體站在及腰的碧水中，手中拿著鶴嘴鋤緩緩前進。他看得到鋤柄和自己的手，還有慢慢變深的池水。但他甚至沒看著科巴拉吉的方向。

第二個死人坐在船上，一手放在控制盤上。他也沒有在看，只是專注低頭看著船上儀器。畢竟屍體要控制機器並不容易，必須投入極大的心力。所以控屍人需要屍體專注盯著引擎。

不過，船上的屍體看到的不只引擎。他能看到整艘船。

突然之間，謎題都解開了。船骸完全遮掩了科巴拉吉，他退到陰影中，手抓住船側，翻上船，並壓低身子。石頭刺穿了船底，但工具箱完好如初。他爬過去，打開工具箱。屍體剛才拿走了挖礦工具，但裡頭仍有修理工具。科巴拉吉拿出沉重的扳手和螺絲起子。他將螺絲起子插入腰帶，手緊握扳手，靜靜等待。

另一艘船逼近，他聽到引擎嗡鳴聲和水聲。他等船到他身旁，霍地站起，跳了上去。

他重重落到船中央，船身不住搖晃。科巴拉吉不給敵人時間反應——至少趁屍體來不及反應，他先踏上前一步，拿扳手反手朝死屍腦袋狠狠一砸。屍體隨即頹倒在地。科巴拉吉彎身，抓住屍體的雙腿，使勁一抬。一眨眼，屍體已翻落船下。

科巴拉吉轉身，望向一臉震驚的愛德・柯契朗。科巴拉吉一手伸向控制盤，將船加速，一手舉起扳手。船加速前進，駛向出口。洞穴和屍體消失在後頭，岩壁間一片漆黑。科巴拉吉打開照明燈。

「你好，愛德。」他說，他再次舉起扳手，語氣穩定，態度冰冷。

柯契朗放心地鬆了口氣。「麥特。」他說。「感謝老天，我剛才才醒來。我的屍體……他們……」

科巴拉吉搖搖頭。「不，愛德，沒用的。拜託不要說謊了。把覆寫機交出來。」

柯契朗一臉恐懼，但他咧嘴一笑，仍不承認。「嘿。你在開玩笑，對吧？我沒有覆寫機。我跟你說我聽到另一艘船的聲音。」

「沒有另一艘船。那是你怕自己失敗而想出來的說詞。還有你在沙灘上被打的那一記鶴嘴鋤剛好擦過頭——我敢說那一下很難拿捏，但你的表現非常完美。我不得不稱讚你，愛德，控屍技術相當精準。而且，要控制五具屍體同時做不同事情也不容易。真的不簡單，愛德。我低估你了。我從沒想到你技巧如此高明。」

柯契朗笑容消失，在船板上盯著他。然後他目光來回望向兩側的岩壁。科巴拉吉再次揮了揮扳手，握柄上流滿汗水。他另一隻手摸了一下肩膀。血已止住。他緩緩坐下，手放在引擎上。

「你不問我怎麼發現的嗎，愛德？」科巴拉吉說。柯契朗臉色陰沉，不吭一聲。「反正我還是會回答你。」科巴拉吉繼續說。「我看到你了。透過屍體的雙眼，我看到你躲在船裡，趴在船板上從船側偷看，試圖找我。你人沒事，但一臉心虛。突然之間，我明白了。沙灘上視線最清楚的人是**你**。在洞穴中唯一的人，就是**你**。」

科巴拉吉尷尬地頓了頓，聲音輕柔，語帶哽咽。「但是——為什麼？**為什麼**，愛德？」

柯契朗再次抬頭望向他。他聳聳肩。「為了錢。」他說。「只是為了錢，麥特。還能有什麼？」他咧嘴笑了起來，但再也不像平時那麼輕鬆，反而顯得僵硬又勉強。「我喜歡你，麥特。」

「但你表達的方式太特別了。」科巴拉吉說。他說這句話時，情不自禁露出微笑。「誰的錢？」

「巴特林。」柯契朗說。「我真的很缺錢。我的積分不高，也沒有儲蓄。如果要離開古洛托，為了籌旅費，我一定要賣掉團隊。這樣一來，我未來只能屈居人下。我不想要那樣。我需要趕快賺到錢。」

他聳聳肩。「我原本打算走私一些漩渦石，但你說得我都怕了。昨晚我又想到另一個主意。我不相信組織所有人出資買下公司，並阻止巴特林的那些鬼話，但我想他會有興趣。我離開酒館之後就跑去找他，我想他可能會因為這消息給我點錢，甚至願意破例讓我留下。」

他難過地搖搖頭。科巴拉吉保持沉默。終於，柯契朗繼續說。「我見到他和三個保鏢。我跟他說了之後，他氣急敗壞。你已經羞辱了他，現在他又發現你在策畫陰謀。他——他向我開了個價。一大筆錢，麥特。一**大筆錢**。」

「很高興知道我身價不低。」

柯契朗露出笑容。「對啊。」他說。「巴特林真的很想擺平你，於是我答應了他。他給我覆寫機。他自己碰都不碰。他說他之所以有這玩意兒，只是怕有朝一日『肉腦咖』會用『殭屍』攻擊他。」柯契朗手伸入衣袍，拿出一個平扁的小機盒。看起來和他腰帶上的控屍器一模一樣。他輕輕把覆寫機拋向科巴拉吉。

但科巴拉吉沒伸手接。覆寫機飛過他肩膀上方，噗通一聲落入水中。

「嘿。」柯契朗說。「你怎麼不接？你不關掉覆寫機，你的屍體就不會聽你的。」

「我肩膀動不了。」科巴拉吉開口。他突然不說話了。

柯契朗起身。他望向科巴拉吉，彷彿第一次見到他。「是喔。」他說著握緊拳頭。「是喔。」他比科巴拉吉高一個頭，也比他重。他突然發現，科巴拉吉傷痕累累。

科巴拉吉手中的扳手彷彿變重了。「不要。」他警告。

「對不起。」柯契朗說。他衝了過來。

科巴拉吉舉起扳手，但柯契朗在他揮出之前就擋住了他，並伸起一隻手扣住科巴拉吉手腕，用力一扭。科巴拉吉感到手指發麻。

沒有所謂公平或仁慈，當下不是你死，就是我亡。科巴拉吉另一手伸向腰際，握住螺絲起子，從腰帶抽出，向前戳刺。柯契朗抽了口氣，手突然鬆開。科巴拉吉又戳一次，轉動、抽出，在衣衫和身體上開洞。

柯契朗按著肚子，跌跌撞撞向後退。科巴拉吉跟過去，又狠狠戳了第三下。柯契朗倒地。

他試著站起，然後放棄了，他重重倒在船板上，鮮血汩汩流出。

科巴拉吉回到引擎旁，讓船避開岩壁。他平順地開下河道，穿過洞穴、隧道和幽深的綠池。刺目的照明燈中，他望向柯契朗。

柯契朗動也不動了，他後來只開口說過一次話。當時他們終於出了洞窟，古洛托星的午陽灑落，柯契朗稍稍抬起頭，雙手沾滿鮮血的他眼中充滿淚水。「對不起，麥特。」他說。「我好抱歉。」

「喔，**說什麼啊！**」科巴拉吉沙啞地說。他突然停下船，彎身打開補給箱，接著走向柯契朗，替他止血包紮。

他回到控制盤前，引擎全開。船在閃閃發光的碧綠湖面劃出一道白線。

但他們還沒到河上，柯契朗就死了。

科巴拉吉這時停下船，放任船在水中漂動。他聽著周圍古洛托星的聲音；河水注入大湖中的聲音，歌鳴鳥和日翅鳥的啁啾聲，躍湖魚活潑跳出水面的聲音。他坐在船上，望著上游靜靜思考，直至日暮時分。

他想著明天和後天的事。明天他一定要再次回到洞窟裡。他離開之後，屍體應該會留在原地，傷疤應該也都能修復。柯契朗其中一具屍體也還在。如果他推下船的屍體沒「淹死」，也許他仍能組個三屍團隊。

洞窟裡有個巨大的漩渦石。他要把那顆迷幻眩目的大彩蛋拿回來，提升業績。錢。他一定要有錢，要盡全力匯集自己每一分錢。然後他要試著遊說其他人。然後……然後巴特林將面臨一場大戰。柯契朗是第一個傷亡者，但絕不是最後一位。他會告訴其他人，巴特林派人拿覆寫機搗亂，結果把柯契朗害死了。這是真的。句句屬實。

那天晚上，科巴拉吉船上只有一具屍體，一具出乎意料之外，動也不動，而且僵硬的屍體。通常，屍體會隨他走進辦公室。但那天晚上，他將屍體扛在肩上。

一九七二年十二月寫於芝加哥

週末戰地遊戲

星期六黎明，太陽躲在雲層後頭透出微弱的光芒。他們默默分配著槍枝。我們在戰區邊緣的備戰基地外頭，踩在三公分深的雪泥中排隊。我不懂他們為何要我們排隊，大可以在室內穿著制服領槍。外頭冷爆。

軍械士跟進行資產檢查的是同一個。他面色焦黃，瘦得弱不禁風，眼睛小到彷彿隨時都瞇著眼。他之前是個無趣的人，現在也無趣得緊，做事情老是慢條斯理的，讓我們呆站在雪泥中緩緩前進。他每交出一把槍，便記下槍的序號。我想這把鬼槍弄丟的話，可能還要再另外收費吧。他們什麼都收費。這週末可能會花掉一大筆錢。我再次納悶，自己到底來這裡幹麼。他媽的網球便宜實惠多了。而且每次都能活著回來，無一例外。

換我了。軍械士半瞇著看我一眼，又對了一下手上槍的序號，記下來，再將槍交給我。他問我名字。「柏區。」我說。「安卓．柏區。」他也記下來。我拿起槍，走到一旁。另一個人走到桌前。

槍是由黑色塑膠製成的，外表平滑，和我手臂一般長，外形弧度優雅，一路延伸到槍口。在我手中，槍顯得光潔又冰冷，散發著油氣。槍裡沒子彈。我從腰帶拿了個彈匣，放到槍中，彈匣「咔」一聲就位。現在我終於準備好了，就像廣告中的那些人。這是我第一次出征上戰場。我成為了拿著槍的軍人。堂堂正正的男人，沒錯。

什麼狗屁。

我覺得我根本算不上軍人。雖然公司演練過，但我拿槍的姿勢依舊十分笨拙。拿著槍，我有點不知所措。就算我會開槍，我也不想用。我週末通常是打網球。我根本不屬於這裡。我真是個笨蛋。萬一他們射我呢？聯戰軍也有槍啊。

我把槍翻過來看。槍管下方有個粗糙的地方。原來是刻字，上頭刻著序號和「機動公司財產」這幾個字。

史登卡托漫步過來，槍夾在手臂下，並掀起他頭盔上的夜視鏡。他頭盔戴得歪歪的，一副瀟灑的樣子。這就是史登卡托。更糟的是，制服穿在他身上居然這麼好看。機動公司的制服就是一雙軍靴，一個頭盔，再加上一件綠棕相間的鬼衣服，結果他穿好之後，居然挺適合的，看上去不但粗獷，更散發男子氣概。從站姿看來，他心情頗輕鬆自在。怎麼可能有這種事，他明明也是第一次上戰場。我非常清楚。

史登卡托做事總是一派輕鬆。他身材比我高大，肌肉精實，膚色黝黑帥氣。我身材矮小，一張饅頭大餅臉，一頭蓬亂棕髮。史登卡托即使吃東西像頭馬，身材也絲毫不受影響。我卻只要一沒注意馬上變胖。史登卡托在辦公室穿的全都是最時尚的行頭。現在流行的是喇叭狀高領衫和短披風，上個月則流行別的。他看起來又酷又時尚。但我要是穿同樣的衣服，就只像個衣著浮誇張揚的蠢蛋。

我懷疑自己穿著這身制服，看起來就像個蠢蛋。制服有的地方鬆鬆的，有的地方緊緊的，沒一處合身。而且這衣服甚至不保暖，風都會直接灌進來。我原本以為付了那麼多錢，裝備會好一點。我有點想向消費者保護局檢舉他們——如果我能活著回來的話。

史登卡托把玩著他的槍，朝我微笑。「這槍滿不錯的。」他說。「很適合我們。」媽的他懂個屁啊？他也是第一次來，說話卻像個老兵一樣。但他可能說得沒錯。這槍很適合他。

備戰基地的運送直升機頂上旋翼轉速加快，但出發時間還沒到。其他人仍在雪泥中排隊。我突然覺得自己該說些什麼，我在史登卡托身旁老是會有這種感覺。他總是能走到我旁邊，說幾句話，害我想把腳塞進自己嘴巴裡。

我不想讓他知道我有多緊張。「你覺得多萊切老大會注意到我們嗎？」我終於說了。多萊切是我們的老闆，也是我來這裡的原因。那幹他媽的王八蛋每個週末都來戰場，二十年來都如此。他說男人沒流過血就算不上真男人。這話簡直像戰區廣告詞一樣。但那王八蛋要找人升職了，而我已經兩年沒升職。這一趟我最好能讓他刮目相看。

史登卡托也是為了同一件事才來的，但他不承認。他的說法是網球、高爾夫球和爬山都玩膩了，想試試更刺激的活動。史登卡托是個貪婪的混球。他比我年輕兩歲，但我們職等相當，現在他居然想捷足先登。

「多萊切這次自願當少校。」史登卡托咧嘴笑說。「他不會看到我們，安卓老哥。他甚至不會知道你在這裡。放輕鬆，好好享受就好。」

每個人都拿到槍了。中士大喊一聲，我們全走向直升機。直升機無比巨大，聲音震耳，外觀全呈綠色，旋翼螺旋槳快速掃過空中，側面印著機動公司的標誌。機身內的兩側牆面各有道長椅，軍旅湧入，瞬間填滿了座位。我坐在史登卡托和一個老人之間，老人鼻子歪扭，還有個大肚腩。像我們這些可憐蟲一樣，他就是個普通傢伙，但我發現他袖子上有老兵的標誌。這代表他以前參戰過，而且殺了不少人，得了不少點數。我觀察他的臉，試圖從他身上看出殺手和炮灰的差別，但看不出來。

飛行員帶我們升空。一旁的人雖然有點緊張，但都很開心。人人臉上都是笑意，有人甚至還能開玩笑。他們到底在他媽的高興個什麼勁？他們不知道可能會死人嗎？我有點想吐。這主意蠢爆了。

史登卡托是笑的人之一。「你還好嗎，安卓？」他在直升機旋翼的轟隆聲中對我說。「你看起來不怎麼好。」他滿臉笑容，所以我知道他只是在胡鬧。但他唬不了我，他就愛數落我。「我沒事。」雖然我很想吐，但我不會吐出來。吐的話，可稱史登卡托的意了。但要是我真忍不住，就要吐在他身上。「我只是有點緊張。」我說。

「你應該是怕死了吧？」他朝我大笑。「好啦，安卓，承認吧。我們全都很怕，這一點都不丟臉。我簡直快嚇死了。如果不怕那就太笨了。聯戰軍可是荷槍實彈。」他又笑了。「但那就是有趣之處，不是嗎？」

「是。」我相信。

大肚男望過來。「沒問題啦。」他聲音低沉沙啞，一半的牙齒都掉光了。感覺是個窮鬼。

「我已經參戰十年了，每次都會怕。但這才叫**活著**。」

「面對死亡之前，人都不算真正活過。」史登卡托用他聰明伶俐的語調說。那是機動公司廣告詞。

「**參戰**之前都不是真男人。」我也說了另一句廣告詞。我馬上覺得自己瘋了。史登卡托引用聽起來很得體。可我一說出口，聽起來就只是蠢。但太遲了。

現在換大肚男笑我了。「對。我敢說你們兩個小伙子想要成為男子漢，嘿？」他自顧自點點頭。「沒錯。你們兩個菜到不行。我看得出來。」

「眼光真準。」史登卡托說。準個頭啦。不菜的話，手臂上就會有老兵標誌。

「是的。」大肚男說。「而且戰場上我最熟了。跟緊我，我讓你們見識見識這場仗要怎麼打。我絕不會讓聯戰軍殺死我的弟兄。」

除了史登卡托外，大肚男大概是我在這世界最不想稱兄道弟的人。但也許我該聽大肚男的話。他看來不曾中槍過，我當然也不希望自己中槍。

碰一聲，直升機不斷搖動，旋翼螺旋槳慢慢停下。我們抵達戰區了。一到外頭，我們便只能自求多福。之前軍隊由此出發，針對樹林茂密的區域進行掃蕩，一路搜尋聯戰軍的蹤跡。我希望聯戰軍不會暗算我們。老派的戰爭不好嗎？以前大家不都光明正大，在戰場上衝鋒互射嗎？

我們從直升機跳到一片爛泥中。太陽現在高掛天空，從雲間探出一角。雪泥大多已溶解，但冰冷刺骨的風仍陣陣吹著。

我們停在一片布滿岩石、毫無特色的空地上，大小剛好夠直升機降落，四周都是常綠植物。機動軍另一個排的人已列隊站好，準備登機。他們不斷罵著髒話，但大多數人似乎個個眉開眼笑。他們身上髒兮兮的，但都沒流血。我沒看到有人受傷。也許這活動比我想得容易。

大肚男朝其中一人揮手，那人也朝他笑了笑。「情況怎麼樣？」大肚男大喊。

「真該要退我們錢。這一趟可付了不少。」他搖搖頭，望向他的中士，後來他眼神掃過來時，輕蔑地瞄了我一眼。自以為是的傢伙；說不定是錢太多，不然就是得了很多擊殺點數，拿到不少折扣。這種傢伙怎麼可能以機動公司的定價，體驗戰場一整個星期？他說不定打從心底就瞧不起我們這些週末客。

我們下機之後，他們便依序登機，直升機旋翼再次旋轉，起程回航，載他們到辦公室或郊區之類的。幸好根據自由替補規定，聯戰軍不會攻擊載送直升機。但他們曾等軍隊一落地，便將新來的戰士全數殲滅。我猛然想起這件事，心裡一陣緊張，朝四周探頭望了望。

中士吼出指令，我們像小兵一樣乖乖聚集。他打量我們一番，顯然不怎麼滿意。「好。」他用最像中士的語氣開口，彷彿在演老舊的戰爭片。但這傢伙一點都不像中士，比較像誤闖戰區的會計師。他戴著眼鏡，而且太年輕了，還他媽的一直露出笑容，一點都不嚇人。我注意到他身上也沒有老兵的標誌。我又再度受到打擊：安卓．柏區，瞧瞧你自己。

「我們要一步步掃蕩這個區域。」菜鳥中士說。「剛才那些王八蛋說發現了聯戰軍，他們在我們的地盤四處搗亂一週了。現在，我們會把他們揪出來。各位，苦幹實幹的時間到了，讓我們看看你們有什麼本事。好好表現，不然我會讓你們嘗嘗連聯戰軍都想像不到的痛苦。記得，找到營地的話會獲得地點點數，再加上每個聯戰軍的擊殺點數，下一輪馬上就能打折了。」

我評估他的表現。第一段還不賴，情緒也許過分激動了點，略顯誇張，但最末幾句讓人不爽。他不知道有沒有受過特別訓練，或拿到指導手冊什麼的？還是公司只負責收錢，戰場上則任他自由發揮？

他下達命令，讓我們分成小組，分頭進入森林。我心想，幹麼分散？我猜應該有原因。他一定只是按照常理安排而已，也許上頭哪個傢伙買下了週末指揮權，自以為是地下達了這個命令。

最後我跟史登卡托和大肚男分在一組。分組時，我刻意站近大肚男。我想跟老兵同組沒什麼壞處，而且關鍵時刻，他搞不好能扭轉局勢。至於史登卡托，他媽的，這傢伙肯定也是這麼想。

於是我們手拿槍，爬過枝蔓糾結的森林，深入山中，朝村莊前進。其他人都分散在四周，但我看不到他們。空氣冰冷，地面潮溼。我希望中士中午會讓我們停下來吃飯。

＊

我累死了。這比打網球還累，累多了，我受不了。我大口大口吸著冰冷的空氣，幹他媽的大肚男走個不停。他簡直像一輛胖胖的人形貨卡，不斷向前衝，而且存心想累死我。史登卡托臉不紅、氣不喘，但我是快倒了。手上的槍簡直像有一噸重。

我們走了不少路，現在肯定是走入戰區了。我聽到遠方隱約傳來槍聲，大炮隆隆作響，剛才甚至有一架聯戰軍飛機低空掠過頭頂。其實距離很遠，但大肚男叫我們趴在泥地上。爛泥馬上把制服弄溼，我冷得要命，但幸好風沒那麼大了。

接近中午時，我們在懸崖旁一塊小空地吃飯，就我們三個。我不知道其他人跑哪去了。我完全狀況外——我們不是應該跟其他人待在一起嗎？他們在哪？全排的人待在一起不是比較好嗎？為了這週末，我可付了不少錢。我希望自己能知道現在的情況。

我們坐在布滿苔蘚的石頭上，槍放在腿上，吃著熱鍋中的糧食。能放下背包，坐一陣子是不錯，而且我餓死了。只是食物難吃到爆。我們付了那麼多錢，原本以為機動公司的伙食會好一點。他們是怎麼留得住顧客的？

但史登卡托毫不在意。他吃得狼吞虎嚥的，看到我撥著食物，便朝我微笑。「快吃吧，安卓。」他說。「我們需要養精蓄銳。今天才剛開始。」然後他起身伸展，臉上仍掛著笑容。「這才是人生。」他告訴我。「這真令人興奮。手拿著槍，走出城市，周圍都是敵人。對，我真心相信機動公司是對的。死亡逼近時，生命變得更甘甜。」

大肚男原本低頭吃東西，現在抬起頭，皺著眉。「坐下來。說話小聲點。你想引聯戰軍過來嗎？這樣活不久。」

史登卡托笑著坐下。「你很懂這些事，嗯？」

大肚男點點頭。「當然了，我也夠格當中士，要買週末指揮權都行。我的擊殺點數不少。但那不適合我，現在這樣比較好，待在戰場上。我死的時候，擊殺點數要比任何人都多。這才是我想要的，我不要像那些有錢的肥屁股，只會週末坐在辦公室當指揮官。」

我看著他，撥著我吃了一半的食物。看來這個臉長鼻歪、手拿大鍋的醜八怪不大聰明。但他會殺人，大概殺過比他更厲害的人，而且其他人都死了，他卻能存活至今。為什麼？我肚裡漸漸升起不少疑問。

但史登卡托先開口了。「你喜歡殺人。」他眼神堅定，興致盎然。我就知道史登卡托一定也喜歡。他喜歡狩獵和數落、羞辱別人。殺人正投其所好。

「這是戰爭。」大肚男說。「在戰區裡的話，對，但外頭其實也是。我們只是不稱之為戰爭。每分每秒都有人想暗算你，搞你，搶你的女人，搶你的工作，欺負你的孩子。你一定要反擊，這是唯一的辦法。對，我喜歡殺人。沒理由不幹，是吧？那些聯戰軍——」他頭野蠻地朝灌木叢一擺。「他們大多數是黑人。聯戰軍在黑人區投了不少廣告。反正他們也恨我們。我們何不享受殺他們的樂趣呢？」他戰意高漲，一臉挑釁的樣子。我才不要挑戰他。他是個傻子，但我可能需要他。

機動公司一定很喜歡這種人。他們滿懷恨意，又敢動手殺人，而且每週末都會回來。他們當然有折扣，反正一樣都是為公司賺錢。點數累積到一定程度之後，機動公司便會贏下戰爭，聯戰公司將交出大筆資產。當然，反之亦然。

我敢說，一場場戰爭中，大肚男都在。人類真是噁心。歷史上，戰爭不曾超過五十年，於是我們發明了一場血淋淋的遊戲，讓大肚男這種野獸發洩。

史登卡托一定也很擅長打仗，沒錯。也許他遲早會變成大肚男這樣的傢伙。那也不錯，他適合這種命運。但我不適合，這個週末之後，我就不玩了。

大肚男起身比了一下。我們拿起槍，跟上去，再次進入森林。

傍晚時分。我們已深入戰場，爛泥又成了白色雪泥，但腳下有不少石頭，所以還算好走。

樹林中飄散著可怕的味道。某處傳來槍聲和各種聲響。我們壓低身子，盡可能安靜，朝那方向爬去。我現在不喘了。我很害怕，但呼吸已經恢復正常，而且肌肉不再痠痛。我根本感覺不到肌肉了。

前方有棵樹傾倒在地，慢慢腐爛，有具死屍掛在上頭，臉埋在滿是血跡的白雪中，就像電影場景。我原本沒什麼感覺，後來才想到這是真的，不禁一陣心驚膽顫。

死屍已死了一陣子。我們愈接近，味道愈重。靠近之後，我看到屍體浮腫，逐漸腐化。他頭盔上的夜視鏡放下，看來是在夜裡死的。他身穿灰色制服，黑皮膚。是聯戰軍的人。我第一次看到敵人。真希望我看到的所有聯戰軍都是死人。

大肚男不發一語走過屍體，臉上只露出淺淺微笑。史登卡托迅速繞過屍體，毫不在意，也沒做出反應。對冷靜、帥氣的史登卡托來說，這只是路上的風景而已。他們繼續向前，我則停下腳步。

透過夜視鏡，我看不到他的眼睛。我發現我其實不希望看到。這到底是誰？他花了多少錢，才能享有在這裡腐爛的特權？我突然想碰屍體，但忍住了，並為自己感到噁心。可是我無法把視線從他身上轉開。

屍體上有東西在**動**。我好奇地想看清楚。但突然之間，我感到一陣反胃，轉身吐了一地。不知何故，我不想吐在屍體上。

我吐完之後，史登卡托已來到身旁，他擠出微笑。「沒事吧，安卓。」他說。他伸出手臂摟著我，老大哥似的。「只是蛆而已，傷不了你的。」

只是蛆。只是蛆而已。老天，我真恨他。我咬著牙，用力甩開他，走進森林裡。

* * *

我們遇到排上另外三人，現在兩組人待在一起。我不記得在直升機上有見過他們，但我相信他們應該在。我不覺得多了人有什麼幫助，不就是多兩個健壯的白癡，外加個呆子。但呆子身上有老兵標誌。

呆子現在正和大肚男說話，兩人低聲交談，而且他一直環視四周。畫面很荒謬，像軍方版的《馬特和傑夫》[1]。呆子和大肚男，我要靠他們活下來？媽的。呆子看起來連過馬路都有問題。他長臉凹陷，滿是痘疤，一點都不像個戰士。但也許真正的戰士不像電影裡的樣子。說不定醜男才最會殺人。唉呀。史登卡托發現這件事一定氣死。他什麼都想搶第一。

大肚男望向我們，指了一下。「我們有事幹了。」他說。「東邊有手榴彈爆炸聲和槍聲。

吉姆說有些弟兄被聯戰軍困住了。我們去救他們。」他咧嘴一笑。

我們撥開樹枝，踩著一塊塊白雪，慢跑向前。大肚男看起來迫不及待。我嚇傻了。我惹上什麼麻煩了呀？現在要去哪？我想退出。這簡直瘋了。我拿著槍，手不住顫抖。我又快吐了。

結果戰爭直接找上我們。

我前面一個白癡突然倒下，四周槍聲響起。他倒地，頭扭到不正常的角度，他的槍旋轉甩入雪堆中，胸口彷彿綻放出一朵鮮紅色花朵。死了，死了吧，我想。我們不知道槍聲是從哪來的。

「狙擊手！」大肚男大吼。「掩護！快找掩護！」

然後他縮身消失了，躲到某個地方。

其他人也不見了。只有我站在屍體旁，全身僵硬，猶豫不決，眨眼望著屍體。另一輪槍聲響起。我聽到子彈掃過我身旁，卻莫名感到安全。據說一個人絕對聽不到殺死自己的子彈聲。

然後有人抓住我，將我拉倒到樹叢中。是史登卡托。廢話，還會有誰。他臥倒在我身旁，手拿著槍，雙眼掃視，充滿警戒，隨時準備開火。我的槍掉了，掉在屍體旁邊。而且我在哭，至少雙頰是溼的。

史登卡托不理我。他舉槍開火，黑色的槍嘴朝樹林射出一連串象徵死亡的子彈。攻擊是從那裡來的嗎？我不知道，我沒注意，但他似乎很清楚。其他人也在開槍。我想是我們的人。但我沒有。我沒有，因為我槍掉了。

後來，過了好一會，四下一片寂靜。史登卡托等了一會，雙手緊緊握著槍，目光不斷巡梭，其他人也靜靜等待。沒人敢動，沒人開槍。

黃昏了。我看著常青樹上的天光緩緩向上，樹林愈來愈暗，我突然想到天快黑了。過了好久，但我們都不敢稍動。我們不知道逮到狙擊手了沒，他也許走了，也可能仍躲在一旁，觀察動靜，伺機開槍。因此，史登卡托繼續待在原地。我也是。我才不要成為目標。何況，我什麼都不能做。我的槍掉了。

終於，天全黑了，有人移動。樹林中有人慢慢從一頭竄到另一頭。然後另一個人也動了。接著一連串槍聲響起，子彈掃射上方山坡上的岩石，那就是狙擊手所在的位置。終於，有顆頭從黑暗中探出。呆子戴上夜視鏡，半蹲著身子，慢慢鑽到空地上。沒事。聯戰軍死了，或走了。

大肚男突然出現，黑暗中他只是一團笨重的黑影。他彎身看了一下屍體，摸了摸，搖搖頭。我心想，他是真心感到遺憾嗎？還是在氣敵人幹掉弟兄，搶得擊殺點數？應該是後者，他不是會關心人的那種。

史登卡托站起，充滿自信大步走向空地，臉上掛著笑容。我猶豫了一會，起身跟上。

「你覺得我們射到他了嗎？」史登卡托問。

大肚男聳聳肩。「不知道，我們要去看看。也許有，也許沒有。他可能只是逃走了。」

他們去查看了。史登卡托和大肚男走向發射子彈的地方。我們其他人在原地等。呆子輕蔑地盯著我。我不安地蠕動身子，望向另一人，發現他沒在看我，趕快別開頭。他們兩個都不喜歡我，我感覺得出來。我瞬間身子一僵。對他們來說我是個懦夫，我必須證明自己。但史登卡托不是懦夫，不，他很厲害。他跟平常一樣，什麼都做對了。我緊張地在外套上擦了擦手，面紅耳赤地撿起槍。我為什麼不早點撿槍？我為何不戰鬥？媽的，柏區，為何你每次什麼都做錯？

史登卡托和大肚男回來。史登卡托拍了拍我的背。他總是精神抖擻，是的，即使對懦夫也很親切。這個自以為是的王八蛋。他朝我微笑。「看來他跑走了。」他說。「我們一定把他嚇跑了。」

「聽著。」我顫抖地說。「我不是故意把槍——」

史登卡托打斷我。「沒關係。重點是要找掩護。」他比了一下屍體。「他槍拿得好好的。結果也幫不上忙，對不對？能活著最重要，我們不需要死掉的英雄，對吧？」

大肚男剛才一直在聽，現在不情願地點點頭。「對，搞不好你之後還能幫上點忙。」然後他看向我。「但小心點，小子。再發傻，我們全都會死。剛才你可能會害死你的弟兄，知道吧？」

我淡淡微笑，也只能這樣。所以他們原諒了我。他們真他媽了不起啊。當然，這全是史登卡托的功勞，他就喜歡這樣對我。他知道我有多恨他，也知道我感激他時心裡有多難為情。那王八蛋，經常讓我丟臉，讓我像個傻蛋不說，竟然還要我心存感激，感謝他時時保護弱小的我。幹、幹、幹。

森林降下黑幕。其他人拉下了夜視鏡，我也跟著拉下夜視鏡。在一片紅色的視野中樹木是一道道靜止的黑影。我只分辨得出細長的樹枝和松針。我打了個寒顫，也許只是單純發抖。森林變成陰森的地獄，全是深黑色的骷髏和若隱若現的形狀。我覺得自己比較喜歡黑暗。但我仍戴著夜視鏡。

大肚男領頭，我們成一排尾隨在後，繼續移動。我不知道我們要去哪，也不知道為什麼。我不在乎，只希望這一切趕快結束。現在離半夜沒幾個小時了。接下來再經過一個白天和另一個黑夜，週末就結束了。直升機會回來接我們，接我。我已經撐那麼久，也許我能撐到最後。

下個週末，回去打網球吧。我不需要打仗，也許史登卡托需要，但他有病。我不需要，這地方不適合柏區。

對，我辦得到。一想到這我就安心不少。我緊抓著槍，走得更快了。

＊ ＊ ＊

我們走了好幾個小時，天氣變冷，除了沉重的喘息和踩到碎冰的聲響，四下寂靜無聲。我忘記了戰爭、史登卡托和一切，只感覺得到我雙腳凍僵，一片冰冷。我靴子從裡到外都溼透了，水也滲了進去。我雙腳剛才痛了好久，但現在不痛了，因為腳麻了。明天一定會起水泡。我恨水泡。我敢打賭史登卡托從沒長過水泡。我敢說他這輩子都沒長過水泡，或者青春痘之類的。如果他成長時臉上像一般人長滿青春痘，可能不會那麼惹人厭。

風聲颼颼，在松林間呼嘯，透進破爛糟糕的制服。我感到冰冷刺骨，世界卻格格不入地呈現紅黑色。冷的顏色分明應該是藍和白。這太矛盾了。但無論如何，我身體切切實實感到寒意。

我們繼續向前走。迷路了？可能沒有吧。但我迷路了。走啊走啊，男子漢向前走。這就是戰爭？根本沒啥了不起。

想法來來去去。然後我又想起雙腳和冰冷。一如往常，我還能想什麼呢？槍現在莫名冰冷，塑面外殼感覺都結凍了。搞不好和我的手凍在一起了。這樣再次爆發槍戰時，槍就不會再脫手而出。

又走了一陣。沒人說話，前後都只傳來呼吸和腳步聲。但我不知道發生什麼事。現在一定過半夜了。一定的，夜晚時分，戰爭似乎都已停止。我什麼都聽不到。但也許我的聽力跟身體一樣都麻木了。

幹你媽的管他去死。誰在乎。我好冷。幹你娘，史登卡托。還有臭老闆多萊切。還有你，大肚男。你們全都去死。全是白癡。

也許快天亮了。我們走好久了。

一想到這件事，我心情一陣興奮。我停下腳步，拉起夜視鏡。但東方沒有出現日光。星星仍在天空閃爍。獵戶座當空，獵犬在腳邊。黑空中璀璨的光點。我看得到獵戶的劍。在城市中我從來沒見過他的劍。

星星看起來很冷。收起夜視鏡，我不但能感覺到冷，也能看到冷。我吸入一團冰冷的空氣，感覺莫名寧靜。

有東西從身後推了推我。是史登卡托。「走吧，安卓。」他語氣急促。「別放棄。我們可不想脫隊迷路。」

我瞪著他，跌跌撞撞向前。放棄，我呸。我才沒有要放棄，我只是停下來看天亮了沒。幹你媽的王八蛋，對我就這麼沒信心嗎？

我們又走了一會，穿過跟剛才一模一樣的樹林和山脈。涉水走過一條冰冷的小溪時，我的雙腳像是醒過來，感到一陣劇痛。然後我們又回到樹林裡繼續走。黑夜中萬籟俱寂，遠方有架飛機冒著火劃過天際，火焰不斷滴下。在我們眼中火焰彷彿是黑色的。我們看著，我們走著。

最後，終於休息了。大肚男找到一個洞穴。不，其實不算洞穴。只是個岩壁下的小凹口，但總算是個有庇護的地方。他將背包放下，朝呆子大聲吩咐了些什麼，攤開地墊躺下。他馬上睡著，鼾聲震天。我累壞了，也躺到他旁邊。其他人鋪開地墊，躺在上頭。

呆子要我第一個站哨。

於是我起身看守，肌肉痠痛，腦中一片空白。其他人睡覺時，我收起夜視鏡看星星和飛機。西方地平線上有一架飛機很亮，機身冒著橘色的火焰，消失在山脈中。某處在打仗。我仔細聽著槍聲，十分遙遠，隱隱約約。但我聽得到。

他們現在全睡著了。大肚男看起來像個洗衣袋，鼾聲如吼。呆子蜷在角落，像個嚇壞的小男孩。另一個結實的炮灰嘴開開地睡覺。但史登卡托看起來很帥。他身體輕鬆伸展開來，呼吸和緩規律。我敢說他仍保持警覺，如果聯戰軍找上我們，他起身時連眉毛都不會揚一下。

我腦中突然有個想法。如果我離開會發生什麼事？也許聯戰軍會來，把他們全殺了。馬上拿到擊殺點數，輕而易舉。

不。我不可能自己找到路回去。何況，要是聯戰軍**沒**殺光他們呢？那我就完蛋了。再說，我不能讓大家死。即便是史登卡托也不行，對不對？

嗯，也許史登卡托可以。

如果我打網球，現在早就回到家，和米麗安躺在溫暖的床上。也不是說我在家她會有多高興。不過她也只是備胎，誰叫葛蘭達拋棄我，跟史登卡托在一起。身材高䠷、一頭金髮的葛蘭達啊。她一直對我很好，直到**他**出現，她就不理我了，我努力挽回，卻被她冷落。她鑄下人生大錯，我原本要娶她的。史登卡托只是愛她的身體。

所以葛蘭達輸了，我也是。我最後淪落到跟無聊又癡肥的米麗安在一起。只有史登卡托是贏家。

我其實可以射殺他。我不知道他是否知道此事。在這裡，我可以趁他熟睡時殺了他。絕對沒有人會懷疑，他只是戰爭死傷名單的一個名字。

會嗎？他們一定有辦法知道是誰開的槍。不然怎麼計算擊殺點數？靠偷襲或許能殺了他，但肯定會被人揪出來。聯戰軍的子彈搞不好有什麼特殊之處。我想應該跟槍有關。據說參戰時間結束，如果槍仍在身上，他們就找得到人。也許槍可以記錄誰射殺了誰。

我就算殺了史登卡托，他進了墳墓還是能整我。媽的。最後還是他贏。我才不要讓他稱心如意。

我把這想法拋到腦後。我不會殺史登卡托。就算我殺得了人，大概也是一時僥倖。而且真要我殺人的話，我可能又會嚇到下不了手。無論如何，就這兩個可能。

我站在那裡，思考這一切，靜靜望著黑夜。好幾個小時過去。終於，我叫醒呆子來換班。隨即睡意襲來，我躺到冰冷的石頭上。

＊
＊
＊

我感到背痛，並聽到一聲尖叫，意識慢慢清晰起來。我扭身撐起，頭昏眼花，滿心困惑。有人在尖叫。我眨眼望向洞口。子彈咻咻飛過我身旁。

聯戰軍在外頭。

我們被困住了，出不去。死定了，他們會殺了我。恐懼一波波湧來，我呆望著外頭，全身顫抖。

史登卡托趴在靠近洞口之處，來回掃射，子彈劃出一道弧，做困獸之鬥。外頭躺了幾具屍體。有一具屍體半截身子躺在洞內，是那個無名的結實小子。他不只中槍而已。他的身體斷成兩截，下半身靠近洞口，其他散落在洞穴中。

我身上有血跡。我看了看，感到反胃，很想再繼續睡。

洞外頭有個東西爆炸，碎片射進洞裡，從岩石上反彈，但沒人受傷。不論裡頭或外頭，都有許多人在尖叫。吵雜聲中，我什麼都聽不清楚。

呆子躺在史登卡托身旁，背對著洞口，他將新彈匣塞進槍裡，望向我，大吼一聲。然後他起身，抓起我的槍，推到我肚子上。「開槍、戰鬥，幹你媽的蠢蛋菜鳥——**快開槍！**」

他轉向洞口，跪到地上。

然後他脖子中彈，鮮血噴出。他尖叫向後，倒到我身上。

他的槍掉了。我撿起來，交給他，他卻不伸手拿。

「安卓。」史登卡托說。「趴低點，免得他們射到你。」他一邊說，一邊開槍，不斷朝外射。好有效率，好冷靜，他一點都不害怕。殺人機器、英雄、偉大的戰士。

我決定表現給他看。我把呆子推到史登卡托身旁，讓他倒在血泊中，並拿起我的槍，手指按上扳機。

外頭已出現天光。時間已是星期天的黎明，再過一半的時間就能回家了，但聯戰軍卻找上了我。可惜我看不到他們。有兩、三處冒出火光，他們的子彈射向洞口。然後位置又變了。

我開火。子彈穩定地射出，槍沒有反作用力，只微微發燙。我盲目開火，掃過樹林。也許會打到什麼，但我不特別想殺人。

在我掩護之下，史登卡托趁機更換彈匣，他縮回洞內一點，壓低身子，從腰帶抽出彈匣，冷靜裝填入槍。一點也不手忙腳亂，不疾不徐，沒有一個動作出錯。他一轉眼又回到我身旁，我們一起向樹林開槍。

有人大叫。「我們射到一個人了。」我說，同時停火。

「也許他們想騙我們。」史登卡托說。「把我們騙出去。他們進不來，但知道我們困住了。」

困住了。對。我記得這點，我們困住了。一無所懼的偉大老兵大肚男害我們困在這裡，搞不好還會害死我們。我氣炸了。史登卡托一人不斷開火。

然後我猛地發現，大肚男不在洞裡。

「他在哪裡？」我問史登卡托。我不知道大肚男的名字。好怪。我以為我知道，但史登卡托似乎知道。

他沒回答。他也停火了，轉而等待樹林中的動靜。

我們靜靜等了五分鐘，希望他們來查看我們死了沒，但他們沒上當。他們一次次用槍掃射石頭，子彈咻咻飛過我們，最後還有人丟了顆手榴彈進來。我們不得不起身。這時我看到史登卡托抓起手榴彈，扔了回去。手榴彈準確地落在原先飛來的地方。史登卡托這傢伙可是辦公室壘球隊的投手。還用說嗎？他當然非常厲害。

手榴彈爆炸，森林噴出一團樹枝和泥巴。同時間，有人從側面開火，尖叫聲響起。逮到他們了。

一個聯戰軍跌跌撞撞從岩石後方出來，胸口有個拳頭大的洞，血流如注。他才走出一步，側邊飛來的子彈便無情射中他，他翻滾在地不斷扭動。看著他尖叫，雙手在胡亂揮抓中死去，我既驚嘆又噁心。他是個瘦弱矮小的黑人，死得很慘。同時，我卻發現自己勃起了，不禁感到一陣羞愧。老天。我有病啊。跟**他們**一樣有病。

大肚男從側邊出來，槍夾在手臂下。「安全了。」他大叫。「我們把他們全殺光了。」

史登卡托起身走向他。「他們有幾個人？」

「八個。」他說。他大笑。「得到八點。我們這一方呢？」

我走出滿是鮮血的洞穴。史登卡托和大肚男無言看著我。這解答了大肚男的問題。

「媽的。」他只說了這麼一句。他是希望我死，史登卡托也一樣。我是個懦夫，變態懦夫，對他們來說一點用處都沒有。比較厲害的人都死了。大肚男腦中一定是這麼想。

「怎麼會——？」我無力地說。我無法思考。

「我正要來換哨。」大肚男說。「他們朝我們兩人開火。子彈射中了另一個人，但我馬上趴下，躲進樹叢。那時你的弟兄已醒來，並朝他們射擊，因此他們沒法來找我。」他咧嘴一笑。「射得不賴。」他對史登卡托說。「你剛才一下就射死兩個人，救了我們一命。」

救了我們？史登卡托救了我們？他非得每次都當英雄嗎？我內心一陣糾結，轉身離開他們，讓他倆相視而笑，恭喜彼此讓這裡血流成河。兩個臭屠夫。

黑人的屍體倒在稀疏的灌木和一棵常青樹間。屍體已不動了，但血仍緩緩流進泥濘之中。他雙手都是皺紋——手不大，灰色制服也鬆鬆垮垮。

我彎向他，剛才我欣賞的就是這人的死亡秀。我在附近樹下看到他的槍。我放下槍，伸手去拿他的槍。

聯戰軍的槍是用綠色塑膠製成，但除此之外，外觀都一模一樣。當然了。武器一定要一樣，不然戰爭就不公平了。底下也有個序號，刻著「聯戰公司財產」。

付錢之後，做出選擇。體驗山中之戰，選擇機動公司對抗聯戰公司！想試試看**叢林戰**？那就選擇戰事公司對抗戰鬥大師公司！想在城市街巷一決生死，就請選擇戰術聯盟對抗風險股份有限公司。這裡有三十四個戰區，十個戰鬥俱樂部。付錢之後，隨你選擇。但其實選擇什麼都一樣。

我站在原地，聯戰軍的槍拿在手中。有東西朝我衝來。

昏暗的天光中，那人一從樹叢跳出來，我眨眼間就看到他了。他穿灰色制服，面孔黝黑，很年輕——比我更年輕。這人全身是血，是個受了傷的孩子。我們沒殲滅敵人。但這孩子的槍已經不見了，他是舉著一把刀朝我衝來。

我眼睜睜看他衝來。他為了殺我，肯定跑了好幾公尺。他跑得很快，但還不夠快。我舉起槍。

結果我開不了槍。我開不了槍。我開不了槍。

他快衝到我身上時，史登卡托從側面開槍殺死了他，非常有效率。孩子緩緩彎身，輕輕倒到爛泥中。他沒有尖叫，他的刀落在我腳邊。

史登卡托又救了我一命。

我轉身望著他。他臉上帶著微笑，槍冒著煙。又獲得一個擊殺點數。他很擅長殺人。他下次會得到折扣。我？不，不可能。他們會吊銷我的執照。他們不會讓我玩了。我看到人死會勃起，而且我無法殺人。

史登卡托走向我，開口說了些什麼。我看著手中的槍，避開他的目光。這是聯戰軍的槍，射的是聯戰軍的子彈。除了子彈，也許他們不會知道是誰射的。史登卡托救了我兩次，我無法忍受。他一定會告訴所有人。

他走向我，我舉起槍，冷靜地射死了他。我想我做得很好。

他連驚訝都來不及。聯戰軍的槍射出一串子彈，速度飛快。他的胸口馬上成了蜂窩，我將槍嘴朝上，子彈一直射出，他帥氣冷靜、俐落有效率的笑臉化成了肉醬。

大肚男站在那兒，張嘴開始尖叫。「你射自己的弟兄！」他尖叫。「你射自己的弟兄！」我將槍轉向他，也射死了他。管你他媽的老兵標誌，要他死一點都不難。

我獨自一人在樹林中走了一整天。我雙腳冰冷，但我不在乎。我一手拿著機動軍的槍，一手拿著聯戰軍的槍。我擊殺點數不斷累積。點數夠的話，也許下個星期我就能當上中士了。

一九七三年四月寫於芝加哥

譯註——

1 《馬特和傑夫》（*Mutt and Jeff*）是美國漫畫家巴德．費雪（Bud Fisher, 1885-1954）創作的漫畫，也是美國第一個取得成功的報紙漫畫。

殺人前請七思

你可以殺自己，
可以殺朋友
逼不得已，甚至殺你的孩子；
但不要以殺戮為樂，
而且殺人前請七思！

——魯德亞德．吉卜林 1

真契族的孩子吊在城牆外。一排長滿灰毛的小巧身軀，垂在長繩下一動也不動。年紀最大的是先被殺死，再吊上去的；屍體的頭顱已不知去向，繩子繫著腳將他倒吊著，他身旁還吊著一具焦黑女屍。其他屍體大多是黑髮、有著金色大眼的嬰兒。他們身上沒傷痕，單純懸於半空中。日暮時分，風從高低起伏的山丘吹來，較輕的孩子屍體會隨風旋轉，撞上城牆，彷彿他們仍活著，大力敲牆想進城去。

但守衛一次次無情地巡視，對敲擊聲毫不在意，布滿鐵鏽的大門始終未開。

「妳相信世上有邪惡嗎？」亞里克．納克羅說，他和珍妮斯．萊莎站在附近山丘頂端，俯瞰鋼鐵天使之城。納克羅有著黃棕色皮膚，五官扁平，臉上每一絲皺紋都透露著憤怒，他蹲在一片廢墟上，這裡原本有座金字塔，真契族之前會在此進行宗教禮拜。

「邪惡？」萊莎心不在焉地說。她目光從未飄離下方城牆，孩子發黑的屍體襯著紅石牆，輪廓顯得更加清晰。太陽漸漸落下，下方山谷彷彿沐浴在一片血霧之中，鋼鐵天使稱天上那顆紅色大球為「巴卡隆之心」。

「邪惡。」納克羅重複道。他是個商人，身材矮胖，除了一頭火紅色及腰的長髮，從五官看來，他似有蒙古血統。「這是宗教概念，我不信任何宗教。小時候，我還在艾伊美洛星時，便決定世上沒有善惡，只有想法不同。」他伸出細嫩小巧的雙手，摸著地上粗糙的砂土，接著他握住一個形狀參差的碎塊，起身拿給萊莎。「鋼鐵天使讓我再次這相信世上有邪惡。」他說。

她默默從他手中接下碎片，放在雙手中翻來覆去觀察。萊莎不只身高比納克羅高，身材也瘦多了；她有張長臉，瘦骨嶙峋，留著一頭黑色短髮，雙眼不帶任何情緒。她穿著一件鬆垮的工作服，上頭滿是汗漬。

「有趣。」她看了那碎塊好幾分鐘，終於開口。碎塊像玻璃一樣平滑堅固，但質地更硬，呈半透明的紅色，不過又接近黑色。「塑膠？」她扔回地上問。

納克羅聳聳肩。「我判斷八九不離十，當然機率不大。真契族都使用骨頭和木頭，偶爾才用金屬，但塑膠是領先他們好幾世紀的科技。」

「搞不好是他們好幾世紀前的科技。」萊莎說。「你說禮拜金字塔散布了整座森林？」

「對，我勘察結果是如此。但鋼鐵天使為了趕走真契族，把靠近山谷的金字塔全毀了。他們遲早會繼續擴張，到時候，他們會把其他金字塔也毀了。」

萊莎點點頭。她再次低頭望向山谷，巴卡隆之心最後一道銀白光芒滑落西方山脈，城市的燈光漸漸亮起。真契族的孩子掛在淡藍光線中，城牆上有兩個人影動手工作著。不久他們又垂下一條繩子，上頭吊著另一個小黑影，他扭動掙扎，不斷撞著城牆。「為什麼？」萊莎冷冷地說，目不轉睛望著。

納克羅情緒激動。「真契族想守護其中一座金字塔，便拿起矛、刀和石頭對抗鋼鐵天使的雷射槍、爆破彈和音波槍。然後趁敵人一個不注意，真契族得手，殺死了一名鋼鐵天使。於是，大司督下令，不准再有這種事發生。」他啐了一口。「邪惡。重點是孩子們毫無戒心啊。」

「有趣。」萊莎說。

「妳能做些什麼嗎？」納克羅熱切地問道。「妳有船艦，有人手。真契族需要保護，萊莎。面對鋼鐵天使，他們束手無策。」

「我手下有四個人。」萊莎平靜地說。「也許有四把雷射獵槍。」她只說了這些。

納克羅無奈地望著她。「**無能為力**？」

「也許明天吧，大司督明天應該會召見我們。他肯定看到喬羅星光號降落了。也許鋼鐵天使會想跟我們交易。」她再次望向山谷。「來吧，納克羅，我們該回你的基地了。交易的貨要先準備好。」

*

懷亞特是卡洛斯星上巴卡隆之子的大司督，他身材高大，皮膚泛紅，赤裸的胳臂肌肉精實，面容卻像具骷髏。他一頭藍黑頭髮剃得短短的，抬頭挺胸，姿態僵硬。如所有鋼鐵天使，他身穿變色龍制服。由於烈日當空，他又站在粗糙的小型星際機坪上，衣服呈現淡褐色。他腰上繫著一條鋼製網格腰帶，上頭插著雷射槍、通訊器和音波槍，脖子上戴著筆挺的羅馬領。他胸前掛了條公署之鍊，上頭墜了個小雕像。那是巴卡隆蒼白聖子像，全身赤裸，天真無邪，雙眼明亮，但小手中握著一把黑劍。雕像道盡了懷亞特的地位。

他後方站了四個鋼鐵天使，兩男兩女，衣著一模一樣，外貌也有些類似。不論是金髮、紅髮或褐髮，他們都是留著平頭，眼神警戒冰冷，略帶瘋狂。而且他們個個體格強健，姿態挺立，散發軍事和宗教人員的氣質。納克羅細皮嫩肉，懶散邋遢，因此厭惡鋼鐵天使的一切。

日出後沒多久，大司督懷亞特便派一支小隊來敲納克羅的房門，他的交易基地是個組合式的灰色圓頂小屋。納克羅睡眼惺忪，一肚子火，但他心裡有所顧忌，因此收斂起情緒，馬上禮貌地招呼鋼鐵天使，帶他們來到星際機坪。喬羅星光號船身傷痕累累，三支伸縮架放下並停泊在此，宛若金屬製的淚滴。

貨艙已全關上；萊莎的手下晚上將納克羅要的交易品卸下船，然後將真契族的文物裝箱搬到船艦貨艙，若賣給外星藝術收藏家，應該能談到好價錢。不過，貨要先給買家鑑賞才能知道價值；她一年前才送納克羅過來，這是第一趟載貨回去。

「我是自由商人，納克羅是我在這星球的代理人。」萊莎和大司督在星際機坪邊見面。「你要交易的話，需要透過他。」

「我了解了。」懷亞特大司督說。他手中仍拿著想給萊莎的交易清單，上面列出鋼鐵天使希望從亞法隆和傑米森世界工業化殖民地買的商品。「但納克羅不跟我們交易。」

萊莎面無表情望著他。

「事出必有因。」納克羅說。「我跟真契族交易，結果你卻屠殺他們。」

鋼鐵天使建立殖民城之後，納克羅有好幾個月一直和大司督往來，但最後總是不歡而散，現在大司督也不理他了。「我們所做所為都是必要之舉。」懷亞特對萊莎說。「動物殺人，人便要殺雞儆猴，讓其他動物引以為戒，這樣一來，這群野獸才會知道人類，也就是地球之種和巴卡隆之子，是他們的君王和主人。」

納克羅嗤之以鼻。「真契族不是野獸，大司督，他們是擁有智力的種族，擁有自己的宗教、藝術和習俗，而且他們……」

懷亞特望向他。「他們沒有靈魂。只有巴卡隆之子和地球之種擁有靈魂。他們的心智恐怕只有你或他們在乎。他們根本是毫無靈魂的野獸。」

「納克羅給我看了他們建造的禮拜金字塔。」萊莎說。「有靈魂的生物才蓋得出那樣的聖殿。」

大司督搖搖頭。「你錯了。一切都清楚寫在《巴卡隆經》裡。我們地球之種是真正的巴卡隆之子，其他全是動物，以巴卡隆之名，我們可以征服並統治他們。」

「好啊。」萊莎說。「但過程中你恐怕得不到喬羅星光號的幫助。我必須跟你說，大司督，我對你的行為十分反感，等我回傑米森世界，我打算將此事呈報給政府。」

「我料想也是。」懷亞特說。「也許明年妳心中會燃起對巴卡隆的愛，我們那時再聊。在那之前，卡洛斯星不會墜落。」他舉手向她敬禮，轉身邁步離開機坪，四名鋼鐵天使尾隨在後。

「將他們所做所為呈報給政府有幫助嗎？」他們離開後，納克羅氣憤地說。

「沒用。」萊莎說，她轉頭望向森林。四周揚起風沙，她肩膀垂下，彷彿非常疲倦。「傑米森人才不會在乎，就算在意，他們又能怎麼辦？」

納克羅記得懷亞特幾個月前給他一本紅色封皮的聖經，他引用其中經文：「巴卡隆以蒼白聖子為形，由於柔軟的血肉在星球上會受到傷害，於是祂以鋼鐵造人。在每個新生嬰兒手中，祂都放上一把凹痕累累的劍，告訴他們：『這是真理和道路。』」他噁心地啐一口唾沫。「這就是他們的教義。我們只能袖手旁觀？」

她表情木然。「我會留給你兩把雷射槍。我往返的這一年間，你可以讓真契族學著怎麼使用。我想我知道該帶什麼貨來了。」

*

*

*

就納克羅所知，真契族分為二、三十個部落，每一個部落的成年與幼年者數量差不多，也都各自擁有一塊家鄉森林和一座禮拜金字塔。他們不建造屋舍，只蜷著身子，睡在金字塔附近的樹上。他們靠採集維生；星球四處都是多汁的藍黑色水果，此外，還有莓果、迷幻葉和藏在地底的圓滑黃樹根等三種食物。納克羅也發現他們會打獵，但頻率不高。他們甚至可以好幾個月都不吃肉。這段時間，森林中抽著鼻子的棕色巴豬會慢慢變多，四處挖著樹根，並和孩子玩耍。當巴豬到達某個數量，真契族會突然持矛冷靜地走到豬群之間，殺掉三分之二，那一週的晚上金字塔旁都會有烤豬吃。面對全白的樹蛞蝓也一樣，蛞蝓有時會布滿果樹，像蝗害似的。因此真契族每隔一段時間，就會突然把牠們和在樹頂偷果子的偽僧獸抓下來燉了吃。

目前，就納克羅觀察，真契族在森林中沒有天敵。他抵達星球的前幾個月，都帶著動力長刀和雷射手槍，依循交易路線走訪一座座金字塔。但他從來沒有遇到任何懷有敵意的生物，現在他放在廚房的刀已經壞了，雷射槍也不知扔到哪去了。

喬羅星光號離開那天，納克羅肩上背著萊莎的雷射獵槍，再次回到森林中。

離基地不到兩公里處，納克羅來到真契族裡他稱之為瀑布部落的地方。這是位在森林茂密的山丘旁，藍白色溪水從山壁奔流而下，隨地形分開又聚合。山丘側坡錯綜交織著粼光閃閃的一座座瀑布，波濤洶湧，池水四布，霧氣漫天。部族的金字塔位於瀑布下方靠底部的灰色板岩上，水池四周都是漩渦。這座金字塔比大多數真契族的金字塔都還高，快和納克羅下巴齊平了。金字塔三面都呈深紅色，看起來沉重堅固，難以撼動。

納克羅不會被外形迷惑。他曾看過鋼鐵天使以雷射摧毀金字塔，或丟炸彈炸得粉碎；不論真契族的傳說中，金字塔有何力量或神話，都不足以抵擋巴卡隆的利劍。

納克羅走到水池旁的空地，陽光灑落一地，長草隨微風搖擺，但瀑布部落的成年者都在別處。也許在樹上吧，在樹林間採集水果，和彼此相伴，或在山丘森林中漫遊。他只看到剩下還年幼的幾個在空地上騎著巴豬玩耍。他坐在暖陽下等待。

不久，年老的「發言者」出現了。

他坐到納克羅身旁。老發言者身材嬌小，不斷顫抖，身上灰白的毛髮稀疏，已遮不住皮膚上的皺紋。弱不禁風的他已沒了牙齒和爪子；但那一雙真契族特有的金色無瞳的巨眼仍充滿警覺和活力。他是瀑布族的發言者，也就是最能和金字塔溝通的人。每個部落都有個發言者。

「我有個新東西能交易。」納克羅以含糊輕柔的真契族語說。他來這裡之前，在亞法隆星便學會了真契族語。好幾世紀前，改造人科雷羅諾馬斯的探勘艦經過卡洛斯星時，亞法隆傳奇語言大師突瑪斯．莊恩破解了真契族語。在那之後，沒有人來拜訪過真契族，但亞法隆非人高等智慧生物研究所的電腦將科雷羅諾馬斯的地圖和突瑪斯．莊恩的語言分析都保存了下來。

「我們用新木頭，替你做了更多雕像。」年老的發言者說。「你帶來什麼？鹽巴？」

納克羅解開他的後背包，打開放在地上。他拿出包裡的鹽塊，放在發言者前面。「鹽巴。」他說。「還有別的。」他將獵槍放到發言者面前。

「這是什麼？」發言者問。

「你知道鋼鐵天使嗎？」納克羅問。

他點點頭，這動作是納克羅教他的。「從死亡之谷逃出來的無神者提過他們。鋼鐵天使不但讓眾神無語，也會破壞金字塔。」

「這是鋼鐵天使用來破壞金字塔的工具。」納克羅說。「我想用這個來跟你們交易。」

發言者一動也不動。「但我們不想破壞金字塔。」他說。

「這工具能用來做其他事。」納克羅說。「有一天，鋼鐵天使可能會來到這裡，破壞瀑布部落的金字塔。如果擁有這工具，你就可以阻止他們。岩環金字塔部落想用矛和刀阻止鋼鐵天使，如今他們全被趕走，孩子都吊死在鋼鐵天使的城牆上。其他不抵抗的真契族部落，如今也失去神和土地。有朝一日，瀑布族會需要這工具，發言者。」

發言者拿起雷射槍，放在皺巴巴的小手上好奇地翻動。「這事我們必須禱告。」他說。「納克羅，待下來吧。今晚神看顧我們時，我們會告訴你。在那之前，我們開始來交易吧。」

他馬上起身，朝池中金字塔瞄一眼，便拿著雷射槍，消失在森林中。

納克羅嘆口氣。接下來有得等了；禱告要到太陽下山才會開始。他走到池邊，脫下沉重的靴子，將滿是汗水和厚繭的腳放入清涼的水中。

他抬頭時，第一個雕刻家來了。她是個苗條年輕的真契族女性，身體上有些紅褐色的毛。她默默不語遞出作品。除了發言者，納克羅出現時他們都不會出聲。

雕像比他拳頭大不了多少，以果樹的藍木刻成，木紋細緻，氣味芬芳，是個象徵豐饒的巨乳女神。她盤腿坐在三角形的底座上，底座的三個角各立了一條銀色細骨，延伸到女神頭頂上，並以一塊黏土相連。

納克羅看著那雕像，左右轉了轉，點點頭。對方便拿著鹽塊，微笑走了。她離開之後，納克羅在原地繼續欣賞雕像良久。他這輩子都在做生意，在亞斯星待了十年，和像魷魚的葛斯索伊人交易，又花四年與長得像竹竿的芬迪人交易，並前往過去屬於古老藍岡帝國的奴隸世界，雲遊六個石器時代的星球。但真契族的藝術天分，是他前所未見的。他已想了無數次，為何科雷羅諾馬斯和莊恩都沒提起原始的雕刻。不過，他很高興他們沒提，他相信當交易商看到萊莎帶回去的一箱箱木雕神像，商人將趨之若鶩。他當初來這兒只想碰碰運氣，希望能找到真契族的某種藥劑、藥草或酒，拿到星際貿易上買賣。最後，他找到藝術品，彷彿禱告得到了回應。

早上到了下午，下午到了傍晚，雕刻家來來去去，一一將雕像拿到他面前。每個雕像他都小心翼翼評估，有的接受，有的拒絕，並用鹽巴和他們交換。天黑之前，他右手邊收集了一小堆的文物，包括一堆紅石刀；一件灰色的壽衣，遺孀和朋友以死者的毛皮所織成，衣上還以偽僧獸柔順的金毛繡出死者的臉；一根骨矛，上面的紋路讓納克羅想起古地球傳說的符文；當然，還有無數雕像。一如往常，他最愛的就是雕像。

通常人類根本無法理解外星藝術，但真契族的工匠總能觸動他的內心。工匠刻出的每個神像都坐在骨製金字塔中，有張真契族的臉，但同時又像人類，例如他看到一尊戰神，面容剛毅肅穆；還有一尊神特別像森林之神薩特；剛才他換來的豐饒女神，他也見過好幾回；除此之外，也有無數戰士和仙女，樣貌和人類極為相似。有時，納克羅真希望自己受過正式的人類學教育，這樣他就能寫一本關於共同神話的書。真契族當然有豐富的神話，不過發言者向來緘口不提。雕像彷彿天外飛來一筆，也或許他們如今已不再膜拜那些古老的神祇，卻仍記在心底。

巴卡隆之心西沉，最後一道紅光消失在陰暗樹林間，納克羅已換了不少文物，鹽巴也沒了。他穿上靴子，小心翼翼將貨物裝好，耐心地坐在池邊草坪上等待。瀑布部落的成員一個個聚到他身旁，最後發言者回來了。

禱告開始。

發言者一手拿著雷射槍，慎重地涉過漆黑的水池，蹲在金字塔陰影旁。成年及幼年的真契族人都聚集在河岸草坪上，約有四十多人，納卡羅前後左右都擠得滿滿的。他們一同眺望水池，巨大的月亮升起，月光照出金字塔和發言者的輪廓。發言者將雷射槍放在石頭上，雙手貼上金字塔，他的身體僵硬，所有真契族也全身緊繃，一片沉默。

納克羅不安地移動身子，忍住哈欠。這不是他第一次目睹禱告儀式，他知道儀式的過程。他接下來要忍耐一小時的無聊。真契族在禱告時會保持沉默，除了呼吸聲，四下一片寂靜；除了四十張無表情的臉，沒別的好看。納克羅呼口氣，試著放鬆，他閉上雙眼感受柔軟的草地，和煦的微風輕拂他雜亂的頭髮。在此他暫時找到了平靜；隨即又心想，不知道這份祥和能維持多久，等到鋼鐵天使離開山谷……

一小時飛逝，納克羅靜靜冥想，忘卻時間。後來，他突然聽到身旁窸窣作響，瀑布部落的成員紛紛起身返回森林。發言者站到他面前，將雷射槍放到他腳前。

「不。」他簡潔地說。

納克羅瞠目結舌。「什麼？可是你一**定**要收下。我來告訴你它的功能……」

「我看到異象了，納克羅。神讓我看到了。神也告訴我，交易這東西不是件好事。」

「發言者，鋼鐵天使會來……」

「如果他們來了，我們的神會跟他們說話。」真契族的發言者咕嚕咕嚕說著話，儘管聲音輕柔，卻有份堅決，那雙巨大的水汪汪眼睛中沒有一絲猶豫。

✳ ✳ ✳

「食物，我們感謝自己，不感謝他人。我們擁有食物，因為我們努力工作，因為我們努力戰鬥，因為這是我們應得的，換言之，這是強者的權利。至於那份力量——強壯的手臂，鋼鐵製成的劍和內心的熊熊烈火——我們感謝巴卡隆，蒼白聖子，祂賜予我們生命，教導我們生存之道。」

巨大餐廳內五張長桌排成一列，大司督直挺挺站在正中央，莊嚴肅穆說出每一個字。他說話時，雙手緊握劍面，劍鋒朝上，巨手上青筋浮現。昏暗燈光下，他的制服幾乎成了黑色。一眾鋼鐵天使在他身旁凝神正坐，面前放著的食物，包括水煮塊莖、蒸巴豬肉、黑麵包和一碗碗青脆的綠新草。十歲以下，還不能上戰場的孩子穿著漿燙的白罩衫，繫著眾人皆有的鋼製網格腰帶，坐在最外側的兩桌，細長窗戶下方。靜不下來的小孩子，會由九歲的嚴厲舍監盯著，他們的腰帶都插著硬木所做的處罰棍。再往內的兩張長桌是戰鬥弟兄，他們全副武裝，飽經風霜的男男女女老兵和十歲大的孩子混坐在一塊——後者這輩子還沒出過宿舍，甚至可能連營房都沒踏進過一步。除了羅馬領，所有人都和懷亞特大司督一樣穿著變色龍衣，幾個人身上的鈕釦標示了軍階。中央桌比其他桌子短一半，坐的是鋼鐵天使的幹部，包括團父和團母、軍械師、治療師、四位野戰主教，他們全都有筆挺的深紅色領子。而大司督則是所有人的領導。

「我們用餐吧。」懷亞特大司督終於說。他咻一揮劍劃向桌子，以劈砍象徵賜福，然後他坐下用餐。大司督並沒有特權，他方才和其他人一樣，排隊穿過廚房進到餐廳，食物的分量也和弟兄一樣多。

刀叉叮噹作響，偶爾會有盤子撞擊聲，時不時還聽到罰棍打人的聲響——舍監看到破壞紀律的行為，馬上會出手懲罰。除此之外，餐廳一片死寂。鋼鐵天使用餐時不說話，享用簡樸餐點的同時，可以思考一天的教訓。

用完餐，孩子會沉默地排隊走出餐廳，回到宿舍。戰鬥弟兄尾隨在後，有人去聖殿，多數人回營房，還有幾人會去城牆換班。下崗的弟兄回來時，廚房仍會有熱呼呼的餐點。

核心幹部留下來。碗盤收走後，現場變成一場幹部會議。

「稍息。」懷亞特說，但桌旁的人不見放鬆。他們的人生已沒有放鬆的一刻了。大司督目光掃到一人身上。「哈莉絲。」他說。「妳拿到我要的報告了嗎？」

野戰主教哈莉絲點點頭。她是個強壯的中年婦女，肌肉厚實，皮膚顏色如棕色皮革。她領子上有個鋼鐵製的徽章，形狀像個記憶晶片，象徵電腦部門。「有，大司督。」她堅定地回答。「傑米森世界是第四代殖民地，居民大多來自古海神星。有一塊幾乎不曾探索過的大陸，還有一萬兩千座大大小小的島嶼。人類目前都集中在島嶼上，在陸地耕作、海上捕魚，從事養殖和發展重工業。海中有豐富的食物和鋼鐵。人口數約七千九百萬人。星球上的兩座城市都有星際港，分別是：傑米森港和喬羅星港。」她看著桌上的紙本資料。「在二重戰爭時，地圖上甚至還沒有傑米森世界。該地從未有過軍事行動，唯一的軍力是警察。傑米森世界也沒有殖民計畫，他們完全無意理會當地大氣以外的事。」

大司督點點頭。「非常好。那商人威脅要呈報政府只是虛聲聲勢。可以繼續了。團父沃曼？」

「今天抓到四個真契族，大司督，已經全吊到城牆上了。」沃曼回報。他是個臉色紅潤的年輕人，平頭、金髮，有雙大耳朵。「請容我報告，大司督，我希望討論一下這場殺雞儆猴的行動能否就此結束。我們每天搜索是愈來愈辛苦，抓到的真契族也愈來愈少。劍谷部落的年幼者我們全抓光了。」

懷亞特大司督點點頭。「其他人意見呢？」

野戰主教里昂表達反對，他雙眼湛藍，面容枯瘦。「成年者都活下來了。成年的野獸比幼獸更危險，團父。」

「這次不然。」軍械師卡拉・達韓說。達韓是個大塊頭，頂個大禿頭，膚色如銅，負責掌管心理武器和敵人情報。「研究顯示，金字塔破壞之後，真契族不論長幼，都不會對巴卡隆之子造成任何危險。基本上他們的社會結構已瓦解。成年的不是逃走，加入其他部族，就是回歸到如動物般的野蠻狀態。那些傢伙拋棄了自己的幼獸，放任他們迷迷糊糊地四處遊蕩，自生自滅。幼獸被我們逮到時，幾乎是束手就擒。計算我們城牆上的真契族數量，再加上遭獵捕和殺害的，我相信劍谷中已無真契族野獸。凜冬將至，大司督，手邊尚有諸多準備工作。團父沃曼和他手下人力應妥善分配。」

眾人又討論一會，但意見大多一致。大部分人都同意達韓的看法。懷亞特大司督仔細聆聽，並一直向巴卡隆尋求指示。最終他示意眾人安靜。

「團父。」他對沃曼說。「明天盡你所能把所有真契族抓來——大的和小的都別放過——如果他們沒反抗，不要吊死他們。帶他們來城市一趟，讓他們看看城牆上同族人的下場。然後將他們從各個方向趕往山谷。」他垂頭。「我希望他們能替我們傳話，告訴所有真契族的野獸，若以利爪、刀劍對抗地球之種，就必須付出代價。屆時，春天來臨時，巴卡隆之子將走出劍谷，真契族必須和平放棄金字塔，拱手交出土地，蒼白聖子的榮耀也將就此傳播。」

如眾人一樣，里昂和達韓兩人點點頭。「向我們述說智慧之語。」野戰主教哈莉絲這時說。

懷亞特大司督同意了。一個階級較低的團母替他拿來聖經，他打開教誨之章。

「是時，邪惡降臨到地球之種上。」大司督恭讀。「巴卡隆之子放棄了真神巴卡隆，臣服於更軟弱的神。因此他們的天空變為烏黑，紅眼邪牙的藍岡之子現身，帶來大批芬迪人，有如蝗蟲過境，遮蔽星空。世界陷入火海，孩童失聲哭喊：『救命！救命！』

「蒼白聖子降臨於他們面前，手中握聖劍，聲音如雷，轟聲指責。『你們一直太過軟弱。』他告訴他們。『因為你們違背了正道。你們的劍呢？我豈不是將劍放入你們手中？』

「孩子大聲哭喊：『噢，巴卡隆，我們把武器打成犁頭了。』

「祂怒火中燒。『那就用犁頭去面對藍岡之子！怎麼不拿犁頭去擊殺芬迪人？』他離開了他們，再也不聽他們的哭聲，巴卡隆之心化為怒火之心。

「後來一名地球之種擦乾眼淚，天空明亮炙熱，淚水在雙頰變得滾燙。他喚起嗜血之情，將犁頭重新鑄造成劍，衝向藍岡人，殺出一條血路。其他人見了便追隨他，世界響起一聲巨大的戰吼。

「蒼白聖子聽見了，再次現身，因為戰鬥聲比哭喊來得悅耳。祂見到時，面露笑容。『你們再次成為我的孩子。』他對地球之種說。『你們曾背棄我，去崇拜一個稱自詡為羊的神，但你們難道不知，羊最終只會被送去宰殺？如今我看見你們的眼目明亮了，你們再次成了神的狼群！』

「而巴卡隆將劍再次賜下，給祂的孩子和所有地球之種。祂舉起偉大的黑劍，專門殺無魂野獸的『斬魔劍』，向前一揮。藍岡人在祂的力量下仆倒，芬迪人在祂的目光下化成灰燼。巴卡隆之子橫掃各個世界。」

大司督抬起雙目。「去吧，我武裝的弟兄們，睡覺時想著巴卡隆的教誨。願蒼白聖子賜給你們異象！」

他們一一離去。

✳ ✳ ✳

除了道路和強烈北風掃過之處，四周一片霜白。山丘上的樹木都已枯朽，並覆蓋上冰雪。日正當中，白雪反光教人目盲。山谷下方，鋼鐵天使之城看起來異常乾淨穩固。風雪堆積在東城牆上，將光禿禿的紅石牆掩蓋一半。城門已好幾個月沒打開。許久之前，巴卡隆之子收成後全退回城內，聚在城內火堆旁。要不是冰冷的黑夜中城裡閃現藍色燈光，以及守衛偶爾巡過城牆，納克羅根本不確定鋼鐵天使是否仍活著。

納克羅稱身旁的這名真契族人為恨言者。恨言者望著他，和部族柔和的金色目光相比，她的眼神格外陰鬱黑暗。「雪下方，深埋著破碎的神。」她說。真契族語十分溫柔，卻掩蓋不住她口氣中的堅毅。與萊莎一樣，納克羅也和恨言者來到同一個地方，岩環部落的金字塔原本矗立在此。納克羅從頭到腳都套著白色恆溫衣，但恆溫衣對他來說太緊了，他看起來全身臃腫，不大美觀。他透過藍黑色頭罩的塑膜望向劍谷。但恨言者全身赤裸，僅以厚重的灰皮毛作為冬季大衣。她胸前掛著一把雷射獵槍。

「除非阻止鋼鐵天使，不然其他神也會遭到破壞。」納克羅說，他雖然穿著恆溫衣，卻不禁打了個寒顫。

恨言者似乎沒聽到。「他們來的時候，我只是個孩子，納克羅。如果他們沒破壞我們的神，我可能仍是個孩子。在那之後，我失去了希望，內心的光熄滅，四處遊蕩，遠離岩環，走出我們的家鄉森林；我什麼都不懂，盡力找尋食物生存。黑暗的山谷，一切都不一樣了。我經過時，巴豬會對我怒吼，露出獠牙追我，其他真契族人會威脅我和其他人。我什麼都不懂，也無法禱告。鋼鐵天使發現我時，我也毫無頭緒，並隨他們進入城市，不懂他們說的任何一句話。我記得城牆和孩子，許多孩子比我還年輕。於是我尖叫、掙扎；當我看到那些被吊在繩子上的孩子，內心某個瘋狂、無神的力量破繭而出。」她目光望向他，雙眼像磨亮的銅器。她在及膝的雪地中挪了挪身子，爪子緊握雷射獵槍的背帶。

上個夏天，鋼鐵天使將她從劍谷放逐。納克羅收容她，並把她教得很好。他後來找到了六個放逐者，他們都是無神的真契族，一番訓練之後，其中最厲害的就是恨言者。這是唯一的辦法了。他一次次去找不同的部落，提供雷射槍，但每個部落都拒絕了他。真契族相信神會保護他們，只有無神者會聽納克羅的話，不過也不是所有的無神者——第一批逃走的孩子雖然失去了神，但他們年輕又安靜，因此大多數獲得其他部落收容。至於像恨言者一樣的無神者，由於變得太野蠻，太有見識，也就無法融入部落了。瀑布部落的年老發言者拒絕接納恨言者之後，她轉而成為頭一個拿起槍的人。

「無神通常比較好。」納克羅告訴她。「鋼鐵天使信仰神，結果變成那副德性。真契族有神，卻會因信仰而死。無神的妳是他們唯一的希望。」

恨言者沒有回答。她只望著那座白雪包圍的無聲城市，雙眼冒著火。

納克羅看著她，心中納悶：自己雖然剛才說，他和六個伙伴是真契族的希望。然而，真的會有希望嗎？恨言者和所有放逐者都有點瘋狂，他們的怒火令他人顫慄。就算萊莎帶來雷射槍，就算這一小群人阻止了鋼鐵天使，就算一切都成真——接下來呢？假如鋼鐵天使明天全遭消滅，納克羅這批無神的朋友將何處容身？

他們不發一語站在原地，白雪在腳下飛旋，北風陣陣呼嘯。

✳ ✳ ✳

聖殿陰暗寧靜，角落的火球燈散發詭異昏暗的紅光，一排排木長椅上空無一人。沉重的聖壇上方，有塊粗糙黑石，巴卡隆以全息投影站在上頭，影像栩栩如生。他是個男孩，是的，只是個男孩，全身赤裸，膚色如牛乳般白皙，有著巨大的雙眼和一頭金髮，散發天真和青春的氣息。他手中拿著那柄偉大的黑劍，長度比他的身高還高出一半。

懷亞特跪在投影前，垂頭禱告，身子動也不動。整個冬天，他的夢境都十分陰暗，令人不安，所以他每天都會跪在聖殿，尋求神的指示。唯獨巴卡隆能為他指明道路，懷亞特是大司督，不論事關戰爭或信仰，他都是領導者。他一定要獨自解讀出他所見的異象。

於是他日日思索，直到白雪開始融化。由於反覆摩擦地板，他制服膝蓋處已破破爛爛。終於，他下定決心，將幹部召集來聖殿。

大司督動也不動跪著，幹部一一進門，在長椅找座位坐下，和他人保持距離。懷亞特並未注意，他只力求禱告真切，異象真實。全員到齊時，他起身轉向他們。

「巴卡隆之子活在許多星球上。」他告訴他們。「但不像活在卡洛斯星上的我們這麼幸運。我武裝的弟兄們，我們未來一片光明。如第一任大司督創立鋼鐵天使那一刻，蒼白聖子在睡夢中和我相見，賜予了我異象。」

所有人不發一語，眼神謙卑順從。畢竟，他是鋼鐵天使的大司督。高階長官訓示或下令時，不容半點懷疑。那是巴卡隆的教條，指揮權具神聖性，永遠不得質疑。所以每個人都保持沉默。

「巴卡隆親自走入荒野，對無魂者與野獸宣告，我們將統治這塊土地。以下是他親口所說：春天來臨時，地球之種必須離開劍谷，占領新的土地，所有動物當知道自己的地位，並臣服於我們。這便是我見到的異象！

「而且，我們將目睹一件奇蹟。蒼白聖子承諾，我們將見到真正的徵兆。祂將賞賜新的啟示，堅定我們的信仰。但在那之前，我們的信仰會面臨挑戰，這段期間將有人犧牲，而巴卡隆會一次次呼喚，要我們保持信心。我們必當記得祂的教誨，保持真實之心，跟隨祂，如孩子跟隨父母，如軍人跟隨長官。換言之，接到命令便迅速行動，不得質疑。謹守蒼白聖子之訓。

「這便是祂賜予我的異象，也是我所做的夢。弟兄，請和我一起禱告。」

懷亞特轉身跪下，其他人一同跪地，每個人都垂頭禱告，除了一個人。聖殿後方陰影中，火球昏暗閃曳，卡拉．達韓一臉愁容望著大司督。

那天夜裡，在餐廳沉默用完餐，開了簡短的會議之後，軍械師邀請懷亞特和他到城牆上散個步。「大司督，我的靈魂充滿困惑。」他告訴他。「我一定要和最親近巴卡隆的人說話。」懷亞特點點頭，兩人穿上厚重黑色毛皮製的夜巡斗篷，還有烏亮的金屬盔甲，一同伴著群星，走到紅石牆上。

接近城門上的守衛屋時，達韓停下腳步。他靠在城垛上，雙眼望著融化的白雪良久，接著他轉過頭望著大司督。「懷亞特。」他終於說。「我信心軟弱。」

大司督不吭聲，表情藏在斗篷下，只默默盯著他。鋼鐵天使的宗教儀式中不包含懺悔。巴卡隆說，戰士的信仰應該永不動搖。

「在舊日，」卡拉．達韓說，「為了對付巴卡隆之子，出現了許多武器。現在有些武器已成傳說。說不定根本不曾存在過，或者只是無稽之談，就像那些軟弱的人崇拜過的神祇。但我只是個軍械師；我對這種事一無所知。

「可是，大司督，有個傳說令我非常不安。據說，在好幾世紀的戰爭中，藍岡之子曾在地球之種當中釋放可怕的心靈吸血鬼，那種怪物人稱吸魂怪。他們完全隱形，影響範圍可達好幾公里，人類偵察不到，雷射槍也射不了那麼遠，而且他們會讓人發瘋。異象，大司督，異象！假神和愚蠢的計畫會在常人的心靈浮現，然後……」

「住口。」懷亞特說。他的聲音堅定，如夜裡的空氣一樣冰冷，四周冰雪發出爆裂聲，呼吸化為一陣白霧。

他沉默了好一陣子，然後以較溫柔的口吻繼續說。「每個冬天我都會禱告，達韓，掙扎折騰，努力看清異象，我是卡洛斯星巴卡隆之子的大司督，不是新生兒，不會輕易受假神矇騙。只有在確定之後，我才會開口。我是你的大司督、信仰之父和上級長官。軍械師，你自己心生懷疑，竟還敢斗膽質疑我——這點令我非常不安。你接下來恐怕會在戰場上與我爭執，反駁我的命令。」

「絕不會，大司督。」達韓說，他跪倒在布滿白雪的城牆通道上。

「但願如此。我雖然不需回答，你也不該有所期待，但在你離開之前，念在你是巴卡隆弟兄的份上，我會回答你的問題。我告訴你，懷亞特大司督是個優秀的長官，也是個全心奉獻的人。蒼白聖子向我揭示了預言，預測會有一場奇蹟。這一切我未來將親眼目睹。如果預言失敗了，沒有出現徵兆，那好吧，我們也會親眼目睹結果。那時我會知道異象究竟是巴卡隆給我的，或是偽神害的，搞不好是藍岡人的吸魂怪。還是你認為藍岡人能創造奇蹟？」

「不。」達韓說，他仍跪在地上，禿頭低垂。「那是異端邪說。」

「確實。」懷亞特大司督說完，便望了一眼城牆外的世界。夜晚冰冷黑暗，沒有絲毫月光。他感覺自己的靈魂昇華，此刻，聖劍星座高掛天頂，軍人座從他所站的地平線，將手伸向聖劍，這一刻彷彿連星星都歌誦著蒼白聖子的光輝。

「今晚罰你脫下斗篷巡邏。」大司督低下頭時告訴達韓。「北風會將你吹醒，冰冷會將你凍醒，你要沐浴在苦痛中，以表示你對大司督和神的服從。當肉體麻木發疼，內心的火焰就必須加倍灼燒。」

「是的，大司督。」達韓說完，便站起身，脫下夜巡斗篷，交給大司督。懷亞特揮下劍，為他祝福。

＊　＊　＊

昏暗的臥房中，銀幕上的電影一幕幕播放，但納克羅眼睛半閉，懶散地倒在躺椅上，根本沒在看。恨言者和兩名放逐者坐在地上，睜大黃金色的雙眼，入迷地看著影片。影片中，人類在艾伊美洛星的拱塔上互相追逐，開槍射擊。他們漸漸對其他星球和生活方式感到好奇。納克羅心想，一切簡直莫名其妙。瀑布部落和其他真契族對此從來不感興趣。他猶記得，在鋼鐵天使駕駛古老荒廢的戰艦飛來之前，他將各式各樣的商品放在真契族發言者面前，包括亞法隆星明亮的閃銀螺釘、高卡瓦蘭星的發光石珠寶、超合金刀、日光製造儀、鋼鐵動力弓、來自數十個世界的書籍、藥品和酒——他什麼都帶了一點。發言者偶爾會拿起來看，但完全不感興趣；唯一令他們興奮的是鹽巴。

春天雨水落下，恨言者開始跟他問東問西時，納克羅才驚覺真契族從來沒問過他**任何**

事。或許不發問是社會結構和宗教使然，因為離開部落之後，這批遭放逐的無神者開始渴望起知識了。這當中恨言者尤其積極。近來納克羅只答得出一小部分問題，但他們仍源源不絕拋出問題。納克羅開始為自己的無知感到詫異。

話說回來，恨言者已變得不像真契族（難道信仰宗教真能造成**那麼**大的改變？），她甚至還開始回答問題。納克羅常拿自己納悶的事問她，但她大多時候只眨著眼，一臉疑惑，並開始質疑自己。

「我們的神沒有故事。」有次他想要多了解真契族的神話，她卻回答他：「還會有什麼故事嗎？神活在金字塔裡，納克羅，我們膜拜祂們，祂們照顧我們，點亮我們的生活。祂們不像你們的神跳來跳去、打架，殺死彼此。」

「但你們膜拜金字塔之前有過其他的神吧？」納克羅說。「就是你們雕刻家替我做的那些雕像。」他甚至將箱子拆封，拿了一個給她看，她當然記得，岩環金字塔那邊的部落有真契族中最頂尖的工匠。

但恨言者只梳了梳毛，搖搖頭。「我太年輕了，當不上雕刻家，所以也沒人告訴過我。」她說。「我們只知道各自需要知道的事，雕刻家才會做這些雕像，所以也許只有他們知道古老神祇的故事。」

另一次，他問她金字塔的事，結果得到的答案更少。「建造金字塔？」她說。「我們沒有建造金字塔，納克羅。金字塔一直都在，就像石頭和樹林。」但她眼睛眨了眨。「但金字塔**不像**石頭和樹木，對不對？」她一臉疑惑，走去和其他人討論。

雖然無神的真契族比族裡其他弟兄姊妹更能思考，卻也更難相處。納克羅一天天更加明白，他們的行動根本毫無意義。現在他身邊共有八個被放逐的無神者了。之前在隆冬時節，又多找到兩個，發現時兩人已餓得半死。每一天，他們都會輪流練習操作雷射槍，並監視鋼鐵天使。但就算萊莎帶著武器回來，目前的戰力和大司督相比簡直像是個笑話。喬羅星光號的確會載來一船武器，並預期方圓百公里的所有部落會一呼百應，奮起對抗鋼鐵天使，以壓倒性的人數征服他們。不過，等萊莎看到迎接她的只有納克羅和一幫烏合之眾，大概會面無表情，眼神死。

就算這八個族人真的打算揭竿起義，目前也是問題重重。納克羅無法讓這幫人團結。他們對鋼鐵天使的恨意接近瘋狂，卻毫無向心力。他們不喜歡接受命令，而且為了追求社會階級優勢，他們彼此不斷戰鬥，甚至不惜出爪相向。要不是納克羅警告在先，他懷疑他們甚至會拿雷射槍決鬥。至於維持戰鬥體魄更是一大笑話。這幫人當中有三名女性，只有恨言者是唯一不讓自己懷孕的。

真契族通常一胎生四到八個，納克羅估計到了夏末他們的人口會大爆炸。而且他知道在那之後，人口還會繼續增長。無神的真契族似乎每小時都在交配，對他們來說無所謂生育控制這回事。他納悶為何部落的人口能如此穩定，但恨言者也不知道答案。

「我猜是因為我們比較少交配。」他問起時，恨言者說。「但我只是個孩子，所以其實不知道。來這裡之前，我從來沒有那股欲望。我想我還年輕。」她邊說邊搔著癢，似乎不大確定。

納克羅嘆了氣，躺到躺椅上，想忽略銀幕上的噪音。事情變得十分棘手。鋼鐵天使的動力坦克已駛出城牆，越過劍谷，將森林開墾為農田。他自己去了一趟山丘，發現春耕播種的工作即將結束。他猜，接下來巴卡隆之子會試圖擴張。上週鋼鐵天使其中一人爬上了岩環（他的偵察兵形容那人為「沒頭髮的」巨人），還從金字塔廢墟中撿了些碎片。不論那是什麼意思，都不可能是好事。

他有時覺得，事情雖然由他一手推動，此時的發展卻令他想吐。他心裡甚至期盼萊莎把雷射槍的事忘得一乾二淨。恨言者下定決心，不論勝算多小，只要一拿到武器便發動攻擊。納克羅十分害怕，提醒她上次血淋淋的教訓，而且當時真契族才只殺了一個人類。至今納克羅仍會在夢裡看到城牆上的孩子。

但她只是望著他，銅色雙眼散發瘋狂神采，並說：「是，納克羅，我記得。」

穿著白罩衫在廚房當差的孩子安靜迅速清理掉晚餐的餐盤。「稍息。」懷亞特對幹部說。「如蒼白聖子所說，奇蹟出現了。

「今天早上，我派三個小隊進入劍谷東南方的山丘，驅散一支占據土地的真契族部落。他們下午已向我回報經過，我希望現在跟你們分享。團母喬利普，麻煩妳述說進行任務時發生的事。」

「是，大司督。」喬利普起身，她一頭金髮，蒼白憔悴，制服在她細瘦的身體上略顯鬆垮。「我受命率領十人去驅趕所謂的懸崖部落，他們的金字塔位於山丘邊陲，低矮的花崗岩山壁旁。根據情資，部落不大，只有二十多個成年者，所以我決定不用重型裝甲，不過我們帶上了五級爆破巨炮，因為單靠輕武器破壞真契族的金字塔太慢了，除此之外，嚴格說來我們身上只有基本配備。

「我們預期不會遭到抵抗，但有鑑於岩環部落的事件，我仍謹慎行事。穿過山丘走了約十二公里後，我們接近懸崖，並呈扇形散開，手持音波槍緩緩向前。在森林中我們俘虜了幾個真契族，讓他們擋在前方，以免遭到埋伏和攻擊。當然，最後事實證明是多此一舉。

「我們來到懸崖旁的金字塔時，他們已在那等著我們。至少有十二頭真契族野獸，長官。其中一個雙手按在金字塔上，其餘的圍著他，大約呈圓形。他們全抬頭望向我們，但沒有其他動作。」

她停頓了一會，手指伸到鼻子旁摸著，略有所思。「如我向大司督稟報，從這一刻之後，事情變得非常古怪。去年夏天，我曾兩度率隊掃蕩真契族。第一次，他們絲毫不了解我們的意圖，金字塔那裡沒有任何一隻無魂野獸，我們單純破壞了金字塔，便打道回府。第二次，有群野獸在我們身旁打轉，用身體妨礙我們，但不算有敵意。我用音波槍射倒其中一個之後，他們才落荒而逃。當然，我後來拜讀了團父亞勒在岩環部落所遇到的棘手情況。

「不過，這次情況完全不同。我命兩名手下架起爆破巨炮，並設法警告那群野獸離開現場。當然，由於我不懂他們的邪惡語言，因此我比手畫腳表達。他們馬上就讓開，呃，並在兩側排成兩列。當然，我們也用了音波槍瞄準著他們，以防萬一，但過程非常和平。

「於是任務完成。爆破巨炮將金字塔化為一團火球，轟然爆炸後，碎片四濺，徹底摧毀。過程中，我們所有人都找好掩護，但真契族似乎不受爆炸影響，因此無人受傷。金字塔成廢墟之後，現場冒出刺鼻的臭氧氣味，然後有團藍色火焰閃現——或許是殘像吧。但我沒時間去注意，因為這時真契族全跪倒在我們面前。突忽其來，毫無預兆，長官。他們頭抵著地面，全身俯臥在地。我一時間以為因為我們粉碎了他們的神，因此他們改奉我們為神。不過我也試著告訴他們，我們不需要野獸的膜拜，只希望他們馬上離開這塊土地。但後來發現我誤解了，因為懸崖樹上另外四個真契族的傢伙攀爬而下，給了我們一個雕像。接著其餘的全起身。最後，我看到整個部落朝正東方退去，遠離劍谷和外圍的山丘。我回來之後，便將雕像交給大司督。」她陷入沉默，但人仍站著，等待他人提問。

「雕像在這裡。」懷亞特大司督說。他手伸到椅子旁，將雕像放到桌上，掀開上頭的白布。

基座是個以黑樹皮製成的堅固三角形，三角上各立了一根長骨，組成金字塔形。裡面立著以淡藍色木頭雕刻而成的巴卡隆蒼白聖子，做工精緻細膩，手中拿著一把上漆的劍。

「這是什麼意思？」野戰主教里昂問，顯然大吃一驚。

「褻瀆呀！」野戰主教哈莉絲說。

「沒那麼嚴重。」重裝野戰主教哥爾曼說。「野獸只是想討好我們，也許希望我們不要動武。」

「除了地球之種，無人能膜拜巴卡隆。」哈莉絲說。「聖經裡有記載！蒼白聖子不會寬待無魂野獸！」

「安靜，我武裝的弟兄！」大司督說，長桌轉眼間一片沉默。懷亞特淡淡一笑。「這便是我冬天在聖殿中所說的第一個奇蹟，巴卡隆告訴我第一樁奇事。祂確實在卡洛斯星球上，所以就連荒野上的野獸都知道祂的樣貌！仔細想想，我的弟兄。仔細端詳這雕像。捫心自問幾個簡單的問題。真契族那群野獸可曾踏進這座聖城？」

「沒有，當然沒有。」有人回答。

「當然，他們沒一個見過聖壇上的全息投影。我也不曾接觸過這群野獸，因為我都待在城牆中，善盡個人職責。所以不可能有人看過我項鍊上的蒼白聖子雕像，而凡是見過我的真契族也全死了——因為他們都經我審判，吊死在城牆上了。野獸不會說地球的語言，我們更沒人學過他們落後的野獸語。此外，他們也沒有讀過聖經。總而言之，我不禁納悶，他們怎能雕刻出蒼白聖子的臉龐和身形？」

一片沉默。巴卡隆之子的幹部面面相覷，內心不解。

懷亞特大司督靜靜交疊雙手。「是一個奇蹟。真契族再也不會給我們造成麻煩了，因為蒼白聖子已出現在他們面前。」

大司督右方，哈莉絲主教全身緊繃。「大司督，我信仰的領導。」她吞吞吐吐地說，每一個字彷彿都從嘴中硬擠而出。「當然、**當然**，你該不是在告訴我們，這些、這些**野獸**——他們也能膜拜蒼白聖子，或是祂接受了他們的膜拜！」

懷亞特露出冷靜仁慈的表情，嘴角笑了笑。「妳別擔心，哈莉絲。妳心裡在想，我是否犯了第一謬誤。妳也許想起了藍岡俘虜為了逃過一死，膜拜巴卡隆，害葛荷拉犯下瀆神之罪的事；還有偽大司督吉布朗聲稱，膜拜蒼白聖子的生命一定都有靈魂的事。」他搖搖頭。「妳知道，我也熟讀聖經。但不，主教，我沒有褻瀆神。巴卡隆**確實**出現在真契族之中，但我相信祂只是來宣告真相。真契族親眼見到祂和武裝黑暗的榮光，理所當然聽到祂宣布，他們是毫無靈魂的野獸。因此，他們接受了宇宙的秩序，臣服於我們。他們不會再殺任何一個人類。請記得一點，他們沒有膜拜他們雕刻出的雕像，而是將雕像交給**我們**——地球之種，全宇宙唯一有權膜拜祂的人。當那些真契族的傢伙拜倒在地，是俯伏在**我們**的腳前，就如野獸臣服於人一般，這才是當時的情況。懂嗎？他們明白了真理。」

哈莉絲點頭。「是的，大司督。我深受啟發。請原諒我一時軟弱。」

但在長桌中間的卡拉．達韓傾身，巨大的手交握，眉頭糾結。「大司督。」他低沉地說。

「軍械師？」懷亞特回頭。他表情嚴厲。

「像野戰主教一樣，我的靈魂感到一絲擔憂，也望能受您啟發，請恕我發言？」

懷亞特微笑。「請說。」他嚴肅地說。

「確實，這可能是奇蹟。」達韓說。「但我們必須捫心自問，確認這不是無魂敵人的詭計。我不了解他們有何策略，或行為背後的意義，但我確實知道真契族如何知道巴卡隆的樣貌。」

「喔？」

「我說的是傑米森交易基地，以及紅髮商人亞里克．納克羅。他是地球之種。外表看來，的確像是艾伊美洛星的人。我們給過他一本聖經，但他始終不相信巴卡隆，反倒像個無神之人，手無寸鐵地四處遊蕩。自從我們降落後，他便處處和我們作對，我們不得不教訓真契族之後，他更對我們產生敵意。也許懸崖部落的雕像就是他的詭計，也許背後另有所圖。我相信他**曾**和他們交易過。」

「我想你說的的確沒錯，軍械師。剛降落的頭幾個月裡，我曾努力向納克羅傳道，卻徒勞無功，但我確實因此知道不少關於真契族野獸的事，也明白他有和他們交易。」大司督仍露出微笑。「他曾和劍谷一帶的部落、岩環部落、懸崖部落、遠果叢部落和瀑布部落交易過，也曾接觸遠東各個部落。」

「這果然是他的作為。」達韓說。「是個詭計！」

所有人望向懷亞特。「我可沒這麼說。不論他有何意圖，納克羅都只是一個人。他並沒有和所有的真契族交易，也不可能認識所有的部落。」大司督嘴角再次向上勾起。「看一眼那個艾伊美洛商人，就可以知道他不過是個懶散軟弱的傢伙，大概連多走幾步路都辦不到，而且他也沒有飛車和動力橇。」

「但他**確實**跟懸崖部落接觸過。」達韓說。他古銅色額頭上的皺紋顯得格外深刻，彷彿無法撫平。

「對，確實如此。」懷亞特回答。「但團母喬利普不是今早唯一出發的小隊。我也派團父沃曼和團父亞勒越過白刃河。那片土地是肥沃的黑土，比東方的土地來得更好。懸崖部落位於東南方，地處於劍谷和白刃河之間，所以他們必須離開。但我們摧毀的其他金字塔都屬於遠河部落，在南方逾三十公里處。他們不曾見過亞里克．納克羅這名商人，除非他今年冬天長了翅膀。」

然後懷亞特又彎身，拿出兩個雕像，放到桌上，拉開白布。一個雕像立在石板上，工法笨拙，只大略雕出形狀；另一個雕像，甚至連金字塔都以皀根製成，做工相當精緻。除了材質和工法，兩個巴卡隆雕像都做得維妙維肖。

「你看出詭計了嗎，軍械師？」懷亞特問。

達韓望著雕像一語不發，野獸主教里昂突然開口：「這是奇蹟。」其他人附和發喊。眾人喧譁結束之後，古銅色皮膚的軍械師低頭輕聲說：「大司督。請向我們述說智慧之語。」

＊ ❄ ＊

「雷射槍，恨言者，**雷射槍！**」納克羅歇斯底里，氣急敗壞。「萊莎還沒回來，那個才是關鍵。我們一定要等她。」

他站在交易基地的圓頂小屋前，上身赤裸，炎熱的朝陽曬得他汗直流，強風也吹起他蓬亂的長髮。他一夜睡睡醒醒，突然聽到吵鬧聲，便趕在森林邊緣攔住他們，恨言者現在面向他，一臉凶狠強硬，肩上掛著雷射槍，根本不像真契族的人。她脖子上綁了藍色亮銀圍巾，八根手指戴著亮石戒指。除了懷孕的兩個，其他放逐者都站在她身旁。除了有一個手中拿著另一把雷射槍，其他的全拿著箭袋和動力弓。那是恨言者的主意。她新選的配偶單膝跪地，不斷喘氣。原來他才剛從岩環一路跑來。

「不，納克羅。」恨言者說，銅色的雙眼散發怒火。「照人類的計算方式，你所說的雷射槍已經遲到了一個月。我們繼續浪費時間，鋼鐵天使就會破壞更多金字塔。不久他們就會再吊死孩子了。」

「對。」納克羅說。「但是如果你們攻擊的話，馬上就會發生這些慘事。妳想過勝算有多大嗎？妳的偵察兵說他們派出兩支小隊，還有一輛動力坦克——你們能用兩把雷射槍和四把動力弓阻止他們嗎？這方面，妳到底有沒有學會思考？」

「對。」恨言者說，她邊說邊朝他露出牙齒。「對，但那不重要。部落不反抗，所以我們一定要反抗。」

她的配偶抬頭望向納克羅。「他們……他們走向瀑布部落。」他仍上氣不接下氣。

「瀑布部落！」恨言者重複。「冬天之後，他們已經破壞了二十多座金字塔，納克羅，他們的動力坦克鏟平了森林，現在從山谷到河地有一條塵土飛揚的大道，如傷疤劃過土地。但他們還沒傷害任何一個真契族，全靜靜放走他們。所有無神的部落都投奔到瀑布部落，直到瀑布部落的家鄉森林也變得光禿禿。這些部落的發言者跟瀑布部落的發言者並肩同坐，或許是瀑布部落的神接納了他們，或許祂真是個偉大的神。我搞不太懂這類的事。但我**知道**的是，鋼鐵天使的禿子得知有二十個部落聚在一起，多達八百個成年的真契族。因此那禿子正率領動力坦克前來鎮壓，你想他會有可能輕易放過他們嗎？只要拿個雕像就開開心心走了？而且，**真契族**會願意離開嗎，納克羅？他們會像第一次被趕走那樣，輕易放棄掉第二個神？」恨言者眨眨眼。「我擔心大家會傻傻地亮爪子對抗他們。我擔心就算不反抗，鋼鐵天使的禿子仍會吊死大家。因為聚集那麼多人，禿子肯定心生疑慮。我害怕的事好多，卻知道得好少，不過我知道**我們**一定要在場。你不能阻止我們，納克羅，我們不能等待你遲遲不來的雷射槍。」

她轉身向其他人說：「來吧，我們必須趕過去。」他們馬上消失在森林之中，納克羅甚至來不及叫住他們。他一邊咒罵，一邊回到了圓頂基地。

當他進門，兩名女放逐者也正要離開。她倆都快要生了，但手中都拿著動力弓。納克羅馬上停下來。「妳們也要去！」他氣急敗壞瞪著她們。「簡直瘋了，這根本就是瘋了！」她們只無言地用黃金大眼望著他，擠過他身邊走向樹林。

納克羅回到圓頂基地，迅速綁好自己的紅長髮，以免勾到樹枝。他穿上一件上衣，並衝向門口。然後他停在原地，武器，他一定要有武器！他瘋狂四處張望，邁著沉重的腳步跑向儲藏室。他望過去，動力弓全拿光了。剩下來還有什麼？他開始亂翻亂找，最後找到一把超合金彎刀。刀拿在手中很不稱手，而且他看起來樣子很荒唐，一點也沒有威脅感，但不知何故，他覺得自己一定要拿武器。

他出發了，衝向瀑布部落的據點。

＊　＊　＊

納克羅體重過重，體力差，平常也沒跑步鍛鍊。這段路將近兩公里長，炎炎夏日，他在鬱鬱蔥蔥的森林中飛奔。他喘得胸口發疼，中途不得不停下兩、三次，路上時間彷彿變得永無止境，但他仍比鋼鐵天使早到一步。動力坦克笨重緩慢，劍谷過去的那條路距離更長，而且較多坡道。

四周都是真契族的成員。空地光禿禿的，面積比納克羅初春來交易時還大兩倍，但是仍擠得水洩不通，他們有些坐在地上，望著池水和瀑布，一片沉默。大家全擠在一起，幾乎沒空間通行，還有好些是坐在上方，每棵果樹都有十多個族人攀爬著，有的孩子甚至爬到了樹梢，那裡通常是偽僧獸的地盤。

瀑布成了背景，池水中央的石頭上，發言者全擠在瀑布部落的金字塔上。他們身子靠得比草坪上的圍觀者還緊，大家的手掌全都平貼在金字塔上。有個發言者瘦小衰弱，他坐在另一個發言者背上，這樣他才摸得到。納克羅試著計算現場來了多少真契族的成員，但後來放棄了；他們太密集，灰毛手臂交錯，四處都是金色的眼睛。金字塔位於中央，如過去一樣黑暗堅固。

恨言者站在池水中，水及腳踝。她面對群眾，大聲向他們說話，她聲音和真契族尋常的咕噥軟語非常不同，再加上身上的圍巾和戒指，她在真契族之中顯得格格不入。她一邊說，一邊瘋狂、激動、歇斯底里地揮舞手中的雷射槍，告訴他們鋼鐵天使來了，一定要馬上離開，分散躲進森林，到交易基地集合。她一次次說著。

但族人動也不動，保持沉默。無人回答，無人聆聽，或根本聽而無聞，視而無見。他們在大白天禱告起來了。

納克羅從他們之間擠過去，不時踩到人的手腳，每踏出一步都一定會踩到真契族。他終於來到恨言者身旁，她仍在比手畫腳，後來那雙銅色眼眸才看到他，她不說了。「納克羅。」她說。「鋼鐵天使要來了，**他們不聽**。」

「其他族人……」他氣喘吁吁。「他們在哪？」

「在樹上。」恨言者手比了一下回答。「我派他們到樹上。納克羅，他們是狙擊手，就像我們在銀幕看到的一樣。」

「拜託。」他說。「跟我回去。不要理他們，別管了。妳已經通知他們，我也告訴了他們。不管發生什麼，那都是他們的事，全都要怪他們那愚蠢的宗教。」

「我不能離開。」恨言者說。她似乎心亂如麻，像在基地受到納克羅質疑一樣。「我感覺自己應該要離開，但不知何故，我知道自己一定要留下。而且就算我走了，其他族人也**絕對**不會走。他們的感覺更強烈。我們一定要在這裡，留下來戰鬥和對話。」她眨眨眼。「我不知道**為什麼**，納克羅，但我們別無選擇。」

納克羅來不及回應，鋼鐵天使便從森林中出現。

起初五個人大步邁出，後來又多了五個。他們全都步行而來，身穿深綠色斑點制服，和葉子混合在一起；鋼製網格腰帶和戰盔散發光澤，格外顯眼。他們當中有個枯瘦蒼白的女人，戴著紅色高領。所有人雷射槍都高舉在前。

「你！」金髮女人大喊，她雙眼馬上看到納克羅，他的髮辮在風中飄揚，彎刀無用地在手中擺蕩。「跟這些野獸說清楚！告訴他們一定要離開！告訴他們，根據懷亞特大司督和蒼白聖子巴卡隆之言，山谷東側禁止真契族大規模聚集。告訴他們！」然後她看到了恨言者，嚇了一跳。「要那隻野獸放下雷射槍，不然我們把你們都燒成灰！」

納卡羅顫抖無力的手指一鬆，彎刀落入水中。「恨言者，放下槍。」他用真契族語說。「**拜託**。如果妳希望未來再見到遙遠的星球。放下雷射槍，我的朋友，我的孩子，立刻放下吧。萊莎來的時候，我會帶妳跟我一起到艾伊美洛星和其他地方。」商人的聲音充滿恐懼，眼看鋼鐵天使穩穩拿著槍，他內心完全不覺得恨言者會聽他的話。

但她莫名聽話地將雷射槍扔到池水中。納克羅看不到她的眼神。

團母顯然放鬆不少。「很好。」她說。「現在，用野獸的語言叫他們離開。不然我們會殺光他們。動力坦克馬上就要來了！」隆隆水聲之中，納克羅聽到車聲。車子輾壓過樹木，寬大的超合金履帶把一切輾壓成碎片。也許他們也在用爆破巨炮和衝擊雷射清掉巨岩和其他障礙。

「我們已經說了。」納克羅絕望地說。「我們告訴他們好幾次了，但他們不聽！」他朝四周比；空地仍擠滿真契族，全都無視鋼鐵天使，以及雙方的交鋒。他身後，那一小群發言者仍將小手按在神身上。

「那我會將巴卡隆的劍揮向他們。」團母說。「也許他們會聽得懂自己的哭嚎！」她將雷射槍收入槍套，抽出音波槍，納克羅全身打顫，知道她打算做什麼。音波槍會用高頻音波破壞細胞壁，融解肌肉。除此之外，也會影響心理。沒有比這更慘的死法。

但這時，第二隊鋼鐵天使抵達了空地，樹木吱呀作響，後方果樹叢昏暗處，納克羅看到動力坦克黑色的車身，上頭的巨炮似乎正瞄準了他。兩個新來的人都戴著紅色領子——其中一名是個年輕人，臉色紅潤，有雙大耳朵，他向小隊吼出命令，另一個人高大強壯，頭上無毛，古銅色肌膚滿是皺紋。納克羅認得他，他是軍械師卡拉．達韓。團母舉起音波槍時，達韓舉起手，堅定地阻止了她。「不。」他說。「不該這麼做。」

她馬上將武器收起。「遵命。」

達韓望著納克羅。「商人。」他大聲說。「這是你的作為嗎？」

「不是。」納克羅說。

「他們不願意離開。」團母補充。

「要用音波槍把他們射死，恐怕要花上一天一夜。」達韓說，他目光掃過空地和樹林，並沿著布滿岩石的瀑布望到山頂。「有個方法比較簡單。破壞金字塔之後，他們馬上就會走了。」這時，他原本打算說些別的話，卻忽然看到恨言者。

「真契族戴戒指、穿衣服。」他說。「目前為止，他們除了壽衣沒織出任何東西。這倒有點問題。」

「她是岩環部落的成員。」納克羅馬上說。「她和我生活在一起。」

達韓點點頭。「我明白了。你真是個心中無神的人，納克羅，居然和無魂野獸結伴，教導他們模仿地球之種。但那不重要。」他手舉起，後方樹林間，動力坦克上的巨炮稍微往右瞄準。「你和你的寵物最好現在離開。」達韓告訴納克羅。「我手揮下時，真契族的神馬上會被摧毀，如果你擋在中間，別想活著離開。」

「**發言者！**」納克羅大喊。「爆炸會——」他轉身告訴他們。但發言者已一個個爬離金字塔。

身後，鋼鐵天使開始喃喃出聲。「奇蹟！」有人沙啞地說。「我們的聖子！我們的主！」

另一人大喊。

納克羅嚇得愣在原地。石上的金字塔不再是紅色的岩塊。現在金字塔在太陽下閃閃發光，成了一座透明的水晶體。金字塔內出現一個精緻完美的巴卡隆蒼白聖子，他立在那兒，面露微笑，斬魔劍拿在手中。

真契族的發言者手忙腳亂離開金字塔，不時被絆倒在水中。納克羅望向瀑布部落的發言者，他雖然年紀已大，但卻是跑得最快的一個，似乎連他也不明白發生什麼事。恨言者張嘴站在原地。

商人轉過身。鋼鐵天使一半的人跪倒在地，剩下的人心不在焉，雙手垂下，目瞪口呆。團母轉向達韓。「**這是**奇蹟。」她說。「如懷亞特大司督預言。蒼白聖子就在這世界上。」

但軍械師毫不動搖。「大司督不在這裡，而且這不是奇蹟。」他堅定地說。「這是敵人的詭計，我不會上當。把那瀆神的東西從卡洛斯星上消滅。」他手臂揮下。

動力坦克中的鋼鐵天使已震撼到不能自已。爆破巨炮並未發射。達韓怒氣沖沖轉身。

「這不是奇蹟！」他大叫，並再次舉起手臂。

納克羅身旁的恨言者突然大叫。他緊張地望向她，看到她雙眼閃現明亮的金光。

「神！」她溫柔地說。「光回到我身上了！」

四周樹上傳來動力弓的聲音，兩支長箭幾乎同時射中卡拉·達韓寬大的背，箭尾顫抖。

軍械師中箭，不由自主雙膝一跪，整個人倒在地上。

「**快跑**！」納克羅尖叫，他用盡全力推開恨言者，她跌跌撞撞一陣，回頭望向他，她充滿恐懼的雙眼再次回復成暗銅色。然後她拔腿奔跑，衝向附近的樹叢，圍巾在她身後飄動。

「殺了她！」團母大喊。「全部殺光！」她這一聲吼叫同時喚醒了真契族和鋼鐵天使。巴卡隆之子再次舉起雷射槍，瞄準奔向四方的獸群，一場大屠殺開始了。納克羅跪在地上，在布滿苔蘚的石頭上不斷摸索，終於找到雷射槍。他把槍架上肩膀，開始射擊。雷射光束向前射出，一次、兩次、三次。他緊扣著扳機，一波波光束集成一道光束，掃過一個頭戴銀盔的鋼鐵天使的腰，接著納克羅肚子中彈，火焰燃起，他重重摔入水池。

好久好久，他什麼都看不到。四周只有痛苦和一片吵雜，水波輕柔拍打著他的面龐，真契族的高聲尖叫，在他四周亂竄。他聽到爆破巨炮發出兩聲轟天響，他被踏過好幾次。但一切都不重要了。他掙扎著，讓頭靠在石頭上，半露出水面，但過了一會，就連這件事也不重要了。唯一感覺到是肚中傳來的痛楚。

然後不知何故，痛苦消失了，四周煙霧瀰漫，飄散可怕的氣味，但沒有聲音了，納克羅靜靜躺著，聆聽別人的對話。

「金字塔，團母？」有人問。

「**這是**奇蹟。」一個女人的聲音回答。「看，巴卡隆站在那兒。看他怎麼微笑！我們今天真做對了！」

「金字塔該怎麼處理？」

「把金字塔搬上動力坦克。我們把金字塔帶回去獻給懷亞特大司督。」

聲音漸漸遠離，不久之後，納克羅唯一聽到的就是川流不息、奔騰而下的流水聲。他心情十分寧靜，決定好好睡個覺。

＊　＊　＊

船艦人員將橇棍插入木板，向上抬起。木板輕易鬆開。「萊莎，這邊有更多雕像。」那人伸手進木箱，拉出防撞材料後說。

「不值錢。」萊莎說，並簡短嘆口氣。她站在納克羅的交易基地中，但這基地如今已成一片廢墟。鋼鐵天使尋找武裝的真契族時，將這裡洗劫一空，基地滿目瘡夷，四下都是瓦礫石塊。但他們沒有動木箱。

船員拿著橇棍到下一堆裝滿文物的木箱。萊莎望向聚在她身邊的三個真契族人，希望他們的溝通能力可以更好一點。其中一個女生打扮整齊，脖子上垂掛著圍巾和首飾，一直靠在動力弓上，她知道些許關於人類的事，但遠遠不夠。雖然她學得很快，但目前為止，她唯一說的話只有：「傑米森世界。納克羅帶我們。天使殺人。」她一直重複，直到萊莎最後讓她了解，對，她會帶他們走。另外兩個是一男一女，女的懷孕了，男的拿把雷射槍，他們似乎完全不會說話。

「又是雕像。」船員將破爛的儲藏室最上面的箱子拉出來，橇開之後說。

萊莎聳聳肩，要船員繼續檢查。她背對他，慢慢走到喬羅星光號停泊的機坪旁，漸逝的天光中，船艦門口照出明亮的黃光。有幾個真契族緊跟在後，她降落之後他們便時時刻刻黏著她。當然，他們怕銅色眼睛一離開她，她便會拋下他們，自行離開。

「雕像。」萊莎喃喃說著，一半自言自語，一半對真契族的那幾個傢伙說。她搖搖頭。「他為何那麼做？」雖然知道他們聽不懂，她仍發問。「明明是這麼有經驗的商人？如果你們知道，也許能告訴我。你們應該要專注在壽衣和真正的真契族藝術，納克羅為何要訓練你們雕刻外星版的人類神祇？他應該要知道，沒有買家會接受偽造品。外星人藝術本就該像**外星人**。」她嘆氣。「我想是我的錯。我們應該先打開木箱檢查。」她大笑。

恨言者望著她。「納克羅壽衣。給了。」

萊莎心不在焉點點頭。她將他的壽衣掛在她床鋪上。奇怪的小東西，壽衣是用柔軟的火紅色頭髮織成，並混了一些真契族的毛皮，上頭還以灰毛和紅髮繡了個粗糙的亞里克·納克羅肖像。她見了壽衣也很納悶。這是寡婦的心意？還是孩子？或者只是朋友？喬羅星光號離開這一年間，納克羅究竟發生什麼事？要是她能準時回來，那……但她在傑米森世界多拖了三個月，遍尋各地買家，設法賣出不值錢的雕像。喬羅星光號回到卡洛斯星已是深秋，她發現納克羅的基地已成廢墟，鋼鐵天使作物也開始收成。

至於鋼鐵天使——她去找他們，想用貨艙的雷射槍跟他們進行交易。然而，血紅城牆上的景象甚至連她都感到噁心。她以為自己做好了心理準備，但是等到親眼目睹，她再也無法承受。鋼鐵天使的一個小隊發現她時，她正在高大生鏽的大門外嘔吐，他們帶她進門，來到大司督面前。

懷亞特大司督比她記憶中來得削瘦。他站在外頭，就在城市中央的巨大聖壇旁。那裡有個紅石製成的高大底座，上面有座玻璃金字塔，塔裡有一尊栩栩如生的巴卡隆雕像，長長的黑影投射在木壇上。下方，鋼鐵天使小隊堆起新收割的新草、小麥和冰凍的巴豬屍體。

「我們無須跟妳交易。」大司督告訴她。「卡洛斯星受神眷顧，我的孩子，巴卡隆和我們同在。祂已展現無數奇蹟，未來令人期待。我們全心仰望信靠祂。」懷亞特細瘦的手比向聖壇。「看到了嗎？我們要將冬天的存糧燒毀，獻予蒼白聖子，祂保證今年冬日不會來臨。而且祂要我們比照戰時，撲殺弱者，讓適者生存，如此一來，地球之種將變得更強大。這是迎接新啟示的偉大時刻！」他和她說話時神色恍惚，烏黑雙眼透著癲狂，眼中閃現莫名金光。

萊莎馬上告辭，目光避開城牆，離開了鋼鐵天使之城。回交易基地中途，當萊莎爬上山丘，經過納克羅上次帶她來的岩環金字塔廢墟，她終於忍不住，無奈地回頭朝劍谷望了最後一眼。那景象她一輩子都忘不了。

城牆外，長繩下，鋼鐵天使的孩子吊在外頭，一整排穿著白罩袍的嬌小身軀動也不動。所有人都平靜地死去，但死亡向來不平靜；年紀較大的孩子死得乾脆，他們脖子瞬間扭斷，蒼白的小嬰兒套索是纏在腰上。萊莎心裡知道，大多數嬰兒恐怕都是掛在那裡活活餓死。

＊　＊　＊

她回憶完，站起身，船員從納克羅傾頹的基地走出。「什麼都沒有。」船員說。「全是雕像。」萊莎點點頭。

「走？」恨言者說。「傑米森世界？」

「對。」萊莎回答，她雙眼望著喬羅星光號，和後方黑色的原始森林。巴卡隆之心已永遠沉下。數萬棵樹和一座城市的世界中，無數部落開始禱告。

一九七四年十月寫於芝加哥

譯註——

1 出自約瑟夫・魯德亞德・吉卜林（Joseph Rudyard Kipling, 1865-1936）著作《叢林之書》（*The Jungle Book*）中的〈叢林法則〉，以動物角度警告殺害人類的話，後果將不堪設想。

絢麗星環火焰也穿不透的黑暗

窗外火焰如暴風肆虐。

火焰五顏六色、各形各狀舞動竄流，布滿監控室整面牆，像一張不斷拍動的窗簾。一波金色熾熱的火焰掠過，像蛇一般邪惡。橘色和紅色的火如矛刺出，然後轉眼間消失。藍綠色的閃焰像雨滴衝上窗戶，琥珀色煙霧如觸鬚掃過，一條條純白光線烙印在觀看者眼中。

張牙舞爪，翻蕩飛騰，千變萬化。零空間中，色彩唱著一首無聲隨機的歌。至少他們認為是隨機。五個標準月之間，漩渦在空無之境中迴旋，而電腦仍找不出規律。

長方形的監控室裡，漩渦的光不斷閃爍，控制台五個監視器面對窗戶記錄下一切。每個控制台上各種小燈和按鈕明暗變化。中央有四個指數螢幕，上頭數字無止境地流動，一條條紅色曲線上下浮動。還有一個小的數字鐘，時間已累計五個月，讀秒成千上萬地向上累加。

每過八小時，監控人員便會換班。現在由三女兩男值班。他們全都穿著淡藍色的技術員工作服，深色鏡片護目鏡。但好幾個月之後，人員態度變隨便了。只有坐在中央控制台的卓特仍戴著眼鏡。其他人不是戴在額頭，就是纏在頭髮裡。

螢幕後方，有兩個馬蹄型的控制台和電腦主機。艾爾·史威德斯基是個身材高大的瘦皮猴，一頭金髮，身穿實驗室白袍，彎身看著電腦。珍妮佛·格雷坐在一張控制台前的椅子上。另一張椅子沒人坐，但那不重要。目前椅子只是椅子，儀器都設定為全自動，虛無之境星環的零空間引擎持續噴出烈焰。

艾爾手中拿著一疊電腦資料，走到珍妮佛身旁，她正在書寫板上記錄。「我想我們快到臨界點了。」他鎮定且堅決地說。

珍妮佛一本正經地抬頭看他。她是個美麗的女人，苗條高䠷，碧眼明亮，一頭長髮是金紅色的。她穿著樸素的實驗白袍，戴著金戒指。「大約還有八小時。」她搖搖頭，告訴艾爾。「如果我的計算正確，到那時我們就可以關閉引擎，看看結果。」

艾爾望著外頭飛旋的火焰暴風。「五層透明的超合金。」他輕聲說。「四層緩衝冷凍空氣層，三層玻璃。內側的窗戶仍摸得到溫度，珍妮佛。」他點點頭。「我很好奇結果如何。」

他們繼續監測。

✳ ✳ ✳

星環上約兩公里處的另一座甲板上，凱林．達維提歐獨自一人走進老舊的控制室。其他人很少來這裡。控制室只有他一人。好幾年前，這裡曾是虛無之境星環的中樞。以前在這裡，一人便能控制一千座零空間引擎不可思議的動力；以前在這裡，一人便能啟動漩渦，看火焰飛舞。

但再也不行了。虛無之境星環已荒廢將近六年，珍妮佛和團隊來時，覺得舊控制室太小，不適合他們。於是他們放棄了這裡。現在引擎改由新監控室的兩座控制台操控。舊控制室屬於凱林一人，屬於他的「蜘蛛機」，屬於他星環暗面的幽靈。

那是個小巧方形的房間，內部光潔白淨。中央設著熟悉的馬蹄型控制台。凱林坐在裡頭，四周都是控制鈕，表情若有所思。他是個矮小精瘦的人，一頭粗亂的黑髮和不安的黑色眼睛。他通常都很緊繃又恍惚。很久以前，他便放棄藍色的工作服，換上平凡的衣服。他現在穿著黑色長褲和深紅色的V領上衣。

他雙手熟稔地摸過控制鈕，牆面融化開來。

瞬間整個人彷彿置身太空，四周一片漆黑，星環在他腳下。

全息投影讓他一覽星環和漩渦，監控室窗外的景象根本無法比擬。房中除了他和控制台什麼都不剩，全飄浮在空無一物的太空中。在他腳下，連接控制室的星環畫面愈變愈廣，緩緩朝兩側彎曲延伸，最後化為一條金屬緞帶，向外繞去，最後在遙遠昏暗之處連結，成為直徑數百公里的銀色圓環；虛無之境星環建造時完全比照標準規格。

星環內，零空間漩渦藉著一千組核融合反應爐提供動力，在阻尼器和裝甲束縛下，懾人地散發光輝。就是因為這多彩的漩渦，人類才擁有一顆顆恆星。

凱林望了一會，然後光讓他眼睛發疼了，他低頭望向控制台，雙手不斷撥動曾經能控制漩渦的按鈕，他面前馬蹄型的控制台的燈全都沒亮；不過，馬蹄型兩翼的按鈕仍發出柔和的光芒。左邊控制全息投影，右邊控制蜘蛛機。一排又一排按鈕，全散發淡綠色的光芒。艾爾過去說，那些裝置沒必要搬；於是舊控制室便維持一半的功能，凱林一人在此工作。

他左手伸向控制台，全息投影在他四周轉動；現在他來到了星環五十公里外，畫面切換到另一組投影機。這角度景色和剛才差不多，已燃燒五個月的火焰暴風仍在下方翻騰。但這裡是問題點。

他走到右側，碰了碰按鈕。下方，星環的一道門滑開，一台蜘蛛機出現了。其實，說它像一隻金屬蜘蛛再貼切不過了。它有八隻腳，厚重的銀色身體以光滑的超合金製成，機身反射漩渦的七彩光芒，移動時腳步迅速，動作令人熟悉。它的八隻腳抓著星環，凱林派它前去問題點。

到了之後，他又打開星環上的另一道門，換到蜘蛛視角。身處外太空的假象馬上消失，全息投影畫面變得破碎。蜘蛛機有許多眼睛，大多分布在肚子上。現在它站在開口正上方，四隻腳固定在門的四角，另外四隻向下伸。每一隻眼都對著出問題的引擎。凱林面前的牆上出現各種畫面，一般視線、紅外線、紫外線畫面。他右邊的螢幕計算著輻射數據，並出現X光畫面，左方的牆面則列出這具引擎在監控室得到的最新數據。

四隻腳同時工作，修繕相當快速。凱林暫時關上這具引擎，尋找問題的源頭，最後拔起一個零件，蜘蛛身體打開一道開口，從中拿出新的零件替換。然後他收回金屬手臂，抽起機身。開口關上。他將視角從蜘蛛換回全息投影。

蜘蛛機留在原地不動；漩渦不斷燃燒。凱林茫然地望著眼前的畫面。他手伸向左側，全息投影再次轉動。他現在不再望著迴旋的火焰，而是望向星環之外。

虛無之境中空無一物，只有毫無止境的黑暗。

一如往常，轉過去的那一秒他以為自己瞎了。等眼睛稍稍適應，他隱約看到了面前的控制台，但也僅此而已。他躺在椅子上，雙腳放到控制台，嘆了口氣。熟悉的恐懼襲上全身，心中無比敬畏。

他望著眼前的空無沉思。

他曾用全息投影看過其他十多個星環；但**虛無之境星環**格外特別。史上第一個星環叫賽博勒斯星環，距離冥王星一千萬公里，沉浮在星海之中。星海也許渺小、冰冷、遙遠，但它們**仍是**恆星，提醒著賽博勒斯和上頭的人，他們仍安全地待在星系之內，處於熟悉的宇宙。黑門星環也是如此，它飄浮在木星小行星群之間。太陽系內還有瓦肯星環，在太陽旁的它已焦黑破碎。

賽博勒斯星環另一面的宇宙中，四周都是陌生的恆星，那世界也因此溫暖舒適。那些恆星沒有記在人類史上又如何？誰在乎自己在哪個星系？那星系後來稱作「第二機會系」，明亮澄黃的太陽下，是個溫暖翠綠的世界，城市快速興起，人口不斷增長。

瓦肯星環呢？又是如何？那星環確實在煉獄旁，對。瓦肯星環有如地獄之火的漩渦，一路通往某個恆星內部。這也很誇張，但凱林仍能理解。

黑門星環更嚇人，進去之後，會發現自己處在星系之間的深淵中。那裡沒有恆星，四周也沒有行星。遙遠處只有一些螺旋星系，人類根本無從知道方位。幸運的是，那裡有第二個蟲洞，他們在附近打造了第二個星環，通往明亮富饒的「黎明系」。

但在這裡，蟲洞另一端便是虛無之境，是目前所知宇宙中最黑暗的地方。黑暗籠罩一切，無止無境，空無一物。裡頭沒有恆星，沒有行星，沒有星系，沒有光線能穿過這片虛無，沒有物質能干擾這完美的一切。不論是人眼看或以機器偵測，四面八方都是黑暗，裡頭只有一片真空的虛無。無窮而寂靜，比凱林所知的任何事都來得恐怖。

他們稱之為虛無之境，一個宇宙之外的地方。

虛無之境的人員中，凱林是唯一仍在使用舊控制室的人。凱林也是唯一要到**外面**作業的人。原本，他一點都不在意。他這樣就能有時間獨處、思考、做夢、寫詩。他已經習慣看著虛無之境，就像以前他會和珍妮佛在地球上一起看星星。但他現在為之著迷，無法自拔。他每次都會停下工作，陶醉其中，欲罷不能。

凱林和黑暗的關係就像飛蛾總愛撲火。

有時像瞎了一樣。他曾說服自己是在一間全黑的房間，幾公尺外就有牆面。他幾乎感覺得到牆。他知道牆在那裡。

但其他時候，虛無盡在眼前。然後他會看到、感到黑暗的**深度**，他感覺到冰冷、無窮無盡的感覺，他知道，他**知道**，如果他離開星環，他便會落入永無止境的空無。

還有一些時候，他眼前會出現錯覺。那時他會看到星星，或者只是一個昏暗的光點——宇宙在朝他們擴張？有時，噩夢會出現在這張永夜的畫布上。有時珍妮佛會在裡頭跳舞，身材曼妙，婀娜多姿。

五個月來，他們住在虛無之境，除了他們沒有其他現實。但其他人都面向著火焰，生活不受影響。

只有無家可歸的詩人凱林獨自對抗原始的黑暗。

✳ ✳ ✳

他們在哪裡？

虛無之境。

但**那**是哪裡？

沒有人確定。

他們剛來這裡時，凱林認真思考過這問題。之前，他們乘船艦，長途跋涉到虛無之境，並經歷好幾個月的訓練時，他也思考過這問題。他和所有人一樣，都知道一些關於虛無之境和星環的事。但現在他讀的書更多了。他和珍妮佛躺在床上，徹夜長談不只一次。

大多答案都是她告訴他的。凱林不笨，只是興趣不在此。兩人之中，他是詩人的角色；他是個人文主義者、愛人、酒吧中的哲學家，出身下層城市，小時候都在走廊打棍球，在通道滑車，或在電梯裡玩。珍妮佛是科學家，想法實際，從小在虔誠的農業公社長大，注定成為認真的大人。她在凱林身上找到她失去的天真。兩人截然不同，卻從兩個角度支撐著這段關係。

凱林教導她詩、文學和愛。她教導他科學——並給了他星環。光靠自己，他一輩子都搆不上這地方。

她回答他的問題。但這次，不論她或任何人都沒有答案。在他記憶中，他所有對話、閱讀和研究，最後可以濃縮成和珍妮佛一段模糊的對話。

「這得要看星環是什麼。」她說。

「通過空間的門，不是嗎？」

「那是普遍接受的理論，也是主流看法，但現在還不算是完整建構出的事實。那叫空間扭曲理論。根據理論推測，只要宇宙受到扭曲，時空連續體便出現破洞，人穿過去，便能從另一個地方出來。例如，黑洞……」

「那就是所謂自然形成的星環？」他打岔。

「理論是這麼說的。如果我們能到黑洞旁，便能得到答案。但沒辦法，亞光速船艦辦不到。幸運的是，我們也不需要。我們找到另一種扭曲，稱之為零空間反常點。距冥王星一千萬公里外，意外找到一個蟲洞，物質不知從何處不斷滲漏進宇宙——後來發現，只要能量足夠，便能暫時擴大扭曲，讓船艦通過——那是一大突破。因此，我們打造了賽博勒斯，史上第一個星環。我們穿過零空間漩渦後，找到接近『第二機會系』的另一個星系。

「好。但『第二機會系』跟地球的關連**在哪裡**？起初，天文學家猜測那是我們銀河系的某個地方。現在他們不那麼確定了。我們對『第二機會系』的星空全然陌生，該處完全無法確認方位。所以看來空間扭曲——如果那真是扭曲的話——會把我們拋到相當遙遠之處。」

「妳聽起來不大肯定。」

「我一點都不肯定。二十多年前，發現虛無之境的蟲洞時，空間扭曲理論大受挑戰。如果我們穿過星環時，只是單純到宇宙另一角，那虛無之境在**哪裡**？唯一可信的答案是威菲爾假說。他說虛無之境是宇宙之外的空間——在時空體中，離一切相當遙遠，位在連大爆炸的光都還沒觸及的地方。這概念唯一的問題是，違背了物質定義空間的說法。如果威菲爾是對的，要麼空間沒有物質也能存在——想像在造物之前，一個無窮無盡真空的宇宙——要麼虛無之境完全不曾存在，直到探測船穿過漩渦那一剎那，這個空間才出現。」

「太瘋狂了。」他說。「他說對了嗎？」

她大笑。「你覺得我知道嗎？空間扭曲理論經威菲爾假說修正後，大部分零空間理論學家都接受。但至少還有兩種可能性。」

「例如？」

「例如平行宇宙理論。理論提出了一個特別的宇宙，星環是同空間、不同現實的一道門。每個現實的歷史不同，星球因此改變，甚至自然律也會不同。」

「嗯——」凱林說。「我懂了。虛無之境從來不曾發生過創造物質的事件，因此是一個沒有物質和能量的宇宙——直到我們進去。」

「對。只是現在這理論除了神祕主義者，基本上不可信了。我們打開了十多個星環，但目前都沒有找到另一個地球，甚至也不曾發現光速有所改變。除了虛無之境，星環中的時空體都和我們的世界差不多。」

「相比之下，時空旅行理論認真多了。支持者不少。理論家認為，星環會讓我們到達過去或未來，例如，倘若回到過去，前往殖民星系梭爾所在的地方，四周將是不同的恆星。」

「這樣的話，進入虛無之境的船艦要不是回到大爆炸之前，就是進入宇宙已塌陷的未來。」凱林說。

「**如果**，宇宙會塌陷的話。」珍妮佛笑著回答。「科學家再也不那麼確定了。你最好跟上最新的理論，親愛的。但你有抓到大方向。當然，真正的假說沒那麼簡單。零空間反常點必須維持和太陽系有所連結，但索爾星系、銀河系和宇宙一直在變動。由於弗斯特假設船艦能透過零空間漩渦穿越時間和空間，因此修正了原始的時空旅行理論。原先不接受空間扭曲論的科學家，現在大都站在他那邊。」

「妳呢？」

她聳聳肩。「我不知道。他們發現虛無之境，穿過蟲洞，並在這一側打造星環，以為自己能找出答案。虛無之境是個非常特殊的地方。把它搞清楚，就能搞清楚星環，也許能解釋宇宙。他們試了很長一段時間。虛無之境星環以前是個日夜無休的研究基地，但最後荒廢了。二十年前朝五十個方向發射的機器人至今仍定時回報，而它們的報告依舊一樣——廣闊而無止無境的虛無。完全真空。只有這類資訊，你也無能為力。」

「確實。」他略有所思回答。

「總之，不重要。虛無之境可以留給別人破解。我自己的研究動機比較實際。」

＊

他是為了珍妮佛才來這裡。

喔，他有工作，而且非常重要。普通的星環上其實不常使用蜘蛛機，但虛無之境實驗讓零空間引擎承受前所未有的壓力，因此凱林有了這份工作。但這工作其實其他人也做得了。

雖然艾爾反對，但珍妮佛還是為他騰出位子；而凱林也是為了珍妮佛才選擇這工作。

兩人睡同一個艙房，空間算大，雙人床的床腳有個假窗戶。窗外都是家鄉星空的全息投影，令人心安。兩側牆面上都是書櫃。她的書全是關於深奧的零空間，大多都跟數學有關。他的則是詩和小說，一樣相當深奧。晚上，他們會點亮房間昏暗的燈，在安寧的休息時間聊好幾個小時。

「很奇怪。」他在第一週對她說，她溫暖地靠著他，頭枕在他胸口。「我不知道我為何如此著迷。我一定要為它寫首詩，珍妮佛。我一定要讓別人感覺到我在那裡的感覺。妳了解嗎？那其實是死亡最終的象徵。妳知道嗎？」

她親他。「嗯。」她昏昏欲睡嘟噥。「說不上來。我思考很久。我想是吧。全看你怎麼解讀。」她大笑。「這個星環仍是研究站時，不少人精神崩潰了。這地方對人有影響。總之有些人會受不了。其他人完全不受影響。例如艾爾，他說那就是什麼都沒有的地方罷了。」

凱林哼了一聲。他和艾爾打從初次見面便不喜歡彼此。「他說完就躲到監控室，逃避一切。」

「他也超級愛你的。那天他才跟我說，雖然我是個傑出的理論家，但我對男人的品味很差勁。」珍妮佛大笑。凱林原本想忍住，但最後不禁和她一起笑了。

但後來事情變了。

「凱林。」她兩個月後對他說，他一臉疑惑望向她。

「你最近變得非常安靜。」她說。「有什麼問題嗎？」

「我不知道。」他說。他手梳過頭髮，望著天花板。

「說說看。」她追問。

「很難用言語表達。」他說，然後大笑。「也許那就是我寫不出詩的原因。」兩人沉默。

「妳記得我們大學時在森林保護區野餐那次嗎？」

珍妮佛點點頭。「嗯。」她疑惑地說。

「記得我們聊了什麼嗎？」

她猶豫了一下。「我不知道。愛？我們經常聊愛。那時我們才剛相遇。」她微笑。「喔，等一下，我想起來了。那天我想說服你相信宗教。關於蘋果的事。」

「對。」他說。「妳說只有神能創造蘋果。蘋果便證明了神的存在。我從來不明白這個論點，何況我根本不**喜歡**蘋果。」

珍妮佛微笑，快速親他一下。「我記得。那天晚上你帶我去下層城市的披薩店。你一邊吃大片的義大利臘腸披薩一邊說，如果神真的存在，如果祂有品味，就應該讓披薩長在樹上，而不是蘋果。我聽了原本要生氣，但這話實在太好笑了。」

「我想是吧。」他說。「但我也很認真。蘋果從來不會讓我感到敬畏。其實我仔細想想，我不曾對任何事產生敬畏之心。珍妮佛，我從不信神，妳知道的。我當時有別的寄託。」

「早知道我就說星星了。」珍妮佛說。「那比蘋果驚人多了。」

「沒錯。但我會拿星環來回答妳。星環是人造的，極為華麗，能量強大。而且想想看星環的目的。在那一刻，人類連恆星之間巨大的鴻溝也征服了。」

他沉默不語。珍妮佛靠著他，沒開口打破這片刻的寧靜。最後他緩緩鄭重地繼續說：

「虛無之境不同，珍妮佛。我有生以來第一次遇到一個我無法掌握的事物。我不了解它，我不喜歡它，也不喜歡它讓我思考的事。每次我去檢查或修理，最後都一直盯著它瞧，看得我身體直打寒顫。」

「凱林？」珍妮佛說，語氣透露著擔心。他說的話非常詭異。

他感到她的擔憂，轉向她微笑。「嗯。」他說。「我有點太認真了。讀太多馬修．阿諾德[1]的後遺症。沒事。」他親吻她。

但**他**沒有忘記。

隨時間一天天過去，他愈來愈清醒。他工作時遠離珍妮佛，下崗時也漸漸避開他人。即使在自助餐廳，他也顯得神情嚴肅，心事重重，害其他人在他身旁都不大自在。有些人也開始避著他；但凱林似乎不以為意。

一天晚上，他說覺得不舒服。珍妮佛在床上找到他，他再次靜靜盯著天花板。她坐到他身旁。「凱林，我們必須談談。我不懂。你最近行為舉止都怪怪的，發生什麼事了？」

他嘆氣。「是啊。」他頓了頓。「我今天去了四號甲板，找到舊偵測室。」

珍妮佛不發一語。

「那地方還在。」他繼續說。「六年了，仍在運作。裡面沒有燈，還積了一層灰。而且裡頭有鬼咧。除了我的腳步聲，我聽到別的東西，控制台傳出淡淡的嗚咽。

「我看了螢幕上的讀取數據好一會。和過去一樣，一條藍線緩緩劃過黑色的螢幕。什麼都沒有，珍妮佛。它們什麼都沒找到。至今二十年了，它們穩定以接近光速的速度向前，卻連一個粒子、原子或一道光都沒找到。然後我想，我知道嗚咽是什麼聲音了。機器人在哭，珍妮佛。二十年來，它們墜入黑暗中，唯一擁有光線、聲音和理智的島嶼已遠遠拋在身後，消失在虛無之中。這狀況即使是機器也無法承受。它們既孤獨又害怕，只好默默哭泣。整間偵測室回響著它們的低語和哭喊。難怪研究者都走了。黑暗打敗了他們，珍妮佛，虛無之境超越了人類的理解。」他打顫。

「凱林。」她說。「它們只是偵測機器人，沒有感情的。」

「妳哪知道。」他說。「我每天都在用蜘蛛機工作，每一架蜘蛛機都不同。這是我看過最他媽的陰晴不定的機器。虛無之境也影響到它們了。至於偵測機，它們受的影響更是上千倍。好，就算它們只是機器，也不屬於這裡。」

他望著她。「我們也是，珍妮佛，至少現在，這裡不屬於我們。但不久之後，我們便會進入這片虛無的黑暗中。我每天看著這片黑暗，心裡有數。不論現在我們擁有或相信什麼，那都不重要。除了外頭這片虛無，一切都不重要。**那**才是真實，**那才是**永恆。在這世上，我們只在一段毫無意義的時間中存在，沒有一件事有道理。有朝一日，我們全會在一片永無止境的黑夜中哭喊。

「〈永不屈服〉[2]一詩是小孩子的笑話。我們在外頭，沒辦法在那片黑暗留下任何東西。珍妮佛，我多蠢啊，這片黑暗不是死亡的象徵，而是真正的現實。

「也許我們早就死了，而這裡是地獄。」

她說不出話來；她不明白。

＊ ⊛ ＊

他飄在星環上方，觀察著黑暗深淵，對講機沙沙響起。他嚇了一跳，但臉上露出微笑。他傾身，打開頻道。「妳剛才用對講機干擾了無止境的寧靜。」他說。

「我本來就沒禮貌。」珍妮佛回答。「你聽起來心情很好，凱林。」

「我試著快樂一點，我能說什麼？我們全都完蛋了，我們做的一切都毫無意義，但也許我們必須反抗。」他輕鬆地說，語氣半帶戲謔。他已經放棄認真面對這件事了；他和珍妮佛之前已經吵過太多次。這段時間，他一直鬱鬱寡歡，她和艾爾的相處時間也因此愈來愈長。

「關鍵時刻快到了，凱林。過來吧。一切發生時，我希望你在場。」

凱林伸展僵硬的肌肉。「好。」他說。「我馬上來。但我覺得我幫不上忙。」

「總之過來吧。」她回答。

他馬上按了按控制台，嘴中喃喃催促著，讓蜘蛛機回到星環內。然後他大拇指一彈，脫離黑暗，控制室再次變得明亮光潔，他解開安全帶，興奮地通過滑門。然後沿著走廊爬上甲板間的梯子，坐上小車，開回監控室。

虛無之境的人員全在場，看著色彩繽紛的火焰飛舞。現場換上第三班人員，專注盯著控制螢幕，焦慮地看時間一分一秒過去。但另外兩班人員也在場，雙手插口袋，在監控室中踱步，淡藍色的工作服窸窣作響。沒有人想錯過這一刻。

艾爾坐在其中一張主控制台的椅子上，凱林進來時他抬起頭。「啊哈。」他說。「我們的黑暗哲學家還活著！我們何德何能，蒙您親自大駕光臨？」

珍妮佛坐在第二個主控位，面對無數燈光。凱林走到她身後，手放上她的肩膀。他望著艾爾。「你知道，艾爾，我的蜘蛛機個性都比你好。」一名技師聽了大笑。

「安靜。」珍妮佛說。她專注看著書寫板，忽略艾爾不解而緊皺的眉頭。其他人期待地望著窗外。

外頭，一道道亮眼的火焰順著無窮的波動，從右劃到左。黃色、銀色、藍色、深紅色、橘色、綠色、紫色。如泉水湧出，如長矛突刺，飛旋捲曲，又像下起一場火雨，雨水轟然泛濫。在真空、毫無星點的虛無中，火焰翻攪、混和、交錯和扭轉。一如過往，閃逝的光線不斷從窗戶射入。星環絢麗的火焰在眾人眼中不斷閃爍。

「五分鐘。」卓特大聲宣布。他是技師長，是個矮胖的男人；他已下崗，但仍在這裡掌控大局。

「護目鏡。」珍妮佛忽然抬頭說。「以免出問題。」

監控室中的人一個個戴上深色的護鏡，眾人雙眼都消失在鏡片之後。凱林除外。他把護目鏡扔在艙房一角，忘了帶來。

一個棕色短髮的女人來到他身旁，給他一副護目鏡。他試著想起她的名字，但記不起來。她是個技師。「謝了。」他接下護目鏡戴起。

她聳聳肩。「小事。畢竟是關鍵的一刻，對吧？」

他回望窗外，光彩的變化逐漸趨緩。「我想是吧。」

她沒走開。「我們最近都沒看到你，凱林。一切都還好嗎？」

「當然。」他說。但他臉色陰鬱。

「兩分鐘。」卓特宣布。凱林沉默不語，他放在珍妮佛肩上的手握緊。她抬頭望向他，露出笑容。兩人望向窗戶。

一年前，她找出了關鍵。當時，他目睹了事情的開端，看她拿著亂七八糟的書寫板在他面前手足舞蹈，高聲歡呼；如今，他要目睹事情的結束。不知何故，他雖然萬念俱灰說了些喪氣話，但這件事在心中仍十分重要。

「一分鐘。」卓特說。時間一分一秒過去。接下來響起的是珍妮佛的聲音。這是屬於她的權利，畢竟一切由她開始。「現在。」她說。她按下面前的控制鈕。星環四周的零空間引擎停止。

監控室一片寂靜。所有人都屏住呼吸好幾秒鐘。然後突然之間，現場歡聲雷動，笑聲震天，淚水揮灑，文件飛向空中，技師彼此相擁。

窗外，彩色的火焰仍不住旋轉。

艾爾突然出現，站到珍妮佛旁邊，咧嘴笑著。「妳成功了！」他說。「**我們**成功了。漩渦能自行維持了。」

珍妮佛輕輕笑了笑，但絲毫不為歡呼所動。「還不到一分鐘。」她謹慎地說。「漩渦仍可能慢慢消失。我們大肆慶祝前，先看看那漩渦沒有引擎能撐多久。」

艾爾搖頭大笑。「啊，珍妮佛，那不重要。一秒就夠了，我們證明這並非不可能的事。這是一大突破。以後我們搞不好還能不靠反常點，在各處製造漩渦——想想看！在地球軌道附近設立一百個星環！」

珍妮佛起身。艾爾仍激動不已，他抓住她，將她一擁入懷。她靜靜接受他的擁抱，他一放手，她便抽身。「那還早得很，艾爾。」她告訴他。「我們這輩子恐怕看不到了。我們先確定一**切**符合我的計算，好嗎？你負責下一班監控。」

她望向凱林。他咧嘴微笑。兩人一起離開了監控室。來到走廊，她牽起他的手。

* * *

反常點不是一道門；它太小了。但反常點可以打開。代價就是——能量。

因此他們在蟲洞旁建造了星環。一百座核融合引擎提供了大量能量。

引擎啟動時，火焰冒出耀眼光芒，這時星環中央會出現一個彩色星點。星點的色彩千變萬化，不斷旋轉，接下來，星點會化為碟形。每眨一次眼，碟形的樣貌都和上一秒不同。不久碟形的火焰會擴張到星環。能量不斷灌注之下，漩渦便能維持住。

星環船艦安裝好裝甲，駛進漩渦中間時，船艦會瞬間消失，重新出現在蟲洞另一頭。船艦會來到另一個地方，來到宇宙遙遠的彼端。

星環上的人若關閉引擎——在那一瞬間——漩渦只會閃爍一會，便會馬上消失，像燈一樣，可開可關。

成功了。但為什麼？怎麼辦到的？

珍妮佛‧格雷博士在此領域邁出了第一步。她是頂尖的零空間理論家，獲准在黑門星環進行一連串嚴謹的實驗。第一個實驗是讓漩渦燒一整天；在此之前，漩渦不曾維持超過一小時，畢竟燃料和能量成本所費不貲。

黑門星環實驗中，格雷博士發現漩渦中的能量莫名增加了。

她的觀測值相當精確。她以固定的能量注入星環中央，讓引擎剛好能創造並維持漩渦。但後來觀測發現，漩渦外溢的能量竟比注入的能量更大。起初漩渦維持的時間只比估計值晚一分鐘。但隨著能量慢慢增加，漩渦維持的時間和估計值相差愈來愈大。

接下來她發展出了格雷方程式；計算顯示，只要維持星環夠久，漩渦便能永久保存。漩渦中的能量不只不會枯竭，還可能成為能量來源。更重要的是，她的研究首次讓人對零空間漩渦有真正的概念。未來研究有成的話，有望能在各處建造星環。

因此，有必要進一步實驗。黑門星環是個相當忙碌的交通口，再者，實驗可能有危險性，於是政府決定讓格雷和團隊來到荒廢的虛無之境星環。

他們留了一瓶特別的酒。兩人開瓶並拿回房間。凱林倒了兩杯酒，一起敬格雷方程式一杯。

「我想揍艾爾一拳。」凱林坐到床上說。他略有所思喝了口酒。

珍妮佛微笑。「艾爾沒那麼糟啦。你聽起來好多了。」

凱林嘆了口氣。「啊，所以那就是我們現在沒在吵架的原因。」他將酒杯放到床頭櫃，起身搖搖頭。「也許我放棄了。」他說。「也許我只是更懂得隱藏心情而已。我不知道。」

「我以為我成功讓你心情變好了。」

「不知道。」他思索。他穿過房間，走到模擬窗前，望著星空。「我想更可能是因為妳剛才在對講機裡的聲音。之前從未發生過那樣的情況。我的意思是，我原本在無止境的黑暗中，結果突然有個巨大吵雜的聲音傳來。」他用拳頭輕輕敲著窗玻璃。「一切全是謊言。」他說。「世上只有黑暗和死亡，珍妮佛，我們無法改變。除非……」

他轉身面向她。「除非製造個聲音？我不知道。」

「喔，凱林。你為什麼要這麼耿耿於懷呢？別管了。」

他使勁搖搖頭。「不行，那不是答案。我可以逃避，不去多想，但問題仍會埋在心底。不，我一定要設法克服，正面對決，積極打敗它。只是我無技可施。甚至連漩渦和星環都無法打敗它。可是那聲音……當然，那也無法解決，可是、可是……」

珍妮佛微笑。「我們的黑暗哲學家。艾爾說得對。我真的不了解你，親愛的。這點我恐怕比較像艾爾。對我來說，那只是廣大的一片虛無。喔，我大概知道你為何那麼心煩，但對我來說，那只是思考練習；對你來說，不只如此。」

他點點頭。

「真希望我幫得上忙，幫你想通。不管是什麼問題。」

「也許可以。」凱林說。「也許妳已經辦到了。我一定要把這件事解決。」他眼神茫然，摸著下巴。

突然，對講機沙沙響起。珍妮佛回過神，放下酒杯，伸手到床邊。「喂。」她說。

艾爾的聲音傳出。「珍妮佛，妳最好現在過來。」

「怎麼了？漩渦消失了嗎？」房間另一端的凱林全身繃緊。

「不是。」艾爾說。「出問題了。漩渦完全沒有消退的跡象，珍妮佛。它的能量不斷莫名增加，比之前都還劇烈。」

「不可能。」她說。

「真的。」

✳ ✳ ✳

外頭，深紅色火焰如狂風無聲咆哮。

珍妮佛坐到其中一張主控椅上，手抓著她如護身符般的書寫板，並將一個螢幕清空。

「給我看數據。」她對中央螢幕前的亞梅德說。

他點點頭，按下按鈕，螢幕讀取數據跳到她的螢幕上。珍妮佛沉默地觀察著，不時抬頭望向外面的火焰。她身後，艾爾站在電腦旁，搔著頭。研究人員護目鏡都已脫下，一起盯著螢幕。

她手指小心翼翼伸向控制台，略有所思。她打了一個方程式，頓了頓，心不在焉拉了拉頭髮。然後她堅定地點點頭，讓方程式去計算。

四十五分鐘後，她抬頭望向艾爾。「格雷方程式錯了。」她不帶感情地說。「根據我的預估，漩渦的能量應該會一點一滴消耗掉，並至少維持五個月。在那之後，零空間引擎必須再替漩渦增加能量。但是現在情況不大一樣。」

「應該是中間某個地方出錯了。」艾爾開口。

她不耐煩地將頭一甩。「不是。整個方程式毫無價值。我犯了根本上的錯誤，我誤解漩渦的關鍵本質。不然應該不會出問題。」

「妳對自己要求太高了。」

「我們必須重新開始。把所有數據放到主電腦，亞梅德。我要看到所有數據。」她手指快速按過控制台的鍵盤。監控團隊各自開始動手，彼此疑惑地交換眼色。艾爾皺著眉頭，坐到第二個主控位上。

凱林默默靠在門上，雙臂交叉，看著迅速飛逝的火焰。然後在無人察覺之下，他轉身離開了。

其他人一個個走進監控室。所有人默默交班；下崗的人仍待在監控室，喝咖啡並交頭接耳。偶爾有人會大笑。珍妮佛從未抬頭，但艾爾會瞪他們。

好幾小時過去，他煩躁地起身，走到珍妮佛身旁。「妳應該去睡一會。」他告訴她。「妳醒來太久了。至今已經二十小時了，對吧？」

她臉上閃過一絲不耐煩。「你也是，艾爾。但這件事不能等。」

勸說失敗，艾爾回到椅子上，繼續用自己的方程式計算。

沉默中，又過了好幾個小時，火焰在幾公尺外肆虐。

最後珍妮佛向後一躺，皺起眉頭。她修長的手指在控制台上輕輕敲著。她望向中央螢幕，珊蒂．琳達根已和亞梅德交班。「打給卓特。」珍妮佛說。「要他叫醒所有在休息的人。」

她目光掃過大家。「總之，把所有沒待在這裡的人叫醒。」

琳達根一臉疑惑，但聳聳肩照做了。「妳在幹麼？」艾爾說。

「把你的螢幕清了。」珍妮佛告訴他。「去看關閉引擎前能量累積的速率圖。」

他照做了。一條紅色的線在控制台上畫出一道緩緩上升的曲線。不過，他們早已知道能量增加的速率了。「所以呢？」艾爾說。

「好，把線留在螢幕上。把我們到達臨界點**之後**的增加速率畫出來。」

艾爾按了幾個按鈕後，咬住嘴唇，把螢幕清空，再試了一次。結果一模一樣。那條線急劇向上飆升。下方一排不斷變化的數據道盡一切。

「能量累積不是以等差級數增加。」他說。

「對。」珍妮佛強調。「是等比增加。臨界點之後，便不能回頭了。我們不知何故，讓零空間本身產生了連鎖反應。」

珊蒂・琳達根望過來，臉色蒼白。「珍妮佛。」她說。「所以妳要卓特……」

「要他準備好船艦。」珍妮佛說完，突然站起。「我們要離開。艾爾，你從這裡接手。我去找凱林。」她奔向門口。

一個下崗的監控人員走到窗戶旁，用指尖輕輕碰窗。他大叫一聲，咖啡全灑了出來。他手指收回時，已發紅燙傷。

＊

他們的艙房空無一人。

她去舊控制室，那裡也沒人。

她站在白色方形控制室中，內心滿是疑惑。他在哪裡？

然後她想起來了。

在星環封閉的區域，她找到了他。他在滿地灰塵、一片漆黑的偵測室緩緩來回踱步。那是她第一次到那裡。房中唯一光源是控制台的按鍵，還有數據螢幕那條直直向前的藍線。儀表板依稀能聽到幽魂般的嗚咽聲。

「妳聽到了嗎，珍妮佛？」凱林說。「我所謂的迷失的靈魂？在黑暗中哭嚎？」

「有地方故障而已。」她說，並看著他焦躁不安地在陰影中踱步。她迅速告訴他發生了什麼事。說到一半，她痛哭失聲。

凱林來到她身邊，將她擁入懷中，緊緊抱著她。沉默不語。

「我**失敗**了，凱林。」她說。之前在其他人面前所掩飾的失望和悲傷，她此刻全宣洩出來。「我所有方程式，整個**理論……**」

「沒關係。」他告訴她。他撫摸她的頭髮，然後不由自主打了個寒顫。「珍妮佛。」他說。「現在呢？我是說星環會短路還是怎樣？我們會被困在這裡嗎？」

她搖搖頭。「不，我們要回去了。船準備好之後就出發。漩渦會讓星環超載，但引擎不會受影響。引擎跟一切無關。我們要擔心的是阻尼器和裝甲。漩渦快速累積能量，現在已不需外在能量的幫助。天曉得能量從哪而來，但總之這就是目前的情況。你之前看過沒有裝甲的船艦碰到漩渦的樣子吧，凱林？再過不久，我們就會面臨那種情況。接下來漩渦會產生巨大能量，大到星環無法負荷。那時星環會融化。凱林，最後會爆炸，並產生出更多能量。

希望在那之前，我們能鑽過蟲洞，安全抵達另一頭。我覺得爆炸不會穿越時空體。但願不會。」

她聲音停下，四周只剩嗚咽聲。凱林搖搖頭，彷彿想阻止那聲音。接著，他開始瘋狂大笑。

✳ ✳ ✳

當然，他是最後一個登上船艦的人。

儘管艾爾極力反對，所有人員都將在七十二小時內離開。「妳之前算錯了，珍妮佛。」金髮的大塊頭一直說。「妳現在也可能算錯了。而且，我檢查了妳的算式。星環**最少**還可以撐一個星期，我們能繼續觀察，取得珍貴數據，並在星環融化前安全離開。」

珍妮佛拒絕他的提議。「我們不能冒險。這裡溫度已經升高。不值得冒險，艾爾。我們要走了。」

出發前一小時，凱林不見了。

珍妮娜坐上車，四處去找。她找過艙房，裡面空無一人；全息投影的星星在空蕩蕩的金屬艙中投射出光線。她去了舊控制室，他也不在那裡。滑門打開，螢幕出現的是蜘蛛機視角的破碎畫面。但椅子是空的。她又去偵測室，仍然不見他的蹤影。

她用車子的對講機，和星環港口聯絡，船艦停泊在那，等待出發。卓特回答。「他來了。」他緊接著說。「妳去找他之後大概十秒鐘他就衝回來了。妳快回來。」

她馬上回去。

離開時現場一片混亂。船艦脫離虛無之境星環，駛入真空的深淵中，接著調頭開向漩渦，這時珍妮佛終於找到凱林，他坐在船艦的主休息室。

她進去時，所有的燈都已關上。但占了整面牆的螢幕開著，凱林和六個人默默看著眼前畫面。繽紛旋轉的地獄之火在純粹的黑暗中咆哮。束縛火焰的星環，彷彿是一條閃亮的銀線，在巨大的火焰暴風中若隱若現。

珍妮佛坐到他身旁。

「看。」凱林說。「看那些漣漪和膨脹，像是一千個頭顱，隨火光跳動，彷彿隨時會爆炸。火焰之前都是平的，珍妮佛，妳知道嗎？有點像平面？現在不一樣了。爆炸的時候，火焰會朝四周噴發。」他牽起她的手，用力握著，咧嘴朝她笑。「可憐的偵測機，它們一定很開心。二十年的漫長黑暗之後，總算有光了，卻是從後方快速追向它們。想想看，在無止無境的空無中，總算有光出現了。」凱林望著她，臉上仍滿是笑意。「就像妳用對講機打破房間的寂靜。爆炸將在更廣闊無聲的虛無之境發出前所未有的聲響。」

前方漩渦愈來愈大，填滿整個螢幕。船艦不斷接近，速度愈來愈快。

「你剛才去哪？」珍妮佛說。

「去控制室。」他的陰鬱一掃而空。「我將兩個蜘蛛機從星環放出來。」

「它們現在坐在監控室，親愛的。分別坐在妳和艾爾的主控椅上。我從電腦設定了定時指令。我們安全抵達宇宙另一端的一小時之後，我的蜘蛛會彎身按下控制台上的按鈕，把引擎打開。」

她吹個口哨。「那樣會加速爆炸，規模也會更劇烈。能量增加的速率本來就很快了，為什麼要再給漩渦更多能量？」

他又握緊她的手。「讓聲音變得更大，親愛的。舉手之勞。瞧，像個大火輪一樣，妳覺得那有多少能量，嗯？」

「能量非常大。爆炸絕對會達到超新星的規模。星環要融化，也要到達到超新星爆炸的能量才行。」

「嗯嗯。只是這次，爆炸不會受阻，對吧？漩渦會一直擴張、擴張——」

「——擴張。對，呈等比級數。」

螢幕呈現出漩渦的色彩。一時間，他們彷彿回到虛無之境星環的監控室。火舌衝向他們，藍色的幽影掃過，發出呼嘯聲。

然後船震了一下，星空再次出現。

珍妮佛微笑。「你看起來好得意。」她對凱林說。

他手摟著她。「**我們**看起來都好得意。確實應該得意。我們剛才打敗了那他媽的黑暗。

我們只有一件事做錯了。」

她眨眨眼。「什麼？」

「我們放到樹上的不是披薩，是蘋果。」

寫於一九七六年

譯註——

1 馬修．阿諾德（Matthew Arnold, 1822-1888），維多利亞時代的英國詩人，代表作為〈多佛海灘〉（Dover Beach），詩中傾述自己對愛人的思念，也表現出當時代的信仰危機。

2 〈永不屈服〉（Invictus）是維多利亞晚期的詩人威廉．亨利（William Ernest Henley, 1849-1903）所寫的詩，詩人因肺結核失去一條腿，並為了保住另一條腿，努力和病魔對抗。詩中表達面對困境毫不屈服的精神。

萊安娜之歌

錫金人的城市十分古老，比人類的古老多了，最古老的莫過於矗立在聖山原野中鏽紅色的巨大城市。錫金人的那座城沒有名字，也不需要。雖然他們建造過成千上百座都市和城鎮，但無一能與之比擬。那座城單獨踞立一片聖山上，規模最大，人口最多。那是他們的羅馬、麥加和耶路撒冷，那就是聖城，所有錫金人在進入生命最後階段，迎接「結合」之前都會前來此處。

羅馬陷落前，這城市就已是座古城；巴比倫仍是一場夢時，這城市便已擴張。但城市沒有一絲年老的氣息。放眼望去，低矮紅磚的圓頂屋綿延數公里；一座座乾土製的房子座落在連綿的山丘，像皮疹一樣。裡頭昏暗，空氣沉滯。房間狹窄，家具粗糙。

這座城一點也不沉悶。日復一日，城市踞立在樹木矮小的山丘上，在豔陽下蒸騰，太陽高掛天空，像個橙色甜瓜，無精打采的。但城市中充滿生命力。烹飪氣味四溢，笑語喧譁，孩童嬉戲，磚匠忙碌揮汗修理圓頂。「加入者」的鈴聲響徹街頭。錫金人像個孩子，生氣勃勃，充滿活力。當然，從他們身上看不出這個種族的歷史悠久，或蘊藏古老的智慧。表面看來，這是一支年輕的種族，文化仍在萌芽。

但他們其實萌芽了逾一萬四千年之久。

錫金星上的人類城市才真的在萌芽，建立至今不到十個地球年。城市建在山丘邊陲，位於錫金大都市和黃塵飛揚的平原之間，平原上還設置了星際港。在人類眼中，那是座美麗的城市，開闊通風，四處可見優雅的拱門，典雅的噴水池波光閃爍，寬敞的道路上路樹夾道。建築物以金屬、彩色塑膠和當地木材建成，而且每一棟都配合當地民情，蓋得十分低矮。大多數是如此……除了行政高塔，高塔以光滑的藍色鋼鐵建成，像根針刺向清澈的天空。

不論從何而來，在好幾公里外便能看到這座高塔。船還沒降落，萊安娜便看到了，於是我們在空中欣賞著那座高塔。真要比起來，古地球和芭爾朵星荒廢的摩天大廈更高，阿拉克妮星錯綜交織的城市也更加美麗——但藍色高塔在聖山中一枝獨秀，景象仍十分壯觀。

高塔的影子投射在星際港上，距離步行可到，但他們還是來接我們。我們下機時，一輛低底盤的浮空車嗡嗡停在坡道上，司機靠在控制桿上。迪諾．瓦卡倫席身子靠在車門上，斜站在那兒和助理說著話。

瓦卡倫席是行星行政官，也是政府部門的青年才子。當然，我早已耳聞他年紀不大。他身材矮小，神情陰鬱認真，更添一分英俊，有一頭茂密黑鬈髮，和輕鬆、親切的笑容。

我們走上坡道時，他又對我們一笑，並伸出手來。「嗨。」他開口。「很高興見到你們。」沒有正式介紹的繁文縟節。他知道我們是誰，我們知道他是誰，瓦卡倫席不是將心思放在表面禮儀的人。

萊安娜輕輕伸出雙手，握了握他的手，露出吸血鬼般的表情。她深黑的大眼睜開，凝視對方，薄唇淡淡露出一抹微笑。她是個矮小的女孩，骨架小得像個孩子，留著一頭棕色短髮，活脫像個流浪兒。她若有意，便能裝出一副弱小無助的模樣。但她那表情總讓人心慌。如果對方知道她是心靈感應者，他們會覺得她在窺視自己內心深沉的祕密。其實，她只是在鬧著玩。萊安娜**真的**在讀心時，全身會繃緊，仔細看會發現她全身顫抖，原本勾魂的雙眼會瞇起，眼神呆滯，動也不動。

但知道的人不多，所以大家見到她吸血鬼般的雙眼時，便會全身不自在，不是馬上別開頭，便是趕忙放開她的手。不過，瓦卡倫席例外。他只笑了笑，回望著她，然後轉向我。

和他握手時，我**確實**趁機讀了他的心——這可謂我的標準作業流程。我想，這也是個壞習慣，因為這樣基本上算是葬送了未來的友誼。我的能力不及萊安娜，所以讀心對我的影響相較小些。我能感受情緒。瓦卡倫席態度堅定真誠，背後沒有暗藏心機，或至少我感覺不到。

我們也和助理握手，他叫尼爾遜．古雷，是個中年人，身材細瘦得像隻鶴，留有一頭金髮。接著瓦卡倫席請所有人上車，我們便出發了。「我想你們累了。」我們起飛之後他說。「我們就不去逛城市了，直接前往高塔。古雷會帶你們去房間，然後可以一起來喝杯酒，我們會聊一聊手邊的問題。你們看過我寄去的資料了嗎？」

「有。」我說。萊安娜點點頭。「背景很有趣，但我不確定我們為何來此？」

「我們很快就會聊到了。」瓦卡倫席回答。「現在應該先讓你們欣賞一下風景。」他露出笑容，比向窗外，接著便不再開口。
於是萊安娜和我望向窗外，欣賞眼前景色，但其實從星際港到高塔路程也才五分鐘。浮空車飛得和樹一樣高，車子掠過主幹道，捲起一陣風，四周的樹枝隨之擺動。車裡又冷又暗，但錫金星時近正午，日正當中，外頭人行道上熱浪陣陣閃爍。我們在路上沒看到多少人，人們一定都在室內吹著冷氣。
我們在高塔入口附近下車，穿過光潔乾淨的寬敞大廳。瓦卡倫席離開我們，跟部下交代事情。古雷帶著我們進到管狀電梯，一下就到達五十樓，然後快步經過一個祕書，進到另一座私人管狀電梯。

＊

我們的房間很舒適，地毯呈暗綠色，四周都鋪了木板。那裡有間圖書室，大多是地球經典書籍，也有幾本來自家鄉芭爾朵星的小說，書皮以合成皮製成。看來有人研究過我們的喜好。臥室有一整面落地窗，城市景觀鋪展眼前，睡覺時還可以控制窗玻璃顏色阻擋光線。
古雷盡責地向我們一一介紹，像個門房一樣。不過我迅速讀了他的心，他心中沒有一絲不悅，只有一點點緊張。他對某個人懷有真誠的情感。我們？還是迪諾·瓦卡倫席？
萊安娜坐在其中一張雙人床上。「有人會把我們的行李送來嗎？」她問。

古雷點點頭。「我們會處理好。」他說。「你們有何需求，儘管開口。」

「別擔心，我們不會客氣。」我說。我一屁股坐到第二張床上，比個手勢，請古雷坐下。

「你在這裡待多久了？」

「六年，」他欣然坐到椅子上，全身放鬆不少。「我是資深人員了。我在四個行政官底下做過事。迪諾，再之前是史都華，在**他**之前是費爾．古斯塔夫森。我甚至曾在洛克伍手下工作過幾個月。」

萊安娜挺起身子，盤腿坐好，身子前傾。「洛克伍也只待幾個月，對吧？」

「對。」古雷說。「他不喜歡這座星球，馬上主動降職到別處去當副行政官了。老實說，我不在乎。他個性緊張，下的命令通常只是想證明誰是老大。」

「瓦卡倫席呢？」我問。

古雷笑得像是在打哈欠一樣。「迪諾？迪諾還不錯，他是這群人中最好的。他很厲害，自己心裡也有數。他才來這裡兩個月，就做了不少事，也交了不少朋友。他對待手下就像朋友，親切地稱呼每個人的名字，那一套做得很好。大家都喜歡受到重視。」

我一邊聽，一邊感受。我發現他態度誠摯。這麼說來，古雷對瓦卡倫席有感情。他相信自己口中的每一句話。

我還有更多問題，但還沒問出口，古雷便突然起身。「我真的不能久留了。」他說。「你們希望好好休息，對吧？大概兩個小時之後到頂樓，我們會跟你們解釋清楚。知道管狀電梯在哪吧？」

我們點點頭，古雷離開了。我轉向萊安娜。「妳覺得呢？」

她躺到床上，望著天花板。「我不知道。」她說。「我沒有在感覺。我只納悶他們為何換了那麼多行政官，還有他們為何找我們？」

「我們**天賦異稟**啊。」我微笑說道。這點要特別強調，沒錯。萊安娜和我通過認證，登錄為心靈能力者，並獲得執照。

「嗯哼。」她轉過來，朝我回笑。這次不是皮笑肉不笑的樣子，她不像吸血鬼了，只像個性感的小女孩。

「瓦卡倫席希望我們休息一下。」我說。「這主意也許不壞。」

萊安娜彈下床。「好。」她說。「但這兩張雙人床要想辦法處理掉。」

「我們可以把床推在一起。」

她又露出笑容。我們合力把床推在一起。

後來，我們**確實**有睡了一下。最後的最後。

我們醒來時，行李已在門外。我們換上衣服，只是幾件非正式的舊衣，瓦卡倫席不愛慕虛榮一事，我們時有耳聞。管狀電梯帶著我們到了塔頂。

行星行政官的辦公室根本稱不上辦公室，裡面既沒有辦公桌，也沒有常見的裝飾。那裡只有一張吧台，地上鋪著鬆軟的地毯，腳踩下去都快陷到腳踝，四周散落著六、七張椅子。整個屋子空間寬敞，陽光充足，褐色玻璃外，錫金星的地景鋪展延伸開來。這次四面牆都是落地玻璃。

瓦卡倫席和古雷在那裡等著我們，瓦卡倫席親手替我們調酒。我喝不出那是什麼酒，但味道清涼辛辣，帶著花香，入口感到酥麻刺痛。我心懷感激地喝著酒，不知何故，我覺得自己確實需要提個神。

「錫金酒。」瓦卡倫席笑著說，回答未說出口的問題。「他們有取個名字，但我發不出那個音。給我點時間，我才來這裡兩個月，而且錫金語不簡單。」

「你在學錫金語？」萊安娜驚訝地問。我知道她為何驚訝。錫金語對人類來說很難發音，但當地人學地球話倒是驚人地容易。大多數人都欣然接受這點，不打算費心去破解這個艱難的外星語言。

「這樣我才能稍微了解他們思考的方式。」瓦卡倫席說。「至少理論上是如此。」他微笑。

我再次讀他的心，不過這次比較困難。肢體接觸感覺會更敏銳。我再次感受到表面簡單的情緒——驕傲，還有一些喜悅。我喝了口酒，記在心底。更深處沒有其他情緒。

「不管這酒叫什麼，我都喜歡。」我說。

「錫金人有各式各樣的酒和食物。」古雷插嘴。「我們已經整理好一部分，將貨物推銷出口，並持續探索。市場應該滿大的。」

「你們今晚有機會再嚐嚐當地的食物。」瓦卡倫席說。「我安排了城市遊覽行程，會在錫金城停一、兩個點。以聚落規模來看，我們的夜生活相當有趣。我會當你們的導遊。」

「聽起來不賴。」我說。萊安娜也面露笑容。他主動要帶我們逛城市，這點格外貼心。大多數人在心靈感應者身旁會不自在，所以他們通常馬上切入正題，要我們解決問題，然後盡快將我們送走。大家當然都不願和我們交流。

「好——切入問題。」瓦卡倫席坐在椅子，放下酒，身體向前傾。「你們有讀到『結合教』嗎？」

「錫金人的一個宗教。」萊安娜說。

「錫金人**唯一的**宗教。」瓦卡倫席說。「他們每個人都是信徒。這座星球上沒有異教徒。」

「我們讀了你寄的資料。」萊安娜說。「還有其他資料。」

「你們覺得呢？」

我聳聳肩。「殘忍、原始。但跟我讀過的其他宗教差不多。畢竟，錫金人的文化不算進步。古地球有的宗教也會用活人獻祭。」

瓦卡倫席搖搖頭，望向古雷。

「不，你們不了解。」古雷開口，他將酒放到地毯上。「我研究他們的宗教六年了。這種宗教是前所未聞的。古地球上沒有一個宗教可比，截然不同。和我過去見過的其他種族也完全不一樣。

「『結合』，嗯，不能比作活人獻祭，完全類比錯誤。古地球宗教會違背個人意願，靠著犧牲一、兩個人，來平息神祇的怒火。殺害少數人，以成全上百萬人。而少數人通常會起而反抗。錫金人不是如此。『蜿席卡』會帶走**所有人**。而且人人都是自願犧牲。就像旅鼠走到洞穴，自願被某種寄生蟲生吞活剝。每個錫金人一到四十歲就成了『加入者』，在五十歲前會進行『最終結合』。」

我一頭霧水。「好。」我說。「我想我懂得區別了。但又怎樣？這是問題嗎？我能想像錫金人的『結合』很野蠻，但那是他們的事。這宗教沒比藍岡人吃同族的儀式來得可怕，不是嗎？」

瓦卡倫席喝完酒起身，走向吧台。他替自己倒酒時，隨意地說。「就我所知，沒有人類改信藍岡人的宗教。」

萊安娜一臉驚愕。我訝異不已。我坐起身，望著他。「什麼？」

瓦卡倫席拿酒杯，走回座位。「愈來愈多人類改信結合教。目前已有數十人是加入者了。還沒有人完成結合，但那是遲早的事。」他坐下來望著古雷。我們也望向他。

瘦高的金髮助理接口。「七年前，首度有人改信。差不多在我來的一年前，那時人類已發現錫金星兩年半，並已建立了聚落。那人叫馬戈里。他是個和錫金人密切合作的超精神醫師。兩年內只有他一人。後來在零八年又出現一個，隔年人數更多。從那時起，改信比例不斷增加。後來出現一個大人物。費爾・古斯塔夫森。」

萊安娜眨眨眼。「行星行政官？」

「正是他。」古雷說。「我們換了不少行政官。洛克伍受不了之後，費爾便來了。他是個性子急、塊頭大的老頭，大家都喜歡他。他上次任務失去了妻小，但大部分的人絕對看不出來。他總是精神飽滿，充滿熱情。嗯，他後來對錫金人的宗教起了興趣，開始和他們聊天。他也和馬戈里及其他信徒聊天。甚至去看了蝕席卡。他真的被嚇壞了，心情好一陣子才平復。但最後他克服了心魔，繼續研究。我和他一起工作，但從來猜不到他心中的想法。大約一年前，他改信了。他已符合加入者的年紀，但不曾有人那麼快成為加入者。我在錫金城聽說，他甚至有望進行最終結合，直接衝到終點。唉，費爾當行政官的時間比其他人都長。他受眾人愛戴，改信之後，不少朋友追隨他。現在信徒比例又更高了。」

「人數不到百分之一，但持續增加。」瓦卡倫席說。「比例不高，但要記得背後的含義。

我的城市中，有百分之一的人民選擇推崇自殺的宗教，而且死法相當難看。」

萊安娜目光望著他，轉向古雷，又轉回來。「這件事為何沒向政府報告？」

「的確應該要向上報告。」瓦卡倫席說。「但費爾之後接手的人是史都華，他非常害怕醜聞。法律並未禁止人類信仰外星宗教，所以史都華覺得那不是問題。」他定期回報信仰比例，高層根本懶得去釐清其中關係，也無視這些人改信的宗教為何。」

我喝完酒放下。「請繼續。」我對瓦卡倫席說。

「我覺得這是個問題。」他說。「我不在乎人數多少，光是人類願意讓自己被蚝席卡吞噬這點就令我緊張。我接手之後，曾經派一隊心靈感應者去調查，但他們沒有得出結果。我需要通過認證的心靈能力者。我希望你們兩人能查出這些人改信的原因。這樣一來，我才能處理目前的情況。」

問題十分詭異，但工作內容倒是滿直接的。我讀瓦卡倫席的心確認。他的情緒這次比較複雜，但也還好。主要是自信，他相信我們能解決這問題。他心中確實懷有一絲擔憂，但沒有恐懼，而且並未欺騙我們。我一樣沒有讀到任何心機。瓦卡倫席若是心亂如麻，也掩飾得很好。

我望向萊安娜。她笨拙地坐在椅子上，手指緊握著酒杯。她在讀心。然後她全身放鬆，望向我，點點頭。

「好。」我說。「我想我們辦得到。」

瓦卡倫席微笑。「我相當有信心。」他說。「問題是你們**願不願意**而已。但今晚正事到此為止。我答應過要帶你們去鎮上逛逛，而我一向說到做到。半小時後，在一樓大廳見。」

✳　✳　✳

萊安娜和我在房間換上更正式的服裝。我挑了一件深藍色外衣，正式的白色長褲和一條大網眼的圍巾。這打扮不符合流行，但我暗自希望錫金星的時尚比其他世界的潮流慢幾個月。萊安娜穿上一件銀白色貼身衣，衣服上布滿藍色細花紋，紋路配合她體溫性感地流動，相當撩人，徹底襯托出她苗條的身材。她最後披上一件藍色披風，畫龍點睛。

「瓦卡倫席很好笑。」她說著將衣服繫好。

「喔？」衣服的拉條合不上，我手忙腳亂弄著。「妳讀心時讀到了什麼嗎？」

「沒有。」她說。她將披風穿好，打量著鏡中的自己。然後她轉向我，披風飛舞。「所見即所得。他把想法都說出來了。喔，當然用字遣詞有調整過，但沒什麼重要的。他心思都在我們討論的事上，後頭就是一堵牆。」她微笑道。「完全挖不出任何深藏內心的黑暗祕密。」

我終於穿好衣服。「嘖。」我說。「唉呀，妳今晚還有一個機會。」

她眉頭一皺。「才不要。我不會在非工作時間讀心。不公平。何況，讀心累死了。我真希望我讀心能像你感覺情緒一樣容易。」

「能力者的代價。」我說。「妳能力更強，代價自然更高。」我翻了翻行李找披風，但找不到適合的款式，最後決定不穿了。反正，披風早就退流行了。「我從瓦卡倫席身上也讀不到什麼。從他表情大概就能感受到他的情緒。他的腦子死板板的。但這點可以原諒，因為他酒調得真好。」

萊安娜點點頭。「對！那東西很不錯。喝一口之後，我起床時的頭痛好多了。」

「那是高山症。」我說。我們走向門口。

大廳沒人，但沒過多久瓦卡倫席就來了。他這次開著自己的浮空車，那台黑車十分老舊，看來已開了一段時間。古雷不擅社交，但瓦卡倫席帶了個女伴，她叫羅莉・布萊克班，紅髮流瀉，豔美絕俗。她甚至比瓦卡倫席還年輕——從外表看來，大概二十五歲左右。

我們在日落時出發。地平線晚霞絢麗，如一塊紅橙交織的掛毯，清爽的微風從平原吹來。瓦卡倫席關上冷氣，打開車窗，我們一路欣賞城市一點一滴變暗。

我們在一間豪華的餐廳用晚餐，餐廳採芭爾朵式裝潢——我猜是要讓我們感到自在。但菜色非常道地。香料、香草和料理**風格**全都充滿芭爾朵風味。肉和蔬菜都來自當地，因此風味搭配起來相當有趣。瓦卡倫席替我們四人點了餐，我們最後吃了十二種不同的料理。我最喜歡的是以某種酸醬料理的錫金鳥肉。份量不大，但味道非常可口。我們這餐還喝了三瓶酒，包括下午喝的錫金酒、芭爾朵冰涼的維歐塔酒和古地球的勃根地紅酒。

大夥兒聊得很盡興；瓦卡倫席天生是個說故事的料，也懂得聆聽。當然，最後話題又繞回了錫金星和錫金人。話題是羅莉提起的。她已研究錫金人六個月，想以他們為題，取得外星人學的高等學位。她試圖找出錫金文明幾百年來停滯不前的原因。

「他們的種族比我們還古老，你知道。」她跟我們說。「人類還沒有工具之前，他們就有城市了。結果順序完全反過來了，應該要是錫金人展開星際之旅，意外遇到原始人類才是。」

「這件事不是早該有理論了嗎？」我問。

「對，但沒有一個所有人都接受的理論。」她說。「例如，果倫的推斷是這裡缺乏重金屬。確實如此，但這**真的**是答案嗎？馮哈姆林說錫金人之間缺乏競爭。星球上沒有肉食性動物，所以沒產生侵略性。但他的說法備受質疑。錫金人生活其實沒那麼悠哉。如果真的與世無爭，錫金人絕對不會發展到現在的程度。再說，沒有肉食性動物的話，那蚫席卡算什麼？牠**吃**他們，不是嗎？」

「妳覺得呢？」萊安娜問。

「我想是跟宗教有關，但我還沒全盤研究出來。迪諾幫助我，讓我能和居民接觸。錫金人很大方，但想進行研究卻不容易。」她突然停下來，凝視著萊安娜。「總之，對我來說不容易。但我想對妳來說應該會輕鬆一點。」

我們以前也聽過類似的話。正常人通常會覺得能力者有優勢，這點完全可理解。我們不諱言，確實如此。但羅莉並不是感到嫉妒。她語氣充滿期盼和希望，不帶一絲酸溜溜的感覺。

瓦卡倫席傾身，一手放到她身上。「嘿。」他說。「別再聊研究啦。羅柏和萊安娜明天之後才要開始擔心錫金人的事。」

羅莉看著他，尷尬地笑了笑。「好。」她輕鬆地說。「我太忘我了。抱歉。」

「沒關係。」我跟她說。「這主題很有趣。給我們一天，我們搞不好也會變得這麼激動。」

萊安娜點頭附和，並告訴羅莉，如果工作中找到能支持她理論的資訊，我們一定會第一個告訴她。我沒注意聽這些。我知道和正常人相處時，讀別人的心不大禮貌，但有時我就是忍不住。瓦卡倫席手摟著羅莉，輕輕將她拉向他時。我突然一陣好奇。

於是我心虛地快速感受一下。他非常開心——我想他有點醉意了，心中充滿自信，對愛人呵護備至，徹底掌握了全場氣氛。但羅莉則是內心猶豫，心亂如麻，壓抑著怒火，依稀之間也浮現慢慢退去的驚恐。還有愛，帶點疑惑，但非常強烈。我覺得不是對我或萊安娜的愛。她深愛著瓦卡倫席。

我手從桌下伸去找萊安娜的手，卻只摸到她的膝蓋。我輕輕握了握，她望過來，朝我微笑。她沒有在讀心，很好。羅莉愛著瓦卡倫席，這令我感到煩躁，我不知道為什麼，幸好萊安娜沒感覺到我為此不開心。

沒多久我們便喝完最後一瓶酒，瓦卡倫席買單。然後他起身。「來吧！」他大聲說。「夜晚還很長，我們還要跑幾個地方。」

於是我們去了幾個地方。這裡沒有全息表演之類無聊的東西，倒是有好幾家戲院。接下來又去了賭場。當然，賭博在錫金星是合法的；就算不合法，瓦卡倫席也能讓賭博合法化。他換籌碼來，我替他輸了一點，羅莉也是。萊安娜不能玩；她的能力太強了。瓦卡倫席贏了一大把。他是心旋輪盤的高手，不只如此，其他舊遊戲他也很在行。

接著我們來到酒吧。我們喝了更多酒，欣賞當地的表演，表演水準超乎我的期待。

我們走出來時天已全黑，我想今晚應該玩得差不多了。但瓦卡倫席卻表示還沒結束。我們回到車上時，他手伸到控制板下，拿出一盒解酒藥，發給每個人。

「嘿。」我說。「是你開車，我為什麼要吃解酒藥？我跟這裡又不熟。」

「我要帶你們去見識真正的錫金文化盛會，羅柏。」他說。「我不希望你在當地人面前胡言亂語或嘔吐。把藥吃了。」

我吞下藥，腦中暈眩開始退去。瓦卡倫席的車已經浮空，我向後躺，手摟著萊安娜，她頭放在我肩頭。「我們要去哪？」我問。

「錫金城。」他沒回頭說。「去他們的市鎮大廳。今晚那裡有場『聚會』，我想你們會有興趣。」

「當然，過程會用錫金語。」羅莉說。「但迪諾可以為你們翻譯。我也略懂一點，他沒說到的我會補充。」

萊安娜一臉興奮。我們當然讀過聚會的事，但沒料到抵達錫金星的第一天就能見到。聚會上有一連串的宗教儀式，包括即將成為加入者的朝聖者會一一懺悔。山中城市朝聖者絡繹不絕，但聚會一年只有三到四場，屆時，想成為加入者的錫金人全都會聚到聖城。

浮空車無聲穿過明亮的聚落，經過巨大的噴泉，噴泉水波五顏六色，美麗的拱門像液態火焰不斷搖動。有幾輛車也浮在空中，我們不時飛過城市寬敞林蔭道上的行人。但大多數人都待在室內，我們經過的屋子都透出燈光和音樂。

突然之間，城市的風貌變了。地面起伏升高，前面出現山丘，燈火漸稀。下方林蔭道消失，取而代之的是沒有街燈的碎石泥路。眼前出現老舊的磚製圓頂屋，不再是模仿當地風格、以玻璃和金屬製成的圓頂建築。錫金城鎮比人類城市安靜得多了，大多數的房屋都寂靜黑暗。

然後前方出現一棟雄偉的圓頂屋——外觀看上去就像一座山丘，但有著巨大的拱門和一個個裂縫般的窗戶。燈光和聲音從中透出，裡頭有錫金人。

我突然發現，我雖然已待在錫金星將近一天，這卻是我第一次看到錫金人。雖然夜裡在半空中看不清楚，但我確實看到他們了。他們比人類矮小，最高的大約一五〇公分，雙眼巨大，手臂修長。這是我在空中俯看的第一印象。

瓦卡倫席將車停在市鎮大廳，我們從車中爬出來。錫金人從四面八方川流不息地走入拱門，但大多數人已經進到裡面。我們加入人群，沒有人多看我們一眼，只有一個人細聲尖氣地向瓦卡倫席打招呼，親切地叫他迪諾。他在這裡甚至也交了朋友。

裡面是間大廳，中央有座粗糙的大平台，無數錫金人圍在四周。牆上和平台四周的高柱子插著火炬，投射出火光。有人在說話，每一雙凸出的大眼都望著說話的人。我們是大廳中唯一的人類。

火炬照亮台上的發言者，他是個中年肥胖的錫金人，一邊說，手臂一邊緩緩揮動，彷彿在催眠別人。他說的話像是一串口哨、呼哧聲和哼聲，所以我沒仔細去聽。我也無法讀他的心，因為距離太遠了。於是我觀察他和身邊錫金人的樣子。就我看來，他們全都沒有毛髮，柔軟的橘色皮膚上有上千道小皺紋。他們穿著各種粗糙、不同色彩的衣服，我分辨不出男女。

瓦卡倫席彎向我，壓低聲音耳語。「發言者是個農夫。」他說。「他在告訴大家，他來自多遠的地方，以及人生中面對的困難。」

我環視四周。瓦卡倫席這段話是四周唯一的聲音。每個人都保持沉默，雙眼專注盯著平台，幾乎屏息聆聽。「他說他有四個兄弟。」瓦卡倫席告訴我。「其中有兩人已經完成『最終結合』。剩下的一個弟弟也是加入者，目前農場已由弟弟管理。」他皺眉。「他說自己再也看不到農場了。」他稍微大聲地說。「但他很高興。」

「收成不好？」萊安娜開玩笑問，並失禮地露出笑容。她剛才也湊在旁邊聽。我嚴肅地瞪了她一眼。

那名錫金人繼續說。瓦卡倫席邊聽邊翻譯。「現在他在述說自己的罪，所有令他感到羞愧的事，還有靈魂中最黑暗的祕密。他平時說話很刻薄，心裡也很虛榮，還有一次，他動手打了弟弟。現在他提到妻子，和他認識的其他女人。他背叛她好多次，和其他人交媾。他小時候還曾和動物性交，因為他害怕女人。最近他變得性無能，他弟弟則為他代勞，取悅妻子。」

他不斷鉅細靡遺說著，一絲細節也不放過，教人聽了心驚膽顫。他暴露所有隱私，傾訴所有祕密。我站在那裡，聽著瓦卡倫席的翻譯，起初震驚不已，後來漸漸生厭，並感到有些不耐煩。我開始胡思亂想，一個念頭閃過：任何一個我認識的人，我對他們的認識程度都不及於這錫金胖農夫的一半。我甚至還想，就算萊安娜靠她的能力，能夠認識一個人到這程度的一半嗎？發言者此時此刻彷彿邀請我們所有人，一同活過他的一生。

他感覺講了好幾個小時，終於要收尾了。「他現在提到了結合。」瓦卡倫席低聲說。「他要成為加入者了，心裡非常高興，他渴望這一刻很久了。苦痛已到終點，他之後將不再孤單，很快就能走在聖城街頭，拿鈴搖響自己的喜悅。然後再過幾年，他便會迎向最終結合。他會和兄弟在死後世界重逢。」

「不對，迪諾。」羅莉低聲說。「不要用人類說法包裝他剛才說的話。他說，他會成為他的兄弟。那個詞也暗示他們會成為他。」

瓦卡倫席微笑。「好，羅莉。妳說了算……」

突然，胖農夫從平台上走下。群眾窸窸窣窣一陣，另一個人走到平台上。他身子更矮，全身布滿皺紋，其中一眼是個大窟窿。他開始說話，起初支支吾吾，後來慢慢習慣了。

「這人是個磚匠，他住在聖城裡，建造了不少圓頂屋。多年前他從圓頂失足落下，被一根尖棍刺中，失去了一隻眼睛。他傷得很重，但一年內便重回工作崗位。他沒有乞求提早結合，他非常勇敢，並為自己感到驕傲。他有個妻子，但無子嗣，他為此難過。其實他不常和妻子說話，在一起時，兩人關係也很疏遠。她會在夜裡暗自哭泣，他對此也感到難過，但他從來沒傷害她……」

他也說了好幾小時。我內心再次感到不安，但我克制了自己——眼前這件事太重要了。我順著瓦卡倫席的敘述，沉浸在單眼錫金人的故事中。不久之後，我和身旁的錫金人一樣，專注聽著他的人生故事。圓頂屋中悶熱，空氣不流通，我的上衣出現一片片汗漬，有些是身旁錫金人沾到我身上的，但我渾然不覺。

第二位發言者就跟前一個一樣，都在滔滔不絕地抒發成為加入者的喜悅，說他多開心即將迎向最終結合。到後來，我甚至不需要瓦卡倫席翻譯——我從錫金人語氣和顫抖的身軀感受到他的快樂。也可能我無意識中在讀心。但距離太遠了——除非對方激動表達情緒，不然我感覺不到。

第三位發言者走上平台，聲音比其他人大聲。瓦卡倫席繼續翻譯。「這次是個女人。」他說。「她為丈夫生了八個孩子，她自己也有四個姊妹和三個兄弟，她這一輩子都在務農，她……」

突然，她語調拔了個尖，這一長段話最後結束在尖銳刺耳的口哨聲。然後她陷入沉默。群眾齊聲吹口哨回應。市鎮大廳回響起古怪的吟誦聲，四周的錫金人全都開始搖晃身體，嘴裡吹著口哨。女人望著面前一切，似乎悲痛不已。

瓦卡倫席開始翻譯，但他似乎遇到了困難。他重新找回節奏前，羅莉便插手幫忙。「她現在告訴他們一樁悲劇。」她低聲說。「他們以口哨表達哀悼，代表他們與她合而為一，一起分擔她的痛苦。」

「感同身受，是的。」瓦卡倫席說，他再次接手翻譯。「她小時候，弟弟生了重病，接近死期。父母要她帶著弟弟去聖城，因為他們不能拋下其他年幼的孩子。但她駕車中途不小心弄壞輪子，弟弟最後死在平原上。他來不及結合便失去了生命。她為此怪罪自己。」

錫金人再次開口。羅莉彎向我們，溫柔低聲翻譯。「她又說了一次，她弟弟死了。她害了他，害他無法結合，現在他孤獨於世，死了卻進不了……進不了……」

「死後世界。」瓦卡倫席說。「進不了死後世界。」

「我不確定這樣說對不對。」羅莉說。「那概念……」

瓦卡倫席揮手要她安靜。「聽吧。」他說。他繼續翻譯。

透過瓦卡倫席漸漸沙啞的聲音，我們聽著她的故事。她說最久，故事也是三人中最悲慘的。她結束之後，又有人上台了。但瓦卡倫席手放到我肩上，比了一下出口。

夜裡涼爽的空氣彷彿冰水撲面而來，但我突然發現自己全身是汗。瓦卡倫席迅速走向車子。身後，錫金人仍繼續述說著故事，絲毫沒有疲憊的跡象。

「聚會將延續好幾天，有時好幾週。」我們爬進浮空車時，羅莉告訴我們。「錫金人通常也是來來回回——他們會認真聽進每一個字，但精神遲早會撐不住，因此他們會自行離開，稍事休息，再回來聽。如果不闔眼撐完整場聚會，會贏得大家的敬重。」

瓦卡倫席讓車騰空。「我有朝一日一定要試試看。」他說。「我最多就待幾個小時而已，但我想如果用藥的話，應該能撐得過。如果能完整經歷他們的儀式，我們一定能更了解人類和錫金人的事。」

「喔。」我說。「或許費爾也是這麼想。」

瓦卡倫席輕鬆地大笑。「沒錯，哈，但我不打算參與得**那麼**徹底。」

回家路上，大家都累了，車上一片沉默。我已不知道時間，但以身體疲憊程度來看，應該快天亮了。萊安娜蜷縮在我的手臂下，筋疲力盡，腦中一片空白，半睡半醒。我感覺也一樣。

我們在高塔前下車，搭管狀電梯上樓時，我已無法思考。睡意很快襲來。

我那天晚上做了夢。我想是個好夢，但我一醒來，夢就從腦中消失了。我心中感到無比空洞，彷彿自己被騙一樣。我躺在那裡，手臂抱著萊安娜，雙眼盯著天花板，試著回想夢的情節。但想不起來。

結果，我又想起聚會的事，並在腦中回想那段經歷。最後我抽起手臂，爬下床。我們將窗玻璃調黑了，因此房間仍一片漆黑。但我很快找到了控制器，讓早上的陽光透了一點進來。

萊安娜在睡夢中喃喃翻身抗議一陣。她完全不想起來，我便留她一人繼續睡，自己到圖書室，尋找關於錫金人的書——想讀比之前的資料更深入的書籍。沒找到。圖書室純粹提供消遣，不是為了研究。

我找到個螢幕，打去迪諾·瓦卡倫席辦公室。古雷接起。「你好。」他說。「迪諾料到你會打來。他現在不在，出去簽訂貿易契約了。你需要什麼？」

「書。」我說，聲音仍帶著睡意。「關於錫金人的書。」

「這我辦不到。」古雷說。「其實沒有文獻。有許多文章、研究和專題論文，但沒有完整的書籍。我正在寫，但還沒寫完。我想迪諾是覺得我可以當你們的資料庫吧？」

「哦。」

「有問題嗎？」

我想找個問題出來，但腦中一片空白。「其實沒有。」我聳聳肩說。「我只是想先有大致的概念，也許關於聚會，看有沒有更多資訊。」

「我可以晚一點跟你講。」古雷說。「迪諾猜想你們今天應該就會開工。如果你願意，我們可以帶人來高塔，或你可以出去見見他們。」

「我們會出門。」我馬上說。帶人進來訪問會搞砸一切。他們內心會充滿焦慮，進而掩蓋住所有情緒，甚至腦中還會思考不同的事情，阻礙萊安娜感應。

「好。」古雷說。「迪諾配了一輛浮空車給你們，去大廳取車就可以了。然後，他們也會給你們幾把鑰匙，這樣你們來辦公室就不需透過祕書。」

「謝了。」我說。「晚點聊。」我關上螢幕，走回臥室。

萊安娜坐起來了，棉被蓋到腰上。我坐到她身旁，親吻她。她露出微笑，但沒說話。

「嘿。」我說。「怎麼了？」

「頭痛。」她回答。「我以為吃過醒酒藥應該不會宿醉才對。」

「理論上是。我感覺藥效滿好。」我走到衣櫃旁，找衣服穿。「我們這裡應該有頭痛藥。迪諾那麼貼心，我相信他不會忽略小細節。」

「嗯哼。沒錯。丟幾件衣服給我。」

我抓起她一件連身服，丟到房間另一端。我換衣服時，萊安娜起身穿上，並走進了廁所。

「好多了。」她說。「你說得對，他準備了藥。」

「他這人非常細心。」

她微笑。「我想是吧。不過羅莉對語言比較熟悉。我讀了她的心。迪諾昨晚翻譯犯了幾個錯誤。」

我猜也是如此。這倒不是要貶低迪諾．瓦卡倫席的能力，畢竟據他們所說，他才上任四個月。我點點頭。「還有讀到別的事嗎？」

「沒有。我試著去讀發言者的心，但太遠了。」她走過來牽著我的手。「我們今天要去哪？」

「錫金城。」我說。「我們去找加入者。我在聚會上沒看到其他加入者。」

「對啊。聚會的場合是給即將成為加入者的人。」

「我也是這麼聽說。走吧。」

我們出發了。我們在四樓的自助餐餐廳用完早午餐，然後大廳一個男人告訴我們是哪一輛浮空車。那是一款四人座綠色跑車，非常常見，不會惹人注意。

我沒有直接把浮空車開進錫金城，想說步行進城更能感受城鎮。於是我在第一個山丘前停車，步行上山。

✳ ✳ ✳

人類的城市似乎空無一人，但錫金城卻充滿生氣。碎石街道上全是錫金人，人來人往，肩上挑著一疊疊磚石，手上提著一籃籃水果和衣服。城裡四處都是孩子，大多都赤裸著身子，像一顆顆橘球，精力充沛繞著我們打轉，吹口哨，發出哼聲，笑容滿面，偶爾還會伸手拉拉我們。小孩子和大人看起來不大一樣。例如，他們有少數幾塊紅髮，皮膚也仍光滑，沒有皺紋。他們是唯一注意我們的人。錫金大人只顧著自己，偶爾才友善地朝我們一笑。在錫金城鎮街上，人類顯然不算稀奇。

大多數人都是步行，但小型木車也很常見。錫金人拖車的動物像隻快吐的大綠狗。牠們一對對綁在車前，一邊拉，一邊不斷哀叫。人類很自然將牠們取名為「牢騷狗」。除了哀哀叫，牠們也一直不斷大便。再加上菜籃中食物和錫金人身上的味道，整個城市散發一股刺鼻的酸臭味。

除了氣味，城裡鬧哄哄的，眾聲喧譁。孩子吹著口哨。錫金人大聲哼氣、嗚咽和呼叫，牢騷狗哀鳴，木車喀啦喀啦壓過石塊。萊安娜和我手牽手，默默走過街道，一邊看、一邊聽、一邊聞……一邊讀心。

我進到錫金城中馬上打開心靈，讓所有感受湧入全身，並未聚焦於一人，而是全盤接受。我彷彿置身於情緒氣泡的中心——錫金人接近我時，情緒便會加強，遠離時情緒就淡去，情緒隨著孩子舞動一次又一次旋轉。我徜徉在印象之海中。而我嚇到了。

我嚇到了，因為感覺太熟悉了。我以前讀過外星人的心。有時很困難，有時很簡單，但從來不會感到愉快。藍岡人心靈陰鬱，充滿恨意和苦澀，我抽離時總感到全身不乾淨。芬迪人情緒輕淡，幾乎讀不到。達木許人……很**不一樣**。讀他們時我的感受很強烈，但那股情緒難以言述。

可是錫金人——那感覺就是像走在芭爾朵街頭一樣。不，等等——更像是走在失落殖民地。在那裡，人類聚落忘記了自己的出身，退化到野蠻文明。錫金城充滿人類的情緒，原始、強烈並十分真實，比起古地球和芭爾朵單純得多。錫金人就是這樣。也許原始，但非常好理解。我讀到喜悅、悲傷、嫉妒、憤怒、衝動、怨恨、渴望和痛苦。我不論在何方，只要打開自己，都會受到這些情緒包圍，這裡也一模一樣。

萊安娜也在讀心。我感到她手握緊。過了一會，她手又放鬆。我轉向她，她看到我眼中的疑問。

「他們是人啊。」她說。「他們就像我們。」

我點點頭。「也許是平行演化。錫金人可能比地球歷史更久，只有些許不同。但妳說得對。他們比起我們在宇宙中遇到的任何種族都還像人類。」我思考了一下。「這算回答了迪諾．瓦卡倫席的問題嗎？如果他們像人類的話，或許比起一般**全然陌生**的外星種族宗教，人類還比較能接受他們這一種。」

「不，羅柏。」萊安娜說。「我不這麼覺得。正好相反。如果他們像我們，那**他們**怎麼可能欣然自殺。不是嗎？」

當然，她說得對。我讀到的情緒絲毫沒有自殺傾向，一切都很穩定，沒有一絲不尋常的情況。但每個錫金人最後都會迎向最終結合。

「我們應該專注在某個人身上。」我說。「搜尋人群的感受是找不到線索的。」我環視四周，尋找目標，這時我聽到鈴聲響起。

鈴聲從左側傳來，幾乎被城市各樣喧囂所掩蓋。我拉著萊安娜的手，跑過街道去找他們。我們沿著整齊的圓頂屋向前，於第一個路口左轉。

鈴聲仍在前方，我們繼續跑，穿過別人的庭院，爬過長滿甜角的灌木叢。後面又是一個庭院，還看到一個糞坑，面前出現更多圓頂房，最後又回到街道上。我們在那條路上找到了搖鈴的人。

搖鈴的一共有四個，全是加入者，他們穿著亮紅色長袍，衣襬拖在泥地上，雙手拿著巨大銅鈴。他們不斷搖響鈴鐺，修長的手臂前後擺盪，街上都是尖銳響亮的鈴聲。以錫金人而言，他們四人都算年長──頭上已沒有半根頭髮，皮膚上有上百萬道皺紋。但他們笑容滿面，經過的年輕人也紛紛朝他們微笑。

他們每人頭上都有一隻蚝席卡。

我原本預期那畫面會令人毛骨悚然，結果並沒有。我幾乎不感到害怕，但純粹是因為我知道眼前一切代表的意義。那隻寄生蟲呈亮紅色，全身溼黏，小隻的就像附在錫金人頭顱後的一顆疣，大隻的則像是一大灘緩緩流下的紅水。牠像活生生的斗篷，蓋住他們嬌小的頭和肩膀。我知道，蚝席卡全靠錫金人血液中的養分存活。

而且也會慢慢吃了牠們的宿主（喔，非常緩慢）。

萊安娜和我停在他們面前幾公尺處，看著他們搖鈴。她的表情嚴肅，我想我也是。所有人都面露微笑，鈴鐺悅耳的聲響述說著喜悅。我緊緊握了一下萊安娜的手。「讀吧。」我輕聲說。

我們開始讀心。

我讀著鈴聲。不是鈴聲，不，不，是鈴聲背後的**感覺**和**情緒**；我讀著那洋洋盈耳的喜悅，以及清脆嘹亮、鏗鏘頓挫的震耳聲響；我讀著那首加入者之歌，以及他們共享的一切。他們搖鈴時，我感受到加入者的快樂和期盼，他們欣然將胸中呼之欲出的滿足昭告天下。我讀到前仆後繼、真摯劇烈的愛，不是含糊薄弱的兄弟之情，而是熱情霸道的男女之愛。那股感情出自肺腑，勢不可擋，同時沐浴、灼燒並包裹著我。他們不但愛自己，也愛所有錫金人和蚫席卡。他們甚至愛著彼此，並且愛著我們。他們愛我們。他們愛**我**，像萊安娜愛我一樣，熱情又瘋狂。在那份愛中，我感到歸屬感和博愛。他們四人獨立於世，各有鮮明的特色，但他們的想法幾乎合而為一，他們屬於彼此，屬於蚫席卡，心靈緊密**交融**。雖然保有自我，卻緊緊連結，而且沒人能像我這般讀他們的心。

而萊安娜呢？我從他們身上抽離，關閉自己，望向萊安娜。她臉色蒼白，但嘴上掛著微笑。「他們好美。」她聲音輕柔，略帶驚訝。即使沐浴在愛中，我仍記得自己有多愛**她**，她是我的一部分，我也是她的一部分。

「妳——妳讀到什麼？」鈴聲中我大聲問。

她搖搖頭，像是想弄清思緒。「他們愛我們。」她說。「你一定知道，但是，喔，我感覺得到，他們**真的**愛我們。而且愛得好**深沉**。那份愛下面還有更多愛，再下面又更多，無窮無盡。他們的心靈好深、好開放。我不曾讀人類心靈讀到這麼深。一切都在表面，就在那裡，他們的一生，他們的夢想、感受、回憶和……喔──我直接就感覺得到，瞄一眼，一下就讀到了。面對人類，我必須用力挖掘和對抗，即使如此，也無法潛入心靈深處。你懂，羅柏，你懂。喔，**羅柏！**」她來到我身旁，緊緊靠著我，我伸出手臂抱著她。洗滌我內心的那份感受對她來說一定如一股巨浪。她的能力比我更深更廣，心裡肯定大受衝擊。她緊抱著我，我讀著她的心，感受到大愛、驚嘆和喜悅，但也有一絲恐懼和緊張穿梭其中。

我們身旁的鈴聲倏地停止。鈴聲一個個停下，四名加入者沉默站在原地。附近一個錫金人拿著覆著布的籃子走向他們。最小的加入者掀開布，肉捲的香氣瞬間瀰漫街道。每個加入者都從籃中拿了好幾個，馬上開心地吃起來，提供肉捲的人笑嘻嘻望著他們。另一個錫金小妹妹赤裸著身子跑來，給他們一壺水，他們不發一語傳著水壺。

「怎麼了？」我問萊安娜。但她還沒說，我就想起來了。瓦卡倫席寄來的資料中有寫。加入者不工作。他們活了四十個地球年，辛勤工作，但自加入初期到最終結合，他們的人生只有喜悅和音樂，漫步街頭，敲響鈴鐺，聊天唱歌，而其他錫金人會提供食物和飲水。餵食加入者是項榮耀，提供肉捲的錫金人臉上散發著驕傲和快樂。

「萊安娜。」我低聲說。「妳現在能讀他們的心嗎？」

她靠著我胸膛點點頭，然後離開我懷中，凝視加入者，她雙眼專注一會，然後眼神又恢復柔和。她回望著我。「不一樣了。」她好奇地說。

「怎麼不一樣？」

她疑惑地瞇起眼。「我不知道。我是說，他們仍愛我們，一切都沒變。但現在他們的思緒，唉，變得更像人類了。你知道的，就是有許多層，令人難以挖掘，藏有許多事情，甚至擁有他們自己都不知道的事。不像剛才那麼開放。他們現在腦中想著食物，還有肉捲多麼美味。全都非常鮮明，我都嚐得到肉捲的味道了。但跟剛才截然不同。」

我靈光一現。「有幾個心靈？」

「四個。」她說。「不知為何有所相連，我想。但也不盡然。」她頓了頓，一臉困惑，搖搖頭。「我的意思是，他們似乎感覺得到彼此的情緒，大概像你一樣吧。細膩的感受和思想不行。我能讀他們的心，但他們不能讀彼此的心。每個人都與其他人不同。搖鈴時，他們和彼此變得非常親近，但依舊是個人。」

我有點失望。「所以是四個心靈，不是一個？」

「嗯哼，沒錯。四個。」

「那蛻席卡呢？」我又靈光一現。如果蛻席卡有自己的心智……

「什麼都沒有。」萊安娜說。「像在讀植物或一件衣服。甚至沒有『對，我活著。』這種意念。」

這點令人不安。即使是低等動物也依稀有生命意識——能力者稱那意識為「對，我活著」——通常像一道稀微的火花，只有強大的能力者才看得到。而萊安娜**正是**強大的能力者。

「我們跟他們聊聊。」我說。她點點頭，我們走向吃著肉捲的加入者。「你好。」我笨拙地說，心想要怎麼跟他們說話。「你們會說地球語嗎？」

其中三人茫然望著我。但第四個人上下點著頭，他身材比較嬌小，蜷席卡像件小披風在頭後面拍動。「會啊。」他說，聲音細聲細氣的。

我突然忘記自己要問什麼，但萊安娜適時插了進來。「你認識人類加入者嗎？」

他微笑。「所有加入者合而為一。」他說。

「喔。」我說。「嗯，沒錯，但你知道長得像我們的人嗎？你知道，比較高，有頭髮，皮膚是粉紅或棕色之類的？」我又尷尬地停頓下來，納悶這錫金老人能認識**多少**人類，並且不安地瞄著他的蜷席卡。

他頭左右擺了擺。「加入者都不一樣，但全都合而為一，全都一樣。有的看起來像你。你要成為加入者嗎？」

「不，謝謝。」我說。「我到哪能找得到人類加入者？」

他頭又擺了擺。「加入者唱歌搖鈴，走在聖城裡。」

萊安娜剛才在讀心。「他不知道。」她告訴我。「加入者會搖著鈴鐺，四處漫步。沒有固定的路線，沒有人會去追蹤。全都是隨機的。有的成群，有的單獨，每次和其他加入者在街頭相遇，便會集結成新的一群。」

「看來我們有得找了。」我說。

「吃吧。」錫金人說。他把雙手伸進地上的籃子裡，拿起兩個蒸肉捲，一個放到我手中，一個給萊安娜。

我猶豫地望著肉捲。「謝謝你。」我告訴他。我牽起萊安娜，一起離開了。加入者朝我們眉開眼笑，目送我們離開，我們走到一半，便聽到鈴鐺聲再次響起。

肉捲仍在我手中，酥皮燙手。「我該吃嗎？」我問萊安娜。

她咬了一口自己的。「為什麼不？我們昨晚在餐廳吃過，對吧？如果當地食物有毒，我相信瓦卡倫席會警告我們。」

有道理，於是我把肉捲拿到嘴邊，邊走邊咬了一口。肉捲很燙，而且**很辣**，跟我們前一晚吃的肉捲截然不同。昨晚的肉捲金黃酥軟，以芭爾朵橙椒香料調味。錫金的版本較脆，裡面的肉餡充滿油脂，十分燙口，但很好吃。而且我餓了，肉捲沒兩、三口就吃完了。

「那小傢伙，妳有讀到別的嗎？」我滿嘴肉捲就開口問萊安娜。

她吞了一下，點點頭。「有，我有感覺。他很高興，甚至比其他人更高興。他年紀較長，接近最終結合了，而且他非常迫不及待。」她感覺輕鬆多了，之前的震撼似乎已消退。

「為什麼？」我情不自禁說出口。「他快**死了**。這有什麼好高興的？」

萊安娜聳聳肩。「恐怕他沒有仔細思考或分析細節。」

我舔掉手指上的油脂。我們站在十字路口，錫金人群來往，川流不息，現在我們聽到更多鈴聲了。「更多加入者來了。」我說。「想去看看他們嗎？」

「我們又能問出什麼？不都已經知道了嗎？我們需要找到人類加入者。」

「也許其中一群**會有**人類。」

萊安娜諷刺地望著我。「哈。機率多高？」

「好啦。」我妥協了。現在下午已過了大半。「也許我們該回去了。明天一早再開始。再說，迪諾可能會想跟我們吃晚餐。」

這次，我們在瓦卡倫席的辦公室用餐，用餐前我們合力搬了些家具進來。後來發現，他的房間就在下層樓，但他喜歡在樓上接待賓客，讓客人享受高塔嘆為觀止的景致。

我們總共五個人：我、萊安娜、瓦卡倫席、羅莉和古雷。羅莉負責煮菜，大廚瓦卡倫席在一旁監督。我們吃牛排，牛來自古地球，在錫金飼養，還有各式各樣美味絕倫的蔬菜，包括古地球的蘑菇、芭爾朵的土核果和錫金的甜角。迪諾喜歡創意料理，這盤菜就是他發明的。

萊安娜和我完整報告了那天的冒險，瓦卡倫席中途不時打斷，提出精準明確的問題。晚餐後，我們搬開桌子和碗盤，坐在一起，邊喝維歐塔酒邊聊天。這次換我和萊安娜問問題，大部分是古雷在回答。瓦卡倫席坐在地上的軟墊上聽，一手摟著羅莉，另一手拿著酒杯。古雷告訴我們，我們不是第一個來到錫金的能力者，也不是第一個說錫金人像人類的人。

古雷說：「假設真是如此，我也不大確定。畢竟他們終究**不是**人類。首先，他們更重視社會。他們從很久以前就是偉大的城市建築師，打造出無數城鎮，永遠活在社會之中。他們共享的概念也比人類更強烈。所有事情都和彼此合作，而且非常慷慨。例如貿易——他們覺得那是雙方在分享。」

瓦卡倫席大笑。「對極了。我剛才耗了一整天，想跟一群沒與人類交易過的農夫簽約。相信我，非常不容易。如果農夫自己不需要，也沒有別人索討，他們才會提供我們需要的量。但未來**他們**又希望予取予求。其實，他們也沒要承諾，只是有所期待而已。所以我們每次簽合約，都會面臨兩個選擇，要麼給他們一張空白支票，要麼協商無數次，直到他們覺得我們太自私。」

萊安娜不滿足。「那性愛呢？」她追問。「從昨晚你的翻譯聽來，我想他們是一夫一妻制。」

「他們對性關係感到困惑。」古雷說。「非常奇怪。性愛是分享，跟每個人分享是好事，但每一次分享又必須真誠、有意義。這其中確實有點矛盾。」

羅莉專注地坐起。「我研究過這問題。」她馬上說。「錫金人道德上堅持愛**所有人**。但他們辦不到，他們太像人類，具有強烈的占有欲。在文化上，他們認為真摯深沉地和一人享受性愛，比起和一百萬人體驗膚淺的生理快感好太多了，所以他們最後發展出一夫一妻的關係。理想上的錫金人會和所有人分享性，每一次結合都一樣深沉，但他們辦不到。」

我皺眉。「昨晚不是有人背叛妻子，心生罪惡嗎？」

羅莉親切地點點頭。「對，但他和其他女人的關係不是重點，重點是因為他和妻子不再分享。那才是背叛。如果他有辦法維持原有的感情，就代表性毫無意義。如果每一段關係都能真誠分享愛，那是非常好的事。他妻子也會為他感到驕傲。對錫金人來說，擁有多重親密關係是項成就。」

「錫金人最大的罪行就是讓另一人孤獨。」古雷說。「情感上孤獨，無法和他人分享。」

我仔細思索這點，古雷則繼續說。他告訴我們，錫金人犯罪不多。尤其，沒有暴力犯罪。在他們漫長、空洞的歷史中，沒有謀殺、攻擊、毒殺和戰爭。

「他們是沒有殺人犯的種族。」瓦卡倫席說。「這可能解釋了一些事。古地球上，自殺率最高的文化通常謀殺率最低。錫金人自殺率是百分之百。」

「他們會殺動物。」我說。

「動物不算結合的一部分。」古雷回答。「所有擁有思想的生物都能參與結合，那些生物就不能殺。像他們不會殺錫金人、人類或蛻席卡。」

萊安娜望向我，然後望向古雷。「蛻席卡沒有思想。」她說。「我今早試著讀牠們的心，什麼都讀不到，只感覺到牠們底下的錫金人。甚至沒有『對，我活著』的概念。」

「這我們知道，我對這點一直很困惑。」瓦卡倫席說，他站起身，走到吧台拿了一瓶酒來，並替我們倒酒。「一個徹底沒有心智的寄生蟲操控錫金人這樣聰明的種族。為什麼？」

新酒滋味豐富，口感冰涼，沁涼感從喉嚨滑入。我喝著酒，點點頭，想起稍早之前淹沒我們的幸福感。「藥物。」我猜測。「蛻席卡一定散發了某種刺激幸福感的化學物質。錫金人自願接受，樂於就死。那份喜悅是真的，相信我。我們感覺到了。」

但萊安娜面露懷疑，古雷堅定地搖搖頭。「不，羅柏。不是這麼回事。我們拿蛻席卡做過實驗，而……」

他發現我瞠目結舌，便不說了。

「錫金人對這件事如何看待？」我問。

「沒告訴他們。他們絕對會生氣，大發雷霆。蛻席卡只是動物，但卻是他們的神。你懂的，不要亂弄別人的神。我們克制了很久，但當費爾下台後，史都華覺得一定要弄清楚，於是他下了令。但我們也沒有取得什麼成果。萃取物沒有驗出任何藥物和分泌物，什麼都沒有。其實，錫金人是當地**唯**一逆來順受的生物。我們曾抓了一隻牢騷狗，把牠綁住，讓蛻席卡附到牠身上。幾個小時之後，我們將綁帶扯開。那見鬼的牢騷狗獸性大發，又抓又叫，不斷攻擊頭上的蛻席卡。幾乎把自己的頭抓得稀巴爛，才讓蛻席卡掉下來。」

「也許只有錫金人有反應？」我說。這猜測卻完全站不住腳。

「也不是。」瓦卡倫席淡淡笑著說。「我們也有人產生反應。」

✳ ✳ ✳

萊安娜在管狀電梯中異常沉默，變得十分孤僻。我以為她在思考這段對話。但房間門還沒關上，她便轉向我，緊緊抱住我。

我伸出手，摸著她柔順的棕色頭髮，有點被她嚇到。「嘿，怎麼了？」我說。

她露出吸血鬼的表情，一雙大眼望著我，嬌小柔弱。「跟我做愛，羅柏。」她輕聲急切地說。「拜託，現在跟我做愛。」

我微笑，但不是尋常在臥室色瞇瞇的笑容，我笑中帶著疑惑。萊安娜想要的時候，通常會變得頑皮，愛使壞，但現在她惶惶不安，非常脆弱。我不懂。

但現在時機不對，所以我沒多問。我靜靜抱住她，用力親吻她，我們一起走進臥室。

我們做了愛，**真正**的愛，比一般人還深沉。我們身體合而為一，她心靈延伸到我心中那一刻，我感到萊安娜全身一顫。我們一起扭動時，我打開自己，感受著她，沉浸在愛的潮水中，還有她內心的需要和恐懼。

然後，一切來得快，去得也快。她的喜悅如紅潮席捲而來，我和她一起高潮，萊安娜緊抓著我，她雙眼瞇起，將一切吸入心中。

後來，我們躺在黑暗中，看著錫金的星光從窗口透進來。萊安娜枕在我胸口，全身依偎著我，我輕輕撫摸她。

「很棒。」我恍惚地說，微笑望著星光璀璨的夜空。

「是啊。」她回答，聲音無比輕柔，我幾乎聽不到了。「我愛你，羅柏。」她悄聲說。

「嗯。」我說。「我也愛妳。」

她從我懷中抽開身子，翻身用手撐著頭，盯著我微笑。「對。」她說。「我讀得到，我知道。你也知道我多愛你，對吧？」

我點點頭笑了。「當然。」

「你知道，我們很幸運。一般人只有語言和文字，可憐的一般人。只靠文字他們怎麼能

理解對方？他們能**知道**什麼？他們和彼此永遠都隔著一段距離，努力想互相理解，卻不斷失敗。即使做愛，甚至高潮，他們始終是獨立的兩個人。那樣一定非常寂寞。」

這些話……有點……令人不安。我望著萊安娜，望著她明亮快樂的雙眼，仔細思考。

「也許吧。」我終於開口。「但對他們來說沒那麼悲慘。畢竟他們不知道其他方法。他們嘗試了，也愛了，有時也能填補感情上的缺口。」

「對望一眼，互喚一聲，然後黑暗籠罩，只剩下一片寂靜[1]。」萊安娜引用詩中的一句，她的聲音悲傷又溫柔。「我們比較幸運，對不對？我們擁有的多太多了。」

「我們比較幸運。」我附和。然後我也去讀她的心——

她心裡一片滿足，淡淡有股期待，還有略微寂寞的渴望。但還有別的感覺，埋得很深，現在幾乎不見了，但依稀感覺得到。

我緩緩坐起。「嘿。」我說。「妳在擔心。剛才我們進門時妳很害怕。怎麼了？」

「我其實不太清楚。」她說。她聽起來很疑惑，而她**確實**很疑惑；我讀到了。「我**真的**很害怕，但我不知道為什麼。我想是關於加入者的事。我一直想著他們有多愛我。他們甚至不**認識**我，但他們好愛我，而且他們了解——簡直就像我們之間擁有的情感。那——我不知道。我心裡很慌。我的意思是，我覺得自己這輩子除了你之外，不可能那樣被愛。可是他們全如此**親近**，並合而為一。若只牽手和聊天，我感覺有點寂寞。我想要像那樣和**你**融合在一起。感受到他們彼此分享的程度之後，回到一個人感覺很空虛，而且令人害怕。你懂嗎？」

「我知道。」我說，用手和心靈，再次輕輕碰觸著她。「我了解。我們確實了解彼此，我們幾乎和他們一樣，普通人永遠不可能和我們一樣。」

萊安娜點頭微笑，抱住我。我們在彼此懷中睡去。

✳ ✳ ✳

又做夢了。但日出時我再次失去夢境的記憶。這一切非常惱人。夢原本很愉悅舒服，我想重新感受那場夢，但我甚至想不起來夢的內容。明亮的日光照入臥房，和我失去的華麗夢境比起來，似乎那光線顯得格外單調。

萊安娜也跟著醒來，頭又痛了。這次藥就放在旁邊床頭櫃上。她皺著眉頭吃了一顆。

「一定是錫金酒的關係。」我跟她說。「酒可能有成分影響到妳的新陳代謝。」

她穿上新的連身服，瞪著我。「哈。我們昨晚都在喝維爾塔酒，記得嗎？我爸在我九歲時便讓我喝了人生第一杯維爾塔酒。我以前從來沒頭痛過。」

「美好的第一次！」我笑著說。

「不好笑。」她說。真的很痛。

我不再開玩笑，試著讀她的感覺。她說得對。**真的**很痛。她整個額頭都在發疼。我一感覺到，馬上抽離。

「好。」我說。「對不起。不過吃藥應該會好。現在，我們要去工作了。」

萊安娜點點頭。她不曾讓任何事影響工作。

第二天要搜索人類。我們這次比較早出發，並和古雷一起用早餐，然後到高塔外開浮空車。這次我們到錫金城時沒有落地。我們想找到人類加入者，這代表我們必須到處跑。錫金城是我見過規模最大的城市，至少面積是最大的。大約一千多名的人類隱沒在上百萬個錫金人之中。在那些人類中，大約只有一半是加入者。

於是我們低空飛行，嗡嗡掠過圓頂屋密布的山丘，像是浮在空中的雲霄飛車，下方街道因此有些騷動。當然，錫金人之前見過浮空車，但仍會感到新奇，尤其是小孩子。我們飛過時孩子都追著我們跑。我們也嚇到牢騷狗，害牠把身後一車子的水果弄翻了。我覺得很有罪惡感，所以後來便讓浮空車離地面遠一點。

我們在都市各處都看到加入者，唱歌、吃飯、漫步——搖著永恆的銅鈴。但前三小時，我們只找到錫金加入者。萊安娜和我輪流開車和搜索。前一天的興奮感已經消失，搜索變得枯燥乏味，疲憊不堪。

但最後，我們找到了一群加入者，總共十人，他們在一座陡峭的山丘上，聚在一輛麵包推車旁。其中有兩人比其他人高。

我們停在山丘另一側，走過去和他們見面。我們的浮空車被一群錫金孩子包圍。我們到的時候，加入者仍在吃飯。八人是錫金人，身材和膚色各異，蜷席卡在他們頭顱上脈動。另外兩人是人類。

他們和錫金人一樣穿著紅色長袍，拿著同樣的鈴鐺。其中一人塊頭很大，皮膚下垂，彷彿最近瘦了不少。他一頭雪白鬈髮，臉上掛著大大的笑容，眼角有深深的魚尾紋。另一人身材乾瘦，長得像隻鼬鼠，並有個鷹鉤大鼻。

兩人身上各有一隻蜷席卡吸附在頭上。吸附鼬鼠男的蟲子不到疙瘩大，但另一名較年長的人身上的蟲子根本是蟲大王，身子龐大垂至肩膀，隱沒在衣袍之中。

不知何故，這次**確實**令人毛骨悚然。

萊安娜和我走向他們，硬擠出笑容——至少一開始是如此。我們接近時他們也露出笑容，並朝我們招手。

「你好。」我們走到面前時，鼬鼠男開心地說。「我沒見過你們。你們剛來錫金星嗎？」

我為此稍感驚訝。原本我預期會看到某種精神錯亂的神祕招呼方式，甚至對我們不理不睬。我以為人類改信之後會放棄人性，去模仿錫金人。我錯了。

「算是吧。」我回答，並開始讀鼬鼠男的心。他真心高興見到我們，心中無比滿足，舒暢愉快。「有人請我們來跟像你們這樣的人聊聊。」我決定老實告訴他。

我以為鼬鼠男的笑容已咧到最大，結果他一聽，笑得更開了。「我是加入者，心裡很快樂。」他說。「我很樂意和你聊天。我的名字叫雷斯德・卡門茲。你想知道些什麼，兄弟？」

我身旁的萊安娜全身緊繃。於是我決定自己來問問題，讓她去讀深層的心智。「你什麼時候改信這個宗教的？」

「宗教？」卡門茲說。

「結合教。」

他點頭，我嚇了一跳，因為他頭部擺動的樣子和昨天的老人如出一轍，相當詭異。「我一直都屬於結合，你也屬於結合。所有具心智的生物都屬於結合。」

「我們有些人不知道這件事。」我說。「你呢？你什麼時候發現自己屬於結合的一環？」

「古地球時間的一年前。幾週前我才晉升加入者。加入初期是個快樂的階段。我很開心。現在我會在街道上漫步，搖響鈴鐺，等待最終結合。」

「你以前在做什麼？」

「以前？」他神色茫然一會。「我曾負責操控機械。我在高塔操控電腦。但我的人生是場空啊，兄弟。我不知道自己屬於結合，我一直孤單一人，只有冰冷的機械相伴。現在我是加入者了。現在我……」他再次尋找適當的說法。「不孤單了。」

我讀著他的內心，發現他心中充滿快樂和愛，但也有痛苦。他依稀想起了過去的痛苦和不舒服的回憶。這些事會慢慢淡去嗎？也許蜷席卡能讓受害者失去記憶，拋下意識，安詳地休息，不再掙扎。也許吧。

我決定試另一個方式。「你頭上那東西。」我不客氣地說。「那是個寄生蟲。牠在吸你的血，以你的血肉為食物。牠一邊長大，一邊奪走**你**生命所需的養分。牠會把你**吃**了。我不知道會多痛苦，但不管感覺如何，你最終會**死**。除非你現在回到高塔，請醫生把蟲切下。或是也許你能自己把蟲拿下。不如試試看？伸手把蟲抓下來。動手吧。」

我原本期待——什麼？憤怒？恐懼？噁心感？我絲毫沒有感覺到。

卡門茲吃著麵包，朝我微笑，我唯一讀到的是他的愛、喜悅和一絲憐憫。

「蜷席卡不會殺人。」他終於開口。「蜷席卡給予人喜悅快樂的結合。只有缺了蜷席卡的人才會死。他們……很孤單。喔，永遠孤單於世。」他腦中突然冒出一陣恐懼，但馬上消失了。

我望向萊安娜。她全身僵硬，目光專注，仍在讀他的心。我轉回頭，準備下一個問題。但突然之間，加入者開始搖鈴了。一個錫金人先開始，他上下使勁一搖，鈴鐺發出叮一聲巨響。然後他換另一隻手搖動，接著又回到第一隻手，來來回回。這時另一個加入者也跟著搖鈴，下一個人也立刻跟著搖。轉瞬間，所有人都搖起了鈴，響亮鈴聲震動我的耳膜，喜悅、愛和鈴聲背後的感覺再次淹沒我的心靈。

我情不自禁留連忘返。那份愛令人震驚，嘆為觀止，濃烈親密到教人發顫，還有無止無盡值得咀嚼、品味和共享的情緒，彷彿一張掛毯，上面交織著安心、寧靜和幸福等美好感受。鈴鐺響起時，加入者起了變化，彷彿受到碰觸和昇華，讓他們內心發光，受某種奇異的光輝照耀，普通人無法從刺耳的鈴聲中聽出端倪。但我不是普通人，我聽得到。

我不情願地慢慢抽身。卡門茲和另一個人類現在都熱情地搖著鈴，臉上掛著大大的笑容，目光明亮閃爍，表情美好。萊安娜全身緊繃，不斷讀著心。她嘴巴微微張開，在原地顫抖。

我手臂摟著她，聽著鈴聲，耐心靜靜等待。萊安娜繼續讀心。過了幾分鐘，我終於輕輕搖了搖她。她轉身，目光茫然地盯著我。然後眨了眨眼。她雙眼睜大，回神過來，皺眉且不住搖頭。

疑惑之下，我感覺她的心智，怪之又怪。她的情緒如一陣濃霧，混雜各種感受，難以名狀。我一進到她心中，便感到一片惶惑，頓失方向。濃霧中，彷彿有個無底黑洞逼近，想將我吞噬。至少感覺是如此。

「萊安娜。」我說。「怎麼了？」

她又搖起頭，並望向加入者，她表情既害怕又依依不捨。我再問了一次。

「我——我不知道。」她說。「羅柏，我們現在不要談。走吧，我需要時間思考。」

「好。」我說。到底發生什麼事了？我牽起她的手，緩緩繞過山丘，來到停車的坡道。整台車上都是錫金孩子。我追著他們大笑。萊安娜卻只是站在那裡，雙眼茫茫然。我想再讀她的內心，但不知何故，我感覺會侵犯她的隱私。

我們將車子升空，直接返回高塔，這次高度更高，速度更快。我開車時，萊安娜坐在一旁，雙眼遙望遠方。

「妳得到了什麼有用的資訊嗎？」我問她，試圖讓她把心思放在工作上。

「有。沒有。或許吧。」她聽起來心不在焉的，彷彿只有一部分的她在和我說話。「我讀到了他們兩人的人生。如卡門茲所說，他是個電腦程式設計師，但他不算厲害。他是個醜陋的人，有一顆醜陋的心，沒有朋友，沒有性愛，什麼都沒有。他自己一個人住，時時避著錫金人，他一點都不喜歡他們。其實，他甚至不喜歡人類。可是費爾設法融化了他的心。儘管卡門茲待人冷漠，說話尖酸刻薄，老是講些殘酷的笑話，費爾卻都不以為意。他完全不反擊，你知道嗎？過了一陣子，卡門茲開始喜歡費爾，並仰慕他。從正常的角度來看，兩人從來不算真正的朋友，但費爾對卡門茲而言，是唯一稱得上朋友的人。」

她突然不說了。「所以他和費爾一起改信了？」我追問，並瞄了她一眼。她雙眼仍飄向遠方。

「沒有，一開始沒有。他仍害怕錫金人，並對蚝席卡感到恐懼。但後來，費爾離開之後，他漸漸發現自己生命多空虛。他成天和鄙視自己的人工作，花時間在他不在乎的機器上，晚上孤獨地讀書，或看全息投影節目。但是，那其實不是人生。他幾乎沒有和身邊的人接觸。最後，他去找費爾並下定決心改信。現在……」

「現在……？」

她猶豫了一下。「他很快樂，羅柏。」她說。「他真心感到快樂。他人生中第一次感到快樂。他以前從來不懂得愛，現在心中卻充滿了愛。」

「妳得到不少資訊。」我說。

「對。」她雙眼依然空洞，話音依舊飄渺。「某方面來說，他心胸很開放。他的心智還是有層次，但要挖出他的心聲仍比平常容易——彷彿他的心房已慢慢瓦解……」

「另一個人呢？」

她摸著控制板，凝視著自己的手。「他？那是費爾……」

說到這，她似乎突然醒來，變回了我認識、所愛的萊安娜。她搖搖頭，看著我，原本的囈語化為一連串發自真心的話語。「羅柏，聽好，那就是費爾，他成為加入者已經一年了，他一週內就要迎接最終結合。蜷席卡接受了他，而且他也迫不及待，你知道嗎？他真心期待，而且——而且——喔，羅柏，他要**死了**！

「據妳所說，一週內。」

「不。我是說，對，但那不是我的意思。對他來說，最終結合不是死亡。他相信這個宗教的一切。蜷席卡是他的神，而他即將加入牠。但其實，他本來就快死了。費爾得了慢性瘟疫，羅柏，他已病入膏肓。瘟疫蠶食他的身體至今已經十五年了。他是在家人過世時，在噩夢星的沼澤中染病的。那裡不是人住的地方，但他接獲命令，必須短期到噩夢星負責管理研究基地。他的家人原本住在索爾星上，打算去探望他，沒想到船艦失事。費爾心亂如麻，急著想去救他們，情急之下拿錯了太空服，孢子便透了進去。他到現場時，家人全死了。他痛徹心肺，羅柏。不只是因為慢性瘟疫，更因為椎心的傷痛。他真心愛著他們，從那之後世界對他來說再也不同了。他們派他到錫金星休息，讓他忘記意外的事，但他仍念念不忘。我看得到那畫面，羅柏。好鮮明。他忘不了。孩子都安全地在船艦內等待，但維生系統出了問題，他們是窒息而死。而他妻子——喔，羅柏——她穿起太空衣，試著到外面求救，結果外面那些東西，噩夢星那些巨大的孑孓——？」

我用力嚥了嚥口水，感到有點反胃。「食人蟲。」我淡淡地說。我在書上讀過那些蟲，也看過全息投影。我能想像萊安娜在費爾腦中見到的回憶，畫面一定很可怕。我慶幸自己沒有她的能力。

「費爾到那裡時，牠們仍——仍——你知道。他用音波槍將牠們全殺了。」

我搖搖頭。「我想經歷過那種事不可能放下。」

「對。」萊安娜說。「費爾確實放不下。他們以前好——好**快樂**，在噩夢星意外發生之前。他愛著她，兩人很親密，他的工作生涯也一直很愉快。其實，他根本不用去噩夢星。他接下這任務，因為這是個挑戰，因為沒有人能處理。這點也一再刺痛他的心。而且他一直都記在心裡。他——他們——」她聲音顫抖。「他們覺得自己很**幸運**。」她說完，便陷入了沉默。

我不知道該怎麼回答。我保持沉默，繼續開車，靜靜思考，心中依稀感到一絲和費爾相若的痛苦。過了一會，萊安娜又開口了。

「全都在那兒，羅柏。」她說，聲音愈來愈柔，愈來愈慢，再次心事重重。「但他現在很平靜。他仍記得這一切和過去內心有多痛，但這件事不像以前那麼折磨他了。現在他難過的是他們沒有和他在一起。他遺憾他們死時沒有迎向最終結合。像是那個錫金女人，記得嗎？在我們第一次參加的聚會上？她講到她弟弟的事？」

「我記得。」

「就像那樣。他的心靈也完全敞開。比卡門茲還更開放。他搖鈴時，心中每個層次都一一化開。一切都在表面上，所有的愛、痛苦和一切。他的一生，羅柏。我在轉眼間和他共享了他的一生，以及他所有想法……他見過結合的洞窟……他改信之前曾下去過一次。我……」

沉默再次籠罩我們，車內氣氛凝重。我們開到了錫金城邊緣。眼前高塔直入雲霄，在陽光下閃閃發光。人類城市低矮的圓頂和拱門一棟棟出現，光燦耀眼。

「羅柏。」萊安娜說。「停車。我要思考一下，好嗎？你自己先回去，我想在錫金星走一走。」

我皺眉望向她。「走路？這裡離高塔還很遠，萊安娜。」

「我不會有事。拜託，讓我思考一下。」

我讀了她的心。她心中仍是一片迷霧，比過去更濃密。並染上一層恐懼。「妳確定嗎？」我說。「妳在害怕，萊安娜。為什麼？怎麼了？這裡沒有食人蟲。」

她只望著我，神情茫然。「拜託，羅柏。」她重複。

我不知道能怎麼辦，於是我降落了。

✳ ✳ ✳

開浮空車回高塔的路上，我同時思考著萊安娜說的話，以及從卡門茲和費爾身上讀到的資訊。我專注想著我們受命要解決的問題，盡量不去想萊安娜的事，也不擔心她心裡的煩躁。我想，那會自然而然解決。

回到高塔，我絲毫不浪費時間，直接去了瓦卡倫席辦公室。他獨自一人在辦公室操作著一台機器。我進門時他把機器關了。

「嗨，羅柏。」他開口。「萊安娜在哪？」

「在外面散步。她想思考一下。我也一直在思考，而且我相信我有答案了。」

他揚起眉毛，十分驚訝，等我開口。

我坐下來。「我們今天下午找到費爾，萊安娜讀了他的心。我想他改信的理由很明顯。不論他表面上多愉快，內心卻已崩潰。蛇席卡能為他的痛苦畫下句點。還有另一個人和他一起改信，叫雷斯德·卡門茲。他的人生也很悲慘，是個生活毫無意義，既寂寞又可憐的人。**為何**不改信呢？調查一下其他改信的人，我敢說很快能找出規律。迷失方向、心靈脆弱、失敗者、孤單的人——那些人都會投向結合教。」

瓦卡倫席點點頭。「對，這我相信。」他說。「但我們的精神醫師早猜到了，羅柏。而且那不能算是答案。當然，普遍而言，改信者精神上都有問題，這我同意。但為何會投向結合教？精神醫師無法回答。例如費爾。相信我，他是個意志堅強的人。我不認識他本人，但我知道他的過去。他喜歡挑戰，曾主動接下不少棘手的任務，而且總是能克服萬難。他可以擁有輕鬆的工作，但他不感興趣。我聽說過噩夢星上的意外。那事件很有名，細節多少有點誇大其實。但即使事件如此悲慘，費爾·古斯塔夫森也不是那麼容易被擊垮的人。古雷告訴我，他馬上重新站起，來到錫金星，確實建立起地方秩序，並收拾洛克伍留下的爛攤子。他也談成了我們有史以來第一筆契約，**並且**讓錫金人充分了解契約的意義，那可不容易。

「這就是他，一個競爭心強的天才，他這輩子都在克服萬難，面對各式各樣的人。他確實經歷著人生最大的噩夢，但這件事不會摧毀他。他一如過往強悍。結果突然之間，他投向了結合教，決定要以噁心的方式赴死。為什麼？你說是要終結痛苦？很有趣的理論，但要一了百了，還有其他方式。費爾從噩夢星到接受蛻席卡中間隔了好幾年。他以前從來沒有逃避過痛苦，沒因此酗酒、嗑藥或染上任何不良的惡習。他也沒有回古地球，請超精神醫師消除他的記憶——相信我，如果他想的話，花錢就能解決。噩夢星事件之後，殖民地總部絕對二話不說為他買單。但是他繼續生活，吞下自己的痛苦，重新出發。結果突然之間，他投向宗教。

「他的痛苦令他更脆弱了，沒錯，這點無庸置疑。但結合教某個特點吸引了他——那是酒精或清除回憶無法給他的。對卡門茲和其他人也一樣。他們明明有其他出路，也能以其他方式了結生命，卻甘願放棄一切，選擇結合教。你懂我在說什麼嗎？」

我當然懂。我的答案根本不是答案，我剛才早已明白。但瓦卡倫席也錯了，一部分錯了。

「對。」我說。「我想我們還必須好好讀心一陣子。」我無力地笑一笑。「不過有件事我必須說。費爾並未真的克服了痛苦，他不曾成功。萊安娜這點說得非常清楚。那份傷痛一直在他心中，折磨著他。他只是從未表現出來。」

「那就是勝利，不是嗎？」瓦卡倫席說。「如果你能深埋你的傷痛，沒人看得出來的話，不也是成功嗎？」

「我不知道，我覺得不是。但是……總之，還有件事。費爾患了慢性瘟疫。他快死了。他這幾年本來就快死了。」

瓦卡倫席表情變了一下。「這我不知道，但這更支持了我的看法。我曾讀到，如果所在的星球合法，大概百分之八十的慢性瘟疫患者會選擇安樂死。費爾是行星行政官，他可以讓安樂死合法。如果這麼多年來，他都沒自殺，為何現在要自殺呢？」

這問題我沒有答案。萊安娜有答案的話，也沒告訴我。我也不知道我們在哪裡可以找到答案，除非……

「洞窟。」我突然說。「結合洞窟。我們一定要目睹最終結合。那裡一定有什麼代表著改信的意義。我們有機會可以去看看。」

瓦卡倫席微笑。「好。」他說。「這我可以安排。我早料到會有這一天。不過，我先警告你，那個景象可不好看。我自己下去過了，所以我知道。」

「沒關係。」我跟他說。「讀費爾的心也好不到哪去。萊安娜結束時，你真該看看她的臉色。她現在在外頭散步，想拋開那感覺。」我心底覺得，那一定是她心煩的原因。「我相信最終結合不會比噩夢星上的回憶來得可怕。」

「好吧。我明天會安排好。當然，我會跟你們一起去。我不希望冒險，害你們出事。」

我點點頭。瓦卡倫席起身。「差不多了。」他說。「現在，我們想點有趣的事。你們晚餐有著落了嗎？」

我們最後吃一家人類開的假錫金餐廳，古雷和羅莉．布萊克班也來了。對話就是閒話家常——聊著運動、政府、藝術、舊笑話一類的。一整晚都沒提到錫金人或蜷席卡。

後來各自回房時，我發現萊安娜已經在房裡等我。她從圖書室拿了一本厚書，坐在床上看，那是一本古地球的詩集。我進門時她抬頭。

「嗨。」我說。「妳散步得如何？」

「很久。」她蒼白嬌小的臉上出現笑容，然後笑容淡去。「但我花了點時間思考。關於這個下午和昨天以及加入者，還有我們。」

「我們？」

「羅柏，你愛我嗎？」這問題從她口中理所當然地問出，滿是疑惑。彷彿她不知道，彷彿她真心不知道。

我坐到床上，牽起她的手，試著微笑。「當然。」我說。「妳明知道的，萊安娜。」

「我知道。是啊，你愛我，羅柏，你真的愛我。盡人類之力愛著我，但……」她停下來，搖了搖頭，闔上書，又嘆了口氣。「但我們始終是兩個人，羅柏。我們始終有所分別。」

「妳**到底在**說什麼？」

「今天下午……我後來好疑惑，心裡又害怕。我不確定為什麼，但我仔細想了好久。我在讀心時，羅柏──我和加入者在一起，分享他們和他們的愛。說真的，我不想出來。我不想離開他們，羅柏。我離開時感到好孤單，彷彿被人硬生生拆散。」

「那只能怪妳。」我說。「我試著跟妳說話，但妳只忙著思考。」

「說話？說話有什麼用？說話就是溝通傳達吧，我想。但那是**真正的**溝通嗎？在他們訓練我的能力之前，我是這麼想。可是接受訓練之後，讀心似乎才是真正的溝通，讓我真實了解另一個人，讓我了解你。但現在我不確定了。加入者──他們搖鈴時──彼此**合為一體**，羅柏。所有人都連結在一起，就像我們做愛時。而且他們不但愛著彼此，也深深愛著我們。我覺得──我不知道。但費爾和你一樣愛我。不，他更愛我。」

她說出口之後，臉色變得蒼白，雙眼睜大，既迷惘又寂寞。我突然感到一絲寒意，像一陣冷風掃過靈魂。我不發一語，只望著她，緊咬嘴唇到流血。

我想，她從我眼中看到了我的悲痛，或是她感受到了。她將我的手拉向她，輕輕撫摸。「喔，羅柏，拜託。我不是故意要傷害你。不是你的問題，是我們所有人的問題。和**他們**相比，**我們**有的算什麼？」

「我不知道妳在說什麼，萊安娜。」一半的我好想哭，另一半的我好想大叫。我將這些情緒全壓抑住，保持語氣穩定。但我心思紊亂，一點都不穩定。

「你愛我嗎，羅柏？」她又問一次，思索著。

「愛！」我激動地說，彷彿想反駁她。

「那是什麼意思？」她說。

「妳知道那是什麼意思。」我說。「媽的，萊安娜，**好好想**！想起我們擁有的一切，我們共享的一切。那就是愛，萊安娜，那是愛啊。我們很幸運，還記得嗎？妳自己說過的。普通人就是對望一眼，互喚一聲，接著便各自回到黑暗之中。他們幾乎找不到彼此。他們很孤單，永遠在摸索，一次次嘗試，想爬出他們孤獨的房間，卻一次次失敗。我們不然，我們找到了方法，我們比任何人類都了解彼此。我每一件事都會告訴妳，和妳分享。我之前就說過了，妳知道這是真的，妳可以讀我的心。**那就是**愛，媽的。**不是嗎**？」

「我不知道。」她語氣悲傷，感覺自己也糊塗了。她甚至沒發出嗚咽聲，便默默哭了起來。淚水寂寞地滑落雙頰，她開口。「也許那是愛。我一直以為那是愛。但現在我不知道了。如果我們擁有的是愛，那下午我感受到的是什麼？我碰觸到的、分享的是什麼？喔，羅柏。我也愛你。你知道的。我想和你分享。我想分享我讀到的感受。但我無法和你分享。我們終究是兩個人。我無法讓你理解。我在這裡，你在那裡，我們可以碰觸，可以做愛，可以說話，但我們仍有隔閡。你懂嗎？你懂嗎？我孤獨一人。而今天下午，我**不孤獨**。」

「媽的，妳本來就不孤獨。」我突然說。「我在這裡啊。」我緊緊握住她的手。「感覺到了嗎？聽到了嗎？妳不孤獨！」

她搖搖頭，淚水繼續流下。「看，你不了解不是嗎？我沒法讓你了解。你說我們比任何人類都了解彼此。你說得對。但人類能多了解彼此呢？他們不都是獨立於世嗎？每個人都獨自活在黑暗空洞的宇宙裡？我們認為世上有另一個人屬於自己，其實都只是在騙自己。最終，走到冰冷寂寞的盡頭，我們在黑暗中都是獨自一人。你會在嗎，羅柏？我怎麼知道？你死了會跟我在一起嗎，羅柏？我們那時能在一起嗎？我們**現在**在一起嗎？你說我們比普通人幸運，這話我也說過。普通人只能對望一眼，互喚一聲，對吧？我引用那句詩多少次了？但**我們**擁有什麼？也許就只是對望一眼，互喚兩聲。可是，現在這些也不夠了。我好害怕。我忽然變得好害怕。」

她嚎啕大哭。我直覺伸出手臂，擁她入懷，撫摸著她。我們躺在一起，她靠著我的胸膛啜泣。我簡短讀了她的內心，我感受到她的痛苦和突忽其來的寂寞，還有她的渴望，所有感受不斷迴旋，捲入陰暗的恐懼風暴之中。儘管我撫摸她，輕聲一次次說，一切不會有事，我在這裡，她不是一個人。我卻知道這永遠不夠了。突然之間，我們之間出現一道鴻溝，巨大的裂口不斷擴張，而我毫無頭緒要從何處搭橋。至於萊安娜，我的萊安娜只是不斷哭泣。她需要著我，我也需要她，但我再也無法接近她。

然後我發現自己也哭了。

我們緊抱著彼此，默默流淚，感覺過了有一小時之久，到最後淚水流乾了。萊安娜緊緊抱著我，我幾乎無法呼吸，我也緊抱著她。

「羅柏。」她輕聲說。「你說——你說我們真的了解彼此。這麼久以來你一直這麼說。而且你有時說，我**適合**你，我很完美。」

我點點頭，全心想要相信。「對。妳很完美。」

「不。」她哽咽地說，「不是**這樣**。我能讀你的心。我可以聽到你腦中話語不斷盤旋，在你說出口前慢慢組成句子。我也聽到你做蠢事時怪罪自己。我看到一些回憶，並和你一起活在那些回憶中。但那全都只是表面上的事，羅柏，那些全都在上層。下面還有更多，更多的**你**。不成思緒的想法，我無法分辨。我無以名狀的情緒，你壓抑的激情，你不知道自己擁有的回憶。有時候我可以挖掘到那個程度。有時候而已。如果我真的夠努力，竭盡心力去爭取，我的確可以看到。但當我到那裡，我知道——我**知道**——在**那**之下，還有另一層。無止無境，不斷向下。雖然那是你的一部分，羅柏，但我到不了。我不認識你，我無法認識你。你甚至不了解你自己，你知道嗎？而我，你認識我嗎？不。你只認識皮毛而已。你知道我告訴你的事，我也不曾說謊，但也許你根本不認識我。你能讀到我表面上的感受——撞到腳趾的痛，腦袋閃過的煩悶，你在我體內的歡愉。那些就代表你認識我了嗎？**我的**其他層次呢？連我自己都不知道、藏在心底的事情呢？**你**知道嗎？怎麼可能？羅柏，怎麼可能？」

她再次搖搖頭，露出疑惑時總會擺出的可愛模樣。「你說我很完美，說你愛我。我好適合你。但那是**真的**嗎？羅柏，**我會讀你的心**。你想要我性感，我就會性感。我知道如何引起你的性欲。我知道你何時希望我認真一點，何時希望我開玩笑。我也知道絕不能開尖銳的玩笑，你不喜歡被玩笑傷到，也不願看到玩笑傷人。你喜歡和大家一**起**歡笑，但不喜歡**嘲笑**人，所以我也和你一起歡笑，並愛著你高尚的品格。我知道你何時希望我說話，何時保持安靜。我知道你何時希望我當隻令人驕傲的母老虎，或當個稱職的心靈感應者，或當個小女孩，依偎在你懷裡。我**就是**這樣，羅柏，我愛你，所以你要我去做，我便會把每件事都做**對**，這樣一來，我就能感到你的快樂。我並非刻意，只是順其自然。其實，我也用不著刻意做。大多時候，那甚至是無意識的。你也會做同樣的事。我能讀到你的想法。但你不能像我一樣讀心，所以有時你會猜錯——我需要你默默給予理解，你卻說些玩笑話；我想呵護你時，你卻像個大男人。但你有時也會猜對。而且你很**努力**，你一直很努力。

「但那真的是**你**嗎？那真的是我嗎？萬一我不完美呢？要是我做自己，把所有缺點都攤在眼前，把你不喜歡的事全表現出來呢？你**那時**還會愛我嗎？我不知道。但費爾和卡門茲會。我知道，羅柏。我看到了。我認識**他們**。他們內心的層層防備……都消失了。我**認識**他們，如果我回去找他們，我可以和他們分享一切，比和你還深入。而且我想，他們認識我，真正的我，所有的我。還有，他們愛我，你懂嗎？**你懂嗎？**」

我懂嗎？我不知道。我好困惑。如果萊安娜做「自己」？我還會愛她嗎？但「她自己」是什麼？那跟我認識的萊安娜有什麼不同？我以為我愛著萊安娜，而且會一直愛著萊安娜——但要是真正的萊安娜不像我心目中的萊安娜呢？我愛的是**什麼**？身而為人，還是某種詭異抽象的概念？或是萊安娜的肉體、聲音和個性？我不知道。我不知道萊安娜是誰，不知道我自己是誰，以及這一切有什麼意義。我很害怕。也許我感覺不到她下午感覺到的事。但我知道她感受到了。我好孤單，我需要有人陪伴。

「萊安娜。」我喚她。「萊安娜，我們試試看。我們不需要放棄。我們可以深入彼此。沒問題的，用我們的方法。我們以前就試過了。來吧，萊安娜，跟我來，來我身邊。」

我邊說邊脫了她的衣服，她雙手也配合著我。我們全身赤裸之後，我開始緩緩撫摸她，她也撫摸我。我們的心靈伸向彼此，展開前所未有的試探。我感覺到她在我腦中挖掘，愈挖愈深，不斷向下。我將自己心靈打開，毫不抵抗，所有不讓她知道的小祕密現在全交給她，包括我記得的一切，我的成就感和羞愧，美好和痛苦的時刻，我傷害別人或被傷害的時刻，我暗自哭泣的時刻，我不敢承認的恐懼，我對抗的偏見，我壓抑的虛榮心，還有我犯下的各種孩子氣幼稚傻事。全部的全部，一切的一切。我不閃避，不隱藏。我將自己交給她，給萊安娜，**我的**萊安娜。她一定要了解我。

她也放開了自己。她的心靈如一座森林，我漫步其中，摘取情緒，最上頭是恐懼、需要和愛，下頭是比較平緩的感受，樹林更深處藏著天馬行空的想法和熱情。我沒有萊安娜的能力，只能讀感受，讀不出想法。但這次，我有生以來唯一一次讀到了想法，因為我永遠都讀不到，所以她將想法拋給我。我讀到的不多，但確實接到了一些。

她的心靈對我打開之後，身體也開放了。我進到她體內，我們一起活動，身體合一，心靈糾纏，用盡人類之力結合在一起。我感到一股股喜悅的巨浪淹沒我，我和她的喜悅彼此層層堆疊，而我乘著浪峰衝向遙遠的彼岸，那一刻彷彿永恆。終於，浪潮衝上海灘，我們同時高潮，一時間——稍縱即逝的一秒鐘——我分辨不出我和她的高潮。

但緊接著，一切過去了。我們緊緊相擁，躺在床上。睡在星輝之中。但那不是床上，而是一片漆黑的海灘，而且頭上沒有任何星星。一個想法漂到我心裡，那不是我的想法，而是萊安娜的想法。她在想，我們在一片原野之上，而我發現她說得對。送我們來的大浪已經消退，我們四方是一望無垠的廣闊黑暗之境，兩旁地平線隱約有不祥的陰影在移動。萊安娜心想，**我們像置身幽暗的平原**[2]。突然之間，我了解那些陰影是什麼了，也知道她剛才在讀哪一首詩。

我們沉沉睡去。

我獨自醒來。

房間全黑，萊安娜睡在床的另一邊，身體蜷縮，熟熟睡著。我想時間已晚，接近天亮。但我不確定。我心裡惶惶不安。

我起身默默更衣。我需要走一走，好好思考，把腦袋弄清楚。但要去哪呢？

我手碰到口袋才想起來，我有一把鑰匙——瓦卡倫席的辦公室鑰匙。時間這麼晚了，辦公室一定上鎖了，而且空無一人。一望無際的風景也許能幫助我思考。

我出了門，找到電梯，一路搭到人類建築的頂端，彷彿挑釁著錫金人文明。辦公室昏暗，家具在黑暗中像是一團團黑影，只有稀微的星光照著辦公室內。比起古地球和芭朵爾，錫金星更接近銀河系中心，夜空璀璨，有些星星距離不遠，在黑夜中閃爍紅色和藍白色的光芒。瓦卡倫席辦公室中四面都是玻璃，我走到一面玻璃前向外望。我沒有思考，只專注地感受。我感到寒冷、失落和渺小。

我身後傳來一個溫柔的聲音，向我問好。我太過專注，差點沒聽到。

我轉過身，四面八方的星辰同時躍入眼簾。羅莉．布萊克班坐在一張矮椅子上，置身在黑暗之中。

「妳好。」我說。「我不是故意來打擾妳的。我以為這裡沒有人。」

她微笑。奪目的面容閃現奪目的笑容，卻沒有一絲笑意。她紅色的頭髮呈波浪垂下，她穿著一件輕薄的長衣。衣服下，她身體優美的曲線一覽無遺，而且她毫不避諱。「我常來這裡。」她說。「通常是晚上，趁迪諾睡著之後。這裡很適合思考。」

「對。」我笑著說。「我也這麼想。」

「星星很美，對不對？」

「對。」

「我也這麼覺得。我——」她猶豫了。然後她起身走向我。「你愛萊安娜嗎？」她說。

問題如重槌擊中我。真不是時候。但我覺得我掩飾得很好。我心中仍想著剛才和萊安娜聊的事。「是。」我說。「非常愛。怎麼了？」

她站近我，望著我的臉，然後望向後方星空。「我不知道。我有時會思考何謂愛。我愛迪諾。他兩個月前才來到這裡，所以我們認識不深。但我已經愛上了他。我從沒碰過像他這樣的人：善良貼心，所有事情都做得很好。只要他肯努力，我不曾看他失敗過。但他跟其他人不同，他總是從容不迫，輕鬆達成目標。他對自己很有信心，這點很迷人。他給了我夢寐以求的一切。」

我讀了她的心情，感受到她的愛和擔憂，並猜出答案。「除了他自己。」我說。

她驚訝地望著我。然後她露出笑容。「我忘了。你是能力者。你當然知道。你說得對。我不知道我在擔心什麼，但心裡就是擔憂。迪諾好完美。我已經告訴他——嗯，關於我人生的一切。他靜靜聆聽，並真心理解我。他總是善於了解他人，我需要的時候，他也都在我身邊。可是——」

「全都是單向。」我說。這是肯定句，我已經知道了。

她點點頭。「也不是說他隱瞞了什麼。他沒有。我問的任何問題他都會回答。但答案不具意義。我問他害怕什麼，他回答什麼都不怕，並說服了我。他非常理性，非常鎮定。他從不生氣，這輩子也不曾生氣過。這我都問過了。他不討厭人，也覺得討厭人是一件壞事。他從來不感到痛苦，至少他是這麼**說**的。我的意思是情感上的痛苦。他曾說自己最大的缺點是懶惰。但他一點都不懶惰，這我知道。他真的那麼完美嗎？他告訴我，他一直都對自己很有信心，因為他**知道**自己很厲害，但他說的時候面帶笑容，所以我甚至不能罵他太過自大。他說他相信神，但卻從來沒提起過神。如果你試著和他認真說話，他會耐著性子聆聽，和你說說笑笑，或換個話題。他說他愛我，可是——」

我點點頭。我知道她要說什麼。

來了。她望向我，眼神中充滿哀求。「你是能力者。」她說。「你已經讀過他的心了，對不對？你了解他嗎？告訴我。拜託告訴我。」

我讀著她的心。我看得出來她有多想知道，多麼擔心害怕，並付出了多少愛。我無法對她說謊。但真相實在令我難以啟齒。

「我讀過他的心。」我緩緩小心地說，字斟句酌，彷彿每個字都很珍貴。「也讀過妳的心。第一天晚上，我們一起用餐時，我就感受到妳的愛了。」

「迪諾呢？」

我的話卡在喉嚨。「他——萊安娜曾說，他很有意思。我輕易便能感受到他表層的情感，但底下什麼都感受不到。他非常獨立疏離。彷彿他擁有的感情便是——他允許自己有的感受。我感覺到他的自信和喜悅，也感受到他的擔憂，但從未發現恐懼。他對妳有深厚的感情，呵護備至。他享受照顧別人的感覺。」

「就這樣？」她語氣充滿期待，卻又感到心痛。

「恐怕如此。他很疏離，羅莉。他只需要自己。如果他心中有愛，也是在那道牆後面，隱藏了起來。我讀不到。他時常為妳著想，羅莉。但愛的話——嗯，不一樣。愛更強烈，更沒有道理，會如潮水一般湧出。迪諾不是那樣，至少我讀得到的他是如此。」

「封閉起來了。」她說。「他對我封閉起來了。我完全將自己打開，但他沒有。我隨時都感到害怕——就算他和我在一起，我有時也會覺得他完全不在場——」

她嘆口氣。我感受到她的絕望，以及不斷蔓延的寂寞。我不知如何是好。「妳可以哭。」

我呆呆跟她說。「有時候挺有幫助。我知道。我這輩子哭過不少次。」她沒有哭，只抬頭輕輕笑了笑。「不。」她說。「我不能哭。迪諾教我永遠不要哭。他說眼淚解決不了任何事。」

令人難過的道理。眼淚解決不了任何事，也許吧，但眼淚是人類的一部分。我想如此告訴她，但最後只朝她微笑。

她也對我微笑，歪著頭。「你會哭啊？」她突然說，語氣莫名開心。「好好笑。其實，那句話比我從迪諾口中聽到的一切更坦白。謝謝你，羅柏。謝謝你。」

羅莉踮起腳尖，抬頭等待。我讀得到她的期待。於是我抱住她，親吻了她，她身體緊緊貼著我。我不斷想著萊安娜，告訴自己她不會介意，她會為我驕傲，她會理解。

後來，我獨自一人待在辦公室，迎接黎明。我筋疲力盡，但莫名滿足。地平線的光線慢慢驅散黑暗，突然之間，夜晚的所有恐懼彷彿只是庸人自擾，一點也不理性。我心想，我們越過了隔閡——萊安娜和我。無論如何，我們都解決了，而今天我們一樣會同心協力，輕鬆解決蜷席卡的事。

*　*　*

我回到房間，萊安娜不見了。

「我們在錫金城裡找到了浮空車。」瓦卡倫席說。他很冷靜，堅定明確，令人安心。就算沒說出口，他的語氣也告訴我不需擔心。「我們已經派人去找她了。但錫金城不小。你知道她會去哪嗎？」

「不知道。」我無力地說。「沒想法。也許去見其他加入者。她似乎——唉，為他們著迷。我不知道。」

「好，我們警力相當充足。我們會找到她的，我很確定。但可能要一陣子。你們兩個吵架了嗎？」

「對。沒有。類似，但那不是真的吵架。說來很奇怪。」

「我明白了。」他說，但他不明白。「羅莉告訴我，你昨晚一個人上來這裡。」

「對。我需要思考。」

「好吧。」瓦卡倫席說。「所以我們可以這麼想，萊安娜醒來，決定自己也需要想一想。你來到辦公室。她開車離開。也許她今天只是想在錫金城散散步。她昨天也做了同樣的事，不是嗎？」

「對。」

「所以她又做了一樣的事。沒問題的。她可能晚餐前就會回來了。」他微笑。

「那她為什麼不吭一聲就離開？留個字條或什麼都好啊？」

「我不知道。那不重要。」

但真的不重要嗎？**真的嗎**？我坐在椅子上，臉埋進雙手之中，皺著眉頭，我全身滲出冷汗。突然之間，我莫名地感到害怕。我一直告訴自己，不該讓她一人在房裡。我和羅莉在樓上時，萊安娜獨自一人在漆黑的房中醒來，然後——然後——**然後呢**？然後她就離開了。

「現在的話，」瓦卡倫席說。「我們有工作要做。洞窟的行程已經安排好了。」

我不敢置信地抬頭。「洞窟？我現在不能去那裡。我不能自己去。」

他故意重重嘆了口氣，彷彿很不耐煩。「噢，好了啦，羅柏。這又不是世界末日。萊安娜不會有事。她是個聰明的女孩，我相信她能照顧好自己。對吧？」

我點點頭。

「在此同時，我們可以去看看洞窟。我還是想把事情查個水落石出。」

「這樣沒有幫助。」我反駁。「少了萊安娜只是浪費時間，她是主要能力者。我——我只能讀到情緒。我不像她能潛入心靈深處。我無法替你解答任何謎題。」

他聳聳肩。「也許吧。但行程排好了，去了我們也沒什麼損失。萊安娜回來之後，我們可以再去一次。再說，這對你應該有好處，你的心思可以放在工作上。萊安娜的事你現在也無能為力。我已派所有人手去搜尋她，如果他們找不到，你當然也找不到。所以多想也無用。好好行動，讓自己忙一點。」他轉身走向管狀電梯。「來吧。底下有輛浮空車等著我們。」

古雷也會來。」

我不甘願地站起。我真的沒心情去想錫金星的問題，但瓦卡倫席的說法確實有道理。何況，他是我和萊安娜的雇主，我們對他仍有責任。我想，反正我就去試試看。

一路上，瓦卡倫席和駕駛坐在前面。駕駛是個強壯的警長，整張臉坑坑巴巴的。他這次選了台警車，這樣我們能順便搜尋萊安娜。古雷和我坐在後座。古雷在我們大腿放了一大張地圖，並告訴我關於最終結合洞窟的事。

「理論上，洞窟是蛫席卡最原始的巢穴。」他說。「這件事可能是真的，畢竟算是挺合理的。因為裡頭的蛫席卡長得十分巨大。你等著看。洞窟穿梭在整片山丘間，延伸出錫金城，擴張到荒野上，像排列整齊的蜂巢一樣。每座洞窟都有蛫席卡。總之，據說是如此。我自己去過幾座，真的是**每一座**都有蛫席卡。所以我相信這個傳言。這座聖城，嗯，可能就是**因為**洞窟，這座聖城才座落在此。錫金人從大陸四面八方聚集至此，就是為了最終結合。這裡就是洞窟分布之處。」他拿出一枝筆，圈起地圖中央的區域。這對我來說毫無意義。但是看到地圖，我卻感到無比難過。我沒想到錫金城市規模這麼**龐大**。他們要怎麼找得到一個不想被找到的人？

瓦卡倫席從前座轉過頭來。「我們要去的洞窟是比較大的一座。我之前就去過。最終結合沒有什麼儀式，就只是錫金人選一座洞窟，走進去，躺在蛫席卡身上。有的洞窟比下水管大不了多少，但理論上，你只要走得夠深就會遇到蜷席卡。牠躲在暗處，脈搏振動。最大的幾個洞窟裡都設有火炬，像市鎮大廳，但那只是裝飾。和結合無實際關係。

「我想我們去的洞窟便是其中之一？」我說。

瓦卡倫席點點頭。「對。我想你會想見識成年的蜷席卡。不好看，但會大開眼界。所以我們需要去有火炬的洞窟。」

古雷繼續解釋，但我沒專心聽他說話。關於錫金人和蜷席卡的事，我覺得我懂的夠多了，我心中仍擔心著萊安娜。過了一會，他終於說完了，接下來路上我們保持沉默。這段路比過去都還長，甚至連高塔都遠遠消失在身後的山丘之間。

地貌變得更崎嶇，岩石遍布，藤蔓叢生，山丘變得更高、更蠻荒。但四處仍布滿一棟棟圓頂屋，到處都見得到錫金人。我心想，萊安娜也許就在那裡，迷失在數百萬人當中。她究竟在尋找什麼？她心裡在想什麼？

最後，我們面前出現兩座嶙峋的巨山，車子降落在鬱鬱蔥蔥的山谷間。即使在這裡也見得到錫金人，矮小樹林下的灌木叢建著一座座紅磚圓頂屋。洞窟就在眼前，座落在山坡的中間，有一條蜿蜒泥土路能通往石山表面的大口。

我們在山谷停好車之後，便沿那條路向上爬。古雷笨拙費力地大步走；瓦卡倫席是一派輕鬆，動作優雅，不顯疲憊；警長則是沉緩冷靜，一步步向前。我大大落後，好不容易爬到洞窟口時，早已氣喘吁吁。

若我原本期待會看到壁畫、神龕或大自然造出的神殿，肯定要大失所望。那是個很普通的洞窟，牆面潮溼，岩壁低矮，溼冷空氣撲面而來。比錫金星其他地方冰涼，沙塵少了些，也就只是這樣而已。岩石間有條彎曲的通道，寬度能容得下我們四人，但古雷必須彎身才進得來。牆面每隔一段距離便插著一把火炬，但每四把大概只有一把是點燃的。火炬散發油氣，煙迴盪在洞窟上方，然後飄向前方深處。我心想，不知是什麼將煙吸了進去。

路雖然都向下，但傾斜度不大，走了十分鐘，我們進到了一個明亮寬敞的空間，上方是個石拱頂，已被火炬的煙薰得焦黑。蛫席卡便在那裡。

牠呈棕紅色，顏色不起眼，像不新鮮的血，不像加入者頭上鮮紅色、接近透明的小蟲。巨大的身體上還有幾個黑點，像燒痕或抹上的煤痕。我幾乎看不到洞窟另一端；蛫席卡非常巨大，矗立在我們面前，幾乎快頂到上方的石板。但牠身體從頂端呈一個坡，延伸到整個空間中央，有如一座巨大的果凍山，最後落在我們面前五、六公尺處。我們和巨大的蛫席卡之間，彷彿有一座樹林，蛫席卡紅色的身體組織一條條懸在空中擺盪，組織結成的網幾乎湊到我們面前。

而且牠不斷脈動，像個生命體。就連一條條組織都在擴張收縮，無聲配合著後方巨大蛫席卡的脈搏。

我肚子翻攪，但身旁的人似乎都習以為常。他們以前看過了。「來吧。」瓦卡倫席說，他打開帶來的手電筒。光線穿過不斷脈動的網，令人有種進入鬧鬼樹林的感覺。瓦卡倫席輕手輕腳走進林間，手中燈光晃動，撥開蛫席卡。

古雷跟著他，但我畏縮駐足在後。瓦卡倫席回頭向我一笑。「別擔心。」他說。「蛫席卡要花好幾個小時才會依附在人身上，而且要拿下很簡單。如果你跌倒牠也不會抓你。」

我鼓起勇氣，伸手碰了活生生的一條條組織，觸感又溼又軟，有種黏呼呼的感覺。但就只是這樣而已。雖然會沾手，但輕易便能甩開。我穿梭其中，彎著腰，將手伸向前，清開前方的道路。警長默默走在我身後。

然後我們站到組織網的另一端，來到蛫席卡正前方。瓦卡倫席端詳了一會，然後用手電筒指了一下。「看。」他說。「最終結合。」

我順著望過去，手電筒光束照亮一團黑點，彷彿是紅色巨塊上的汙漬。我仔細看。汙漬中間有顆頭，黑點的中央是張人臉，外頭覆蓋著一層薄薄紅膜。但那的確是張臉沒錯。那是一名年老的錫金人，滿面皺紋，眼睛巨大，但現在雙眼緊閉，嘴上帶著笑容。

我靠過去，發現右邊下方有幾根手指指尖外露。但僅此而已，他的身體大半已消失，被蛫席卡吸收，就算沒完全溶解，也是正在進行中。錫金老人已經死了，寄生蟲在消化他的屍體。

「每個黑點都是最近的結合。」瓦卡倫席說，他像探險家用手電筒四處照著。「當然，黑點會隨著時間慢慢淡去。蜷席卡穩定生長。再過一百年，牠會擠滿這個空間，蔓延到通道上。」

這時，我們身後出現聲響。我回頭。有人穿過組織網過來了。她不久便來到我們眼前，面露笑容。她是個年老的錫金婦人，全身赤裸，雙乳低垂超過腰際。當然，她也是個加入者。她的蜷席卡幾乎覆蓋她整個頭，直垂到上腹部。牠長時間生活在太陽下，顏色顯得鮮明透亮。你幾乎能看穿牠的身軀，看到牠在吃她背後的皮膚。

「最終結合的候選人。」古雷說。

「這座洞窟很熱門。」瓦卡倫席低聲諷刺地說。

女人沒跟我們說話，也沒跟蜷席卡說話。她笑咪咪地經過我們，躺到蜷席卡身上。她背後那小隻的蜷席卡似乎一碰到便馬上溶解，化入巨大的蜷席卡之中，於是錫金婦人和巨大的蜷席卡也合而為一。接著，什麼都沒發生。她只閉上雙眼，安詳地躺下，似乎陷入熟睡。

「怎麼了？」我問。

「結合。」瓦卡倫席說。「要等一小時之後才看得出變化，但蜷席卡現在也在吞噬她。據說是對她的體溫有反應。一天之內，她就會深陷其中。兩天後，就會跟牠——」手電筒在上方照到一張半溶解的臉。

「你能讀她的心嗎?」古雷說。「也許能告訴我們一些事。」

「好。」我覺得有點噁心,但也感到好奇。我打開自己,心靈風暴襲來。

稱之為風暴其實不恰當。那感覺相當劇烈、愉悅且深刻,熱力奔放,令人眼前瞬間無法視物,口水也難以下嚥。但同時也很寧靜,溫柔之中卻又無比強烈,更甚於人類的仇恨。彷彿是輕柔的吼叫和警報,深深引誘著我。熱情淹沒了我,彷彿一股紅色巨浪,將我捲入。我同時既被充滿,也被掏空。我聽到某處傳來鈴響,響亮的銅鈴響起,那首歌唱誦著愛,關於卸下心防和與人相聚,關於加入、結合及永遠不孤獨。

風暴,對,這是一場心靈風暴,確實如此。但這無法和一般心靈風暴相提並論,若一般心靈風暴是颶風,這一場便是近乎超新星爆炸,充滿暴力的愛。那股心靈風暴愛著我,渴望著我,鈴聲召喚著我,歌誦著這份愛,我伸手去觸摸,想要隨之而去,想與之連結,永不再孤單。突然之間,我再次登上巨浪浪峰,永恆沖過群星,我知道這次浪潮永遠不會停止,我之後再也不會淪落到幽暗的平原上。

但一思及這個詞,我就想到了萊安娜。

我突然掙扎起來,想抗拒,想對抗我深深陷入的愛之海。我逃啊,逃啊,**快逃啊,快逃**……我關閉我的心靈之門,拉上門栓,聽著暴風在門後咆哮,我用盡全力頂著門,反抗它的力量。但門開始彎起並崩裂。

我尖叫。門粉碎開來，暴風吹進來，攫住了我，讓我一圈圈在空中打轉。我飛向冰冷的星星，但星星不再冰冷，我不斷變大，直到我**成為**星星，星星成為我，我結合了，在那孤獨閃亮的一瞬間，我是宇宙。

然後什麼都沒有了。

* * *

我醒來時人已回到房間，頭痛欲裂。古雷坐在椅子上，讀著一本書。我呻吟時他抬起頭。

萊安娜的頭痛藥仍在床頭櫃上。我馬上吃了一顆，然後掙扎坐起。

「你還好嗎？」古雷問。

「頭痛。」我揉著額頭說。頭不斷**抽痛**，彷彿快爆炸一樣。比我感受萊安娜頭痛那次還痛苦。「發生什麼事了？」

他站起來。「你嚇死我們了。你開始讀心之後，突然全身顫抖。然後你直接走進那見鬼的蜷席卡，而且你不斷尖叫。迪諾和警長使勁了力才把你拖出來。你直接走到那東西裡面，膝蓋以下都陷進去了。牠也不斷抽搐，非常詭異。迪諾將你敲昏才把你拖出來。」

他搖搖頭，走向門口。「你要去哪裡？」我說。

「去睡覺。」他說。「你暈了八小時左右。迪諾要我看著你，等你醒來。好了，現在你醒來了。再休息一下吧，我也會去休息。我們明天再聊。」

「我想現在聊。」

「很晚了。」他說著關上臥室的門。我聽他腳步聲漸漸離去。我相信外頭的門鎖了起來。很顯然有人擔心能力者晚上偷跑出去。但我沒打算要去任何地方。

我起床，去找東西喝。我找到維爾塔冰酒，馬上喝了幾杯，並吃了個小點心。頭痛開始消退。我回到臥室，關上燈，將玻璃調成透明，讓星光透進來，然後又回到床上去睡覺。

＊ ＊ ＊

但我沒馬上睡著。發生太多事了，我必須思考清楚。首先是頭痛，我頭痛欲裂，就跟萊安娜一樣。只是萊安娜沒有經歷我這段過程，還是她有？萊安娜是主要能力者，比我更敏感，感知範圍更廣。心靈風暴能影響**這麼**遠嗎？穿越好幾公里？深夜中，趁人類和錫金人都在睡覺，思緒朦朧時？也許吧。也許我想不起的夢便反映著每一夜她內心的感覺。但我的夢很美好。醒來我才感到不開心，因為我一醒來夢就都忘光了。

但話說回來，我睡覺時有頭痛嗎？還是醒來時？

到底發生了什麼事？在洞窟中伸向我的力量是什麼，竟能將我拉過去？蛉席卡？一定是。我甚至沒時間感受錫金婦人，一**定**是蛉席卡。但萊安娜說蛉席卡沒有心靈，甚至沒有「對，我活著」的意念……

一個個問題在我腦中盤旋，我沒有答案。我開始想萊安娜的事，納悶她在哪裡，還有她為何離開我。這是她一直在經歷的事嗎？為何我當時不了解？我那時好想念她。我需要她在我身旁，但她不在。我孤獨一人，此時此刻我深切地感覺到了。

我睡了。

黑夜漫長，但我終於做了個夢，也總算記得了。我再次回到萊安娜常提到的平原，幽暗平原的天空中沒有半個星點，遠方飄著一道道陰影。這片平原出自她最喜歡的一首詩。我獨自一人，永遠形單影隻，我心裡有數。那是自然的事。我是宇宙中唯一的現實，我感到飢寒交迫，心中害怕，陰影朝我飛來，像幽魂般無法阻擋。四下無人，我無法呼救，也無人依靠，沒人能聽到我的哭喊。過去從來沒有，未來也永遠不會有。

這時萊安娜來到我身旁。

她從漆黑的天空飄下，臉色蒼白，身材細瘦脆弱，站到我身旁的平原上。她用手將頭髮向後撥，明亮的大眼望著我，面露微笑。我知道這不是夢。她不知何故和我在一起了。我們和彼此說話。

嗨，羅柏。

萊安娜？噢，萊安娜。妳在哪裡？妳拋下我了。

對不起。我不得不離開。你懂的，羅柏，而且你也一定要來。我原本不想再來這的，實在太可怕。我本來注定會淪落至此，羅柏。人類最終都會到這裡，但也只是短短一瞬。

就對望一眼，互喚一聲？

對，羅柏。然後是全然黑暗，一片寂靜。接著就是幽暗的平原。

妳把兩首詩混在一起了，萊安娜。但沒關係。妳比我更懂詩。但妳是不是忘了什麼？詩前面一點的段落。「啊，愛人啊，讓我們真誠以待……」

噢，羅柏。

妳在哪裡？

我——無處不在。但主要是在洞窟裡。我準備好了，羅柏。我已經比其他人都更開放了。我可以省略聚會和加入者的程序。我的能力讓我習慣分享。我也獲得了接納。

最終結合？

對。

噢，萊安娜。

羅柏，求求你。加入我們，加入我。這裡充滿了快樂，你知道嗎？永無止境，滿滿的歸屬感，分享一切，與人合一。我充滿愛，羅柏，我愛上數不盡的人，而且我了解他們，比了解你更深，他們也了解我，完完全全的我，並且愛著我。這會永遠持續下去。我、我們，結合為一。我仍是我，但我也是他們，你懂嗎？他們也是我。讀加入者的心時，我不知不覺將心打開了，每天晚上「結合」都在召喚我，因為結合愛著我，你懂嗎？喔，羅柏，加入我們，加入我們。我愛你啊。

妳是指，加入結合，接受蝕席卡？我愛妳，萊安娜。求求妳回來吧。妳應該還沒被吸收進去。快告訴我妳在哪裡。我去找妳。

對，來找我。到哪裡都行，羅柏。蝕席卡是一體的，山丘上的洞窟全連結在一起，小蝕席卡全是結合的一部分。來找我，加入我。像你所說的來愛我，加入我。你好遙遠，我幾乎搜尋不到你，即使結合也給了我力量。快來和我們合而為一吧。

不，我不要被吞噬。拜託，萊安娜，快告訴我妳在哪裡。

可憐的羅柏。別擔心，親愛的。身體不重要。蝕席卡需要養分，我們需要蝕席卡。但是，喔，羅柏，結合不只是蝕席卡而已，你知道嗎？蝕席卡不重要，牠甚至沒有心智。牠只是個連結，一個媒介，結合就是錫金人。好幾兆錫金人，這一萬四千年來曾活在世上的錫金人全都結合成一體，彼此相愛相屬，生生不息。太美了，羅柏，這比我們擁有的還多，多太多了。我們很幸運，還記得嗎？我們真的很幸運！但現在這樣更好。

萊安娜，我的萊安娜，我愛妳。這不適合妳，這不適合人類。快回來我身邊。

這不適合人類？哦，當然適合啊！這是人類在寂寞夜晚一直追隨、尋找、哀求的事。這是愛啊，羅柏，真正的愛，人類的愛只不過是飄渺幻象，你懂嗎？

不。

來吧，羅柏。加入我們。不然你會一輩子孤單、孤苦待在平原上，只能和人對望一眼，互喚一聲，了此餘生。等到你的肉體消亡，甚至還失去一切，永存於黑暗和空洞之中。羅柏，你會永遠困在平原上，那樣我就再也找不到你了。但事情沒必要……

不。

噢，羅柏。我慢慢消失了。請你快來吧。

不。萊安娜，不要走。我愛妳，萊安娜。不要拋下我。

我愛你，羅柏。我真的、真的愛你……

然後她消失了。我再次一個人待在平原上。風從某處吹來，將她最後的話語送入無垠的冰冷世界。

黯淡的早晨來臨，外頭的門鎖打開了。我搭電梯到塔頂，發現瓦卡倫席一人待在辦公室。「你相信神嗎？」我問他。

他抬起頭，露出笑容。「當然了。」他輕描淡寫地說。我讀他的心。這是個他從沒思考過的主題。

「我不相信。」我說。「萊安娜也不信。你知道，大多數能力者都是無神論者。五十年前，古地球曾做過一個實驗。實驗由一個叫林諾的主要能力者主導，他也是個虔誠的信徒。他覺得透過藥物，將世界上最具潛力的能力者心靈結合，便能接觸到他所謂宇宙的『對，我活著』意識。換言之，就是神。後來實驗徹底失敗，但發生了**一件事**：林諾瘋了，而其他人看到一個巨大、冰冷空無的黑暗世界，道理和意義蕩然無存。所有能力者也感應到同樣的事，甚至普通人也是。好幾百年前，有個詩人叫阿諾德，他寫了一首詩，詩中提到幽暗的平原。詩是用古語言寫的，但值得一讀。我覺得詩寫的是——恐懼。人類思考的核心，就是害怕在宇宙間的那份孤獨。也許只是害怕死亡，也許是背後有更多原因。我不知道。但那份感覺相當原始。所有人永遠終將是一個人，但他們不想。他們永遠都在尋尋覓覓，想和人接觸，想穿越空無，找到另一個人。有些人永遠無法成功，有些人偶爾能突破。萊安娜和我很幸運。但那並非永恆，最終你還是會再次陷入孤獨，回到幽暗的平原。你懂嗎，迪諾？**你懂嗎？**」

他露出笑容，興味盎然的笑容。不是嘲笑——那不是他的風格——只是驚訝和難以置信。「不懂。」他說。

「好吧，聽著。人總是在尋找某個東西或某個人。對話、能力者、愛、性，這都是同樣的東西，同一種追尋，還有神也是。人創造神是因為害怕孤獨，害怕宇宙虛無空蕩，害怕幽暗的平原。那就是人改信的原因，迪諾，那就是人願意轉變的動力。他們找到神了，或是符合自己期待最接近神的生命。結合是個巨大的心靈，永恆的集體意識，數兆人合為一體，裡頭全是愛。錫金人不會死，媽的。怪不得他們沒有死後世界的概念。他們**知道**有個神。也許祂並未創造宇宙，但祂代表著愛，純粹的愛，大家都說神是愛，不是嗎？也許我們說的愛是神的一小部分。隨便，管他是什麼，結合就是答案。錫金人追尋的終點，也是人類追尋的終點。兩個種族終究是相像的，我們像到令人痛苦。」

瓦卡倫席又誇張地嘆口氣。「羅柏，你太激動了。你聽起來像加入者。」

「也許我該變成加入者。萊安娜已經是了。她已經是結合的一部分了。」

他眨了眨眼。「你怎麼知道？」

「她昨晚在夢中來找我了。」

「哦，一場夢。」

「那是**真的**，媽的。全都是真的。」

瓦卡倫席站起微笑。「我相信你。」他說。「我的意思是，我相信蜷席卡用心靈誘惑，或你所說的愛來誘惑獵物，力量強到能說服人類——甚至你——說那是神。當然，這很危險。我行動前必須好好思考此事。我們可以派人守著洞窟，不讓人類接近，但洞窟數量太多了。封住蜷席卡對錫金人和我們的關係也毫無幫助。但現在，這是我的問題了。你的工作完成了。」

我等他說完。「你錯了，迪諾。這是真的，不是詭計，也不是幻覺。我感覺到了，萊安娜也感覺到了。蜷席卡甚至毫無心智，更不用說以強大的心靈誘惑來吸引錫金人和人類。」

「你要我相信神是住在錫金星洞窟裡的生物？」

「對。」

「羅柏，這太荒謬了，你心知肚明。難道你覺得他們找到了造物的祕密？但看看他們，這個宇宙已知種族中最老的文明，卻卡在青銅器時代一萬四千年。還要靠我們來找到**他們**。他們的太空船呢？他們的高塔呢？」

「我們的銅鈴呢？」我說。「我們的喜悅呢？他們很快樂，迪諾。而我們快樂嗎？也許他們找到了我們仍在找尋的東西。人到底為何如此積極？為何人非得征服銀河系和宇宙？也許，是在尋找神？……也許吧。但人不論去哪都找不到祂，於是人類繼續不斷向前，永遠都在尋找。但最終，我們永遠都回到同一個幽暗的平原。」

「考量種族成就，我會選擇人類的道路。」

「值得嗎？」

「我覺得值得。」他走到窗前，向外眺望。「我們打造了他們世界中唯一的高塔。」他微笑說，並在雲端中俯視世界。

「他們擁有我們宇宙中唯一的神。」我告訴他。但他只露出微笑。

「好了，羅柏。」他最後從窗前轉身。「我會把這件事放在心底，我們會替你找到萊安娜的。」

我的語氣變得輕柔。「萊安娜回不來了。」我說。「我已經知道了。如果我在這裡等，也會等到迷失自我。我今晚就走，我會訂好第一班前往芭爾朵星的船艦。」

他點點頭。「就照你的意思吧。我會準備好你的錢。」他咧嘴一笑。「等我們找到萊安娜，會馬上把她送回你身邊。我想她心情一定很差，那時就交給你煩惱了。」

我沒答腔，只聳聳肩，便走向管狀電梯。我快走到時，他叫住我。

「等一下。」他說。「今晚一起吃個晚餐怎麼樣？你這趟工作辛苦了。羅莉和我剛好要辦場歡送會。她也要走了。」

「很遺憾你們分手了。」我說。

這次換他聳聳肩。「何必呢？羅莉是個美麗的人，我會想念她。但分開又不是悲劇。世界上還有其他美麗的人。總之，我覺得她是因為在錫金星感到不安吧。」

激動和悲痛之下，我差點忘了我的能力。我一想起來，便開始讀他的心。他心中沒有悲傷、沒有痛苦，只有淡淡的失望。在那之下便是他內心那堵牆。永遠有道高牆，將他和旁人分隔開來，這人和所有人都能成為朋友，但無法和人擁有親密關係。牆上頭彷彿有塊看板寫著：「到此為止，請勿進入」。

「來吧。」他說。「一定很好玩。」我點點頭。

✳ ✳ ✳

我的船升空時，我捫心自問為何離開。

也許想回家。我們在芭爾朵有棟房子，位於未開發的大陸，遠離城市，四周只有大自然。房子建在懸崖上，旁邊有座高大的瀑布，川流不息地注入下方陰涼的綠色水池。工作之間，天氣晴朗時，萊安娜和我常去那裡游泳。之後我們會赤裸地躺在橙椒樹蔭下，以銀苔為毯，在上面做愛。也許我會回去。但少了萊安娜，一切都不一樣了，迷失的萊安娜……

我仍能擁有萊安娜。我現在就能和她在一起。很簡單，非常簡單。只要漫步走進黑暗的洞窟，短短睡一覺。萊安娜便會和我永遠在一起。讓她進入我體內，分享我，讓我們彼此交融，深愛彼此，比人類更深刻了解彼此，緊密結合並感到喜悅，再也不需面對無止境的黑暗。和神在一起。如果我相信我對瓦卡倫席說的話，那我為何要拒絕萊安娜？

也許是因為我不確定；也許我期待更偉大、比結合更有愛的存在，就像多年前我聽說過的「神」。也許我甘願冒險是因為一部分的我仍相信那個神。但如果我錯了……那就要面對黑暗以及那片平原……

但也許有別的，我在迪諾・瓦卡倫席身上看到某個特質，讓我懷疑自己的說法。某方面來說，人類比錫金人更偉大；人類有的像瓦卡倫席和古雷，有的像萊安娜和費爾；有人恐懼愛和結合，有人渴望愛和結合。這麼說來，人類分成兩種。人類有兩種原始的衝動，而錫金人只有一種？如果是如此，也許人類有自己的答案，能讓人結合，而不再孤單，但仍能成為人。

我不羨慕瓦卡倫席。我覺得他在自己的牆後尖叫，沒有人知道，他自己甚至也不知道。而且，永遠不會有人知道，他最終還是孤單一人，強顏歡笑。不，我不羨慕瓦卡倫席。

但我的內心一隅擁有他的特質，萊安娜，那特質也在妳的內心。雖然我愛妳，但那就是我逃走的原因。

羅莉・布萊克班和我在同艘船上。起程後，我和她一起用餐，晚上邊喝酒邊聊天。也許話不算投機，但那是人類的對話。我們兩人都需要人陪，因此我們便與人接觸。

後來我帶她回房，盡我所能激烈地和她做愛。然後世界不再那麼漆黑，我們擁抱彼此，聊了整夜。

一九七三年一月至二月寫於芝加哥

譯註——

1 出自美國詩人亨利．朗費羅（Henry Longfellow, 1807-1882）的《道旁客棧故事》（*Tales of a Wayside Inn*）詩集中的詩句，講述兩艘船在夜中交錯，彼此錯過便駛入黑夜中。

2 出自維多利亞時代英國詩人馬修．阿諾德所寫的〈多佛海灘〉（Dover Beach）一詩。

Eurasian Publishing Group
圓神出版事業機構
用心與你對話．視野無限寬廣
寂寞出版社
Solo Press

www.booklife.com.tw
reader@mail.eurasian.com.tw

Cool 033

暗夜飛行者

作　　者／喬治・馬汀
譯　　者／章晉唯
發 行 人／簡志忠
出 版 者／寂寞出版社有限公司
地　　址／台北市南京東路四段50號6樓之1
電　　話／（02）2579-6600・2579-8800・2570-3939
傳　　真／（02）2579-0338・2577-3220・2570-3636
總 編 輯／陳秋月
主　　編／李宛蓁
責任編輯／朱玉立
校　　對／李宛蓁・朱玉立
美術編輯／林雅錚
行銷企畫／詹怡慧・范綱鈞
印務統籌／劉鳳剛・高榮祥
監　　印／高榮祥
排　　版／陳采淇
經 銷 商／叩應股份有限公司
郵撥帳號／18707239
法律顧問／圓神出版事業機構法律顧問　蕭雄淋律師
印　　刷／祥峰印刷廠
2018 年 11 月 初版

定價 420 元　　ISBN 978-986-96018-5-6

Printed in Taiwan

新書飄出油墨、裝訂膠水和渴盼的氣味；舊書散發出自身，及其故事裡蘊含的奇險歷程氣味；至於好書，不只吐露出蘊含這一切的香氛，還夾帶一縷魔法幽香。

——《隱頁書城》

國家圖書館出版品預行編目資料

暗夜飛行者／喬治・馬汀（George R. R. Martin）著；章晉唯 譯
-- 初版 -- 臺北市：寂寞，2018.11
400 面；14.8×20.8 公分 --（Cool；33）
譯自：Nightflyers
ISBN 978-986-96018-5-6（平裝）

874.57　　107016012